하고 싶은
일을 하며
먹고삽니다

자신만의 직업을 만든 20인의 이야기

하고 싶은 일을 하며 먹고삽니다

1판 1쇄 발행일 2021년 8월 15일
지은이 원부연
펴낸이 김민희, 김준영

편집 김민희, 김준영
디자인 이유진
영업 마케팅 김영란

펴낸곳 두사람
팩스 02-6442-1718
메일 twopeople1718@gmail.com
출판등록 2016년 2월 1일

© 원부연, 2021
ISBN 979-11-90061-29-2 03810

책에 소개된 20인의 인터뷰는 2020년 2월부터 2020년 8월까지 진행하였습니다.

하고 싶은
일을 하며
먹고삽니다

자신만의 직업을 만든 20인의 이야기

원부연 지음

#하고싶은거다해
#원하는대로

두사람

하고 싶은 일을 한다는 것
나만의 직업과 브랜드를 만든다는 것
원하는 삶을 제대로 쌓아간다는 것

누구나 원하는 방향이지만 이를 실천하기란 참 어렵습니다. 세상은 너무나 빨리 변화하고 하루가 다르게 새로운 것이 만들어지는 요즘, 일상에 적응하는 것조차 버거울 때가 많습니다. 무언가를 시작해본다는 건 쉽지 않은 일이죠.

관성에 젖어 오늘도 회사로 출근합니다. 나만의 직업 정체성을 찾지 못한 채 퇴근할 때마다 답답한 숙제를 안고 돌아오고요. 막상 출구 전략을 떠올리면 막막하기만 합니다. 저 역시도 오랜 기간 회사를 다니며 느꼈던 반복된 감정이었습니다.

광고 회사에 다녔던 저는 일하는 게 무척 괴로웠습니다. 좋아서 하는 일도 하고 싶었던 일도 아니었죠. 수동적으로 일하는 패턴에 숨이 막혔습니다. 무슨 일을 해야 나아질까 고민하다가 술과 사람이 만나는 공간을 만들고 싶었지만, 먼저 해본 경험자들은 손사래를 치며 말리기만 했죠.

직장인 생활 9년 차, 단골 가게를 인수해 사장 인턴십을 거치고 나서야 내 공간을 만들어도 되겠다는 확신이 생겼습니다. 퇴사 후 여러 공간을 만들었고, 그 경험이 담긴 책을 쓰게 되었죠. 나라는 사람이 브랜드가 되었을 때의 성취감은 말로 표현할 수 없었습니다.

하고 싶은 일에 열망하는 다양한 직장인들을 강의 혹은 수업을 통해 만났습니다. 그들이 가고자 하는 길은 다양했지만 제가 했던 고민과는 큰 틀 안에서 다르지 않더군요. 자연스레 커리어에 대해서도 강연하며 책을 쓰게 되었습니다.

이후 자신만의 직업과 브랜드를 만든 사람들의 이야기를 공유하고 싶어졌습니다. 40대 여행 감독으로 두 번째 직업을 시작한 고재열 전 시사인 기자, 배우이자 펭수 작가로 활동 중인 다목적 프리랜서 염문경 배우, 제일펑타이 디지털마케터에서 전통장을 만드는 만포농산 정병우 대표까지. 서로 다른 20인을 만났습니다.

'하고 싶은 일을 하며 먹고삽니다'는 나만의 직업과 브랜드를 만든 20인의 인터뷰를 담은 책입니다. 개인과 산업이라는 두 영역에서 새로운 화두를 제시한 사람들이기도 합니다. 두 번째 커리어를 꿈꾸는 모든 분들에게 좋은 인사이트가 될 것입니다.

본 이야기는 2020년 2월부터 8월까지 나눈 인터뷰를 기반으로 합니다. 때마침 맞닥뜨린 팬데믹 초반기의 고충도 담겨 있습니다. 인터뷰를 마치고 1여 년이 지난 지금, 모두가 쉽지 않은 이 시기를 끝까지 잘 이겨냈으면 하는 응원의 마음을 담아 보냅니다.

2021년 8월
원부연

목차

PART I.

엔터테이너의 경계를 넘나들다

1

나는 배우이자 펭수 작가

다목적 프리랜서 배우_염문경

"평생 글 쓰는 배우로 살고 싶어요."

스스로를 '다목적 프리랜서 배우'라고 소개하는 여배우 염문경. 그도 그럴 것이 너무나 다양한 이력을 보유하고 있다. 상업 영화, 독립 영화, 드라마, 광고 등 장르를 넘나들며 배우로 활약하고 있지만 동시에 〈자이언트 펭TV〉의 메인 작가로도 활동 중이다.

흔히들 "배우라면 연기만 잘하면 되지"라고 생각한다. 그래서 배우라는 직업에는 우리가 모르는 신비로움이 가득할 것 같다. 하지만 염문경 배우를 보며 배우에 대한 해석은 다를 수 있음을 생각하게 된다.

그녀는 사람들로부터 "한 우물 파라"는 조언을 가장 많이 들었다고 한다. 그러나 그러기에는 가지고 있는 끼와 재능, 도전과 욕심이 컸다. 평생 글 쓰는 배우로 살고 싶다는 염문경 배우를 대학로에서 만났다. 대학로는 그녀가 전천후 배우라는 걸 알게 해준 시작점이기도 하다.

연극 동아리를 통해 결심한 직업

Q. 신문방송학과를 전공했다. 연기에 관심을 가진 계기는?

A. 대학 때 연극동아리를 하다 연기에 관심이 생겼다. 보통 서너 달 준비한 연극이 끝나면 재밌다는 반응이 대부분이다. 하지만 나는 뭔가 늘 아쉬웠다. 연기를 더 잘하고 싶었고, 더 잘하는 사람들과 함께 하고 싶었다. 연기를 잘하는 친구들을 보면 마냥 부럽기만 했다.

Q. 대학 때 첫 작품은?

A. '죽다 살다 죽은 사나이'라는 창작 작품이었다. 그 당시 연출이 MBC에서 '퐁당퐁당 러브', '우주의 별이' 등을 연출한 김지현 PD였다.

Q. 배우가 되어야겠다, 결심한 순간은?

A. 때마침 UC 버클리에 교환학생으로 가게 됐는데 'Film & Theater' 관련 수업을 들었다. 수업을 들으며 내가 진짜 연기를 하고 싶은 건지 아니면 그저 철없는 생각인지 고민하며 답을 찾아갔다. 그렇게 배우가 되겠다는 마음으로 자연스레 이어졌다.

Q. 연기자가 되기 위해 어떤 준비를 했나?

A. 연기 스터디를 시작했다. 선생님 없이 지망생들끼리 모여 연기 공부를 했다. 우리끼리 주제를 정하고 연습했다. 이 과정을 연극 연출가 선배에게 말씀드렸더니 실제 경험을 쌓는 게 더 좋을 거라는 조언을 해주셨다.

Q. 이후 전문 극단에서의 조연출을 했다.

A. 선배의 소개로 두산아트센터에서 했던 '뻘'이라는 공연의 조연출로 참여하게 되었다. 프로 연극을 처음으로 경험한 것이었다. 공연을 어떻게 준비하고 배우들이 어떻게 연기하는지 생생하게 볼 수 있었다. 이 당시의 경험이 이후 연기 생활에 큰 기반이 되었다.

Q. 어떻게 도움이 되었는가?

A. 사실 연극을 하다 보면 열악한 체계나 적은 보수를 감내해야 하는 경우도 있다. 그런데 좋은 극단에서 진행한 작품이었고 두산아트센터라는 좋은 프로덕션과 일한 것이었다. 이후 다른 극단에서 작품을 할 때 이게 합리적인지 아닌지를 스스로 판단할 수 있었다.

프로 배우로 무대에 오르다

Q. 프로 배우로서의 첫 무대는 무엇이었나?

A. 데뷔는 프린지페스티벌이었다. 하지만 프린지는 축제고 오디션을 보지 않았다. 더구나 돈을 받는 구조도 아니었다. 오디션을 통해 정식 배우로 올라간 건 대학로에서 했던 '메데아 코리아'라는 공연이었다. 국악이 접목된 연극이었는데 꽤 고전적인 스타일의 작품이었다.

Q. 첫 무대와 공연, 특별한 기억은?

A. 프린지에서 다뤘던 작품의 주제가 가장 기억에 남는다. '해방구'라는 작품이었는데 당시 쌍용자동차 근로자의 사회적 이슈를 다룬, 다큐멘터리 요소가 강한 공연이었다. 진지한 자세로 임했기에 특별한 기억으로 남았다.

Q. 연기 스타일을 잡아가는 본인만의 흐름은?

A. 최대한 다양한 작품, 연출들을 만나며 여러 연기를 해보려고 했다. 오디션도 많이 봤고, 다양한 역할들을 풍부하게 경험했다. 자연스레 캐릭터를 쌓는 과정을 잡아갔다.

Q. 연기 전공자가 아니어서 힘든 점이 있었다면?

A. 동아리 경험이 전부였기에 기술적인 부분은 부족했지만 비전공자이기에 좋은 점도 있었다. 연극영화과 준비생은 종종 입시 연기라는 걸 배운다. 어떤 연기의 모양을 만드는 과정인데 그게 고착화되는 경우가 있더라. 나의 경우 그런 버릇이 만들어지지 않았던 게 오히려 장점이 되었다.

Q. 롤모델이나 멘토가 있나?

A. 롤모델로 생각하는 배우는 메릴 스트립이다. 이성과 감정을 적절하게 잘 활용하는 배우라고 생각한다. 연기도 뛰어나지만 진정성도 모자람이 없는, 자기 개인과 가정에도 충실한 분이다. 멘토는 최희서 배우다. 친한 언니로서도 좋지만 배우로서 필요한 조언을 정말 잘 해준다.

Q. 최희서 배우와의 인연은?

A. UC 버클리에 교환학생으로 다녀온 선배들의 후기들을 쭉 읽어보았다. 그런데 'Film & Theater' 관련 수업을 들은 유일한 선배가 최희서 배우였다. 조언을 구하고자 먼저 연락을 드렸다. 이미 배우 활동을 시작한 희서 언니를 보며 이 길을 가도 되겠다는 생각도 막연히 했다.

Q. 최희서 배우도 지금의 자리에 오기까지 오랜 시간이 걸렸다.

A. 좋은 자극이 된다. 배우로서 더 잘 해야겠다는 생각이 든다. 희서 언니의 좋은 점이 늘 차분하고 한결같다는 것이다. 본인이 추구하는 바도 명확하다. 그런 언니의 조언들이 배우 생활에서 큰 힘이 된다. 그런 침착함을 닮고 싶다.

Q. 슬럼프는 없었나?

A. 사실 엄청 잘나갈 때 찾아오는 게 슬럼프 아닐까. 나는 아직 그 단계는 아닌 것 같다. 작품마다 힘겨울 때는 분명 있을 테고, 미래는 늘 불안한 것이라는 입장이다.

Q. 2012년 데뷔 후, 벌써 9년 차다. 배우로의 지향점은?

A. 연기를 신비화하는 과정을 지양하려고 한다. 결국 연기는 사람과

사람 간 소통이라 생각한다. 이성적으로 연기에 대한 약속들을 잡고, 감정적으로 캐릭터를 잘 만들어가면 되는 것이다. 작업 과정에서 긍정적인 방향을 줄 수 있는 배우가 되고 싶다.

다양한 장르에 도전하다

Q. 영화, 드라마 등의 매체로 넘어간 계기는?

A. 크게 두 가지다. 첫 번째는 생계를 위해서다. 아무래도 페이가 나오니까 생활이 가능하다. 두 번째는 연극적 연기가 아닌 다른 도전을 해보고 싶어서다. 연극은 작품의 문법을 따라가야 하는 경우가 많지만 영화나 드라마는 인물에 집중하는 부분이 있다.

Q. 영화 오디션을 많이 봤다. 가장 기억나는 순간은?

A. 영화 '도어락' 오디션을 봤을 때가 기억난다. 은행 직원 역을 맡았다. 준비한 톤으로 연기했는데 당시 인물 조감독님께서 굉장히 흥미로워하셨다. 사실 내 연기 톤이 '노잼'이라 걱정을 많이 하곤 했는데 재밌어 하는 모습에 기쁜 마음이 들었다.

Q. 반면 아쉬웠던 지점은?

A. 오디션으로 '미씽: 사라진 여자'에 캐스팅됐는데 촬영 분량이 통 편집되었다. 부산에서의 촬영 씬이었고, 열심히 준비해 촬영을 마쳤기에 아쉬웠다. 사실 조단역 배우들에게는 종종 있는 일이다. 영화 '박열'에서도 내 분량이 결국 나오지 않았다.

Q. 너무 아쉬웠겠다. 엔딩 크레딧에 이름은 올라갔나?

A. 다행히도 엔딩 크레딧에는 올라갔다. 억울하진 않다. 그저 상업 영화에 대한 좋은 경험들이었다고 생각한다.

Q. 드라마 장르에서의 경험은?
A. '멍냥꽁냥'이라는 EBS 웹드라마에서 작가 겸 카메오 연기를 했다. 당시 연출이 <자이언트 펭TV>의 이슬예나 PD였다. 이때의 인연이 지금까지 이어졌다.

Q. 가장 인상적인 영화가 '악질경찰'이었다.
A. 그렇다. 당시 세트부터 장면까지 부담이 컸는데 감독님께서 긴장감 버리라며 응원을 많이 해주셨다. 덕분에 쉽게 촬영이 끝날 수 있었고. 빠른 시간 내 무사히 마쳐서 다행이었다.

Q. 흥행이 조금 더 잘됐으면 좋았을 텐데.
A. 그래도 부모님을 처음으로 상업 영화 시사회에 초대할 수 있어서 기뻤다. 감독님께서 한 사람의 배우로 대우해주셨다는 것도 감사했다. 아버지가 마침 이정범 감독의 팬이기도 했다.

Q. 뮤지컬 영화 '빈집'에도 배우로 참여했다.
A. 김동명 감독 작품이었는데, 뮤지컬 영화라서 찍고 싶었던 게 컸다. 뮤지컬 영화 장르를 독립 영화가 도전한다는 게 신선해서 김동명 감독과는 종종 작품을 함께한다.

Q. 본인이 감독으로 참여한 적도 있다고?
A. '현피'라는 영화에 감독 겸 배우로 참여했다. 감독 타이틀이 있어야

지원사업에 도전할 수 있는 영역이 많아 시도해보았다. 아무래도 촬영 지식이 부족하다 보니 장면이 원하는 대로 나오지 않는 경우가 있더라. 다행히 '빈집' 촬영 감독이 도움을 주셔서 잘 마무리되었다.

Q. 감독으로서 배우와의 커뮤니케이션은 어땠나?

A. 구체적인 디렉션이 가능했다. 연출자가 배우에게 디렉션을 줄 때 표현 방법이 서로 어려운 경우가 참 많다. 예를 들면 '보랏빛으로 걷는 느낌' 같은 주문들이다. 그래서 더 소통하기 쉬운 언어를 쓰려 노력하게 되더라.

배우, 작가가 되다

Q. 작가로서의 시작은?

A. '퐁당퐁당 러브' 보조 작가가 시작이었다. 동아리 첫 연출이었던 당시 MBC 김지현 PD의 제안이었다. 평소 SNS에 쓰던 글을 보고 작품을 해보자고 연락이 온 것이다. 김지현 PD 역시 드라마 연출 겸 대본을 직접 쓰는 작가이기도 해 짧은 시간 동안 훈련할 수 있었다.

Q. '퐁당퐁당 러브'를 통해 배운 점이 있다면?

A. 작가로서 정말 좋은 경험이었다. 웹드라마로 엄청나게 주목을 받은 작품이었다. 내가 준비한 아이디어들이 장면으로 나온다는 게 그저 신기했다.

Q. 작가로서의 삶을 병행해야겠다는 결심이 들었나?

A. 2015년 방영된 '퐁당퐁당 러브' 때만 해도 단기 참여의 마음이 컸

다. 어느 정도 수입이 있었기에 참여한 것도 있었고. '퐁당퐁당 러브'
가 끝난 후에는 작가로서의 경험도 끝이라 생각했다.

Q. 그러다 또 어떤 인연으로 이어지게 됐는지?
A. 방영 직후 이슬예나 PD를 소개받았다. 당시 EBS에서 어린이 드라
마 입봉을 준비 중이었다. 작가를 구하고 있었는데 김지현 PD가 나를
추천해줬다. 내가 쓴 작품이 재미있다고 이야기해주는 사람들을 보며
작가로서의 직업을 진지하게 생각하게 되었다.

Q. 어린이 드라마 '마법소녀 최리'가 첫 작품이다. 어떤 마음으로 썼나?
A. 어린이를 어른 입장에서 바라보는 걸 지양했다. 어린이 프로그램에
대한 고정관념도 깨고 싶었다. '마법소녀 최리'의 경우 자매 이야기였
고, 동생의 상상에서 시작되는 구조다. 이런 작은 이야기를 드라마로
깊게 표현할 수 있어 좋았다.

Q. 연출자와의 첫 호흡, 어떤 경험이었을까?
A. 이슬예나 PD는 개인적으로 존경하고 좋아하는 사람이다. 사적인
이야기를 할 만큼 친하지만 늘 PD와 작가로서 각자의 영역을 존중한
다. 작가로서 잘 할 수 있게 판을 잘 깔아준다.

Q. 참 절묘한 인연과 타이밍이다.
A. 작가로서의 성장, 메인 작가의 타이틀까지 정말 빠른 시간에 이룩
했다. 하다 보니 나만의 스타일도 만들어졌고, 어떤 노하우들이 생긴
거 같다.

Q. 어떤 노하우인가?

A. 내가 무슨 장르를 잘 표현하는지 알게 됐다. 아무래도 '퐁당퐁당 러브'가 시작이다 보니 로맨틱 코미디 장르 쪽으로 집중하게 되더라. 외부에서의 각색이나 자문도 이쪽 분야로 많이 들어오고. 자연스레 어떤 길이 생긴 것 같다.

펭수 작가, 염문경

Q. '자이언트 펭TV'의 시작은?

A. 이슬예나 PD의 제안이었다. 당시 이슬예나 PD가 신규 프로그램 TF팀에 들어갔는데 여러 아이템 중 하나였던 '자이언트 펭TV'가 채택되었다. 그게 2019년 초다.

Q. 펭수의 캐릭터에서 강조하고 싶은 부분은 무엇이었나?

A. 특정 젠더에 대한 틀을 씌우고 싶지 않았다. 또 착하거나 모두를 사랑하는 아이보다는 짓궂고 장난스럽고, 허언증처럼 보일 정도로 자신감이 넘치는 캐릭터를 전하고자 했다. 달리기를 못하면 딴 걸 잘하면 돼, 같은 이야기를 많이 해주고 싶었고. 그게 누군가에게 위로가 되길 바랐다.

Q. 갑작스레 인기가 많아져 정신없겠다.

A. 'EBS 아이돌 육상대회(E육대)'가 터졌을 때는 '드디어'라는 마음이었다. 그러나 이후 갑자기 너무나 빠른 성장에 어안이 벙벙했다. BTS를 실제로 만날 줄 누가 알았겠나. 정말 펭수의 말 한마디가 무섭다는 생각도 들었다.

Q. 당시 팀 분위기는 어땠나?

A. 행복하고 기쁜 건 일주일이었다. 이후 감정 기복의 연속이었다. 해야 하는 일들이 기하급수적으로 늘어났다. 협찬 등 신경 써야 할 것들도 많아졌고, 외부와의 소통도 쉽지 않았다. 재미있는 프로그램을 만들자는 초반의 의지가 줄어드는 순간, 다들 힘들었을 것이다.

Q. 급인기만큼 최근의 '급정체'도 힘들 것 같은데?

A. 내부 회의와 워크숍을 하며 방법을 고민 중이다. 펭TV 스튜디오는 마치 하나의 스타트업처럼 움직인다. EBS에서 그동안 겪어본 적 없는 일들의 연속이라 개척하듯 해나가고 있다. 스타트업처럼 함께 고민하다 보면 좋은 결론이 나지 않을까 싶다.

Q. 스타트업이라는 표현은 누가 쓰기 시작했나?

A. '자이언트 펭TV'의 회의 과정이나 팀 분위기를 이야기했더니 스타트업 같다는 피드백을 누군가 주었다. 비슷한 또래가 모여 공동의 목표를 치열하게 이뤄가는 모습 때문인 거 같다.

Q. 배우보다 더 바쁜 작가의 삶, 혼란스럽다는 글을 읽었다.

A. 혼란의 글을 쓴 게 100만 구독자 시점이었다. 사실 펭TV는 초기 기획으로만 참여해 10회 차 정도까지만 하려고 했다. 배우와 작가를 병행한다는 부담도 있었다. 그러다 갑자기 인기가 올라가 너나 할 거 없이 투입돼야 했다. 상의 끝에 팀에 잔류하게 되었다.

Q. 지금은 작가로서 어떤 역할을 맡고 있는지?

A. 전체 기획 회의를 중심으로 참여하고 있다. 사실 펭TV 작가팀의 경

우 각자가 본인 에피소드를 책임지는 형식이다. 초창기 멤버라는 것 말고는 나 역시 펭수팀이나 작가팀 중 하나의 일원일 뿐이다. 선후배 개념 없이 각자 독립적이고 전문적으로 일하는 구조다.

Q. 펭수도 힘든 시간을 보냈을 것 같다.
A. 펭수는 늘 씩씩한 편이다. 그래도 힘들 땐 가끔 털어놨으면 좋겠다는 생각도 든다.

Q. 펭수에 성인들이 더 공감하는 이유는 뭘까?
A. 공감도 있지만 위안이 가장 크지 않을까 싶다.

'자이언트 펭TV' 시즌 2를 준비하며

Q. 봄방학 시기라고 들었다.
A. 쉬는 시간을 가지려던 차였다. 너무 쉼 없이 달려오기만 했으니까. 4월부터 다시 시작될 '자이언트 펭TV'는 시즌 2를 준비하고 있다. 시청자들이 보기에는 큰 차이 없겠지만 내부적으로는 조금 새로운 방향으로 준비 중이다.

Q. 기획 회의는 어떤 분위기인가?
A. 의사결정이 빠른 편은 아니다. 아직은 가능한 많은 의견을 통해 최선의 결과를 도출하고자 한다. 브레인스토밍처럼 수다를 떨며 인사이트를 얻기도 한다. 재미있는 걸 만들자는 의지가 강하기 때문에 팀 에너지가 좋은 편이다.

Q. 펭클럽은 프로그램에 어떤 영향을 주는지?

A. 펭수의 팬클럽을 보면 아이돌 팬덤만큼이나 단단하다. 그래서 아이돌을 키우듯이 가야 하나 생각하기도 한다. 재미를 잃지 않되 펭수를 좋아해주는 팬덤을 염두에 두며 가려고 한다.

Q. 펭클럽은 펭수의 어떤 모습을 기대할까?

A. 사실 펭수를 아낄수록 더 좋아하는 것 같다. 그럼에도 어떻게 연출해야 더 발전할지는 제작진이 고민할 몫이다. 많은 시도가 필요할 것 같다. 유튜브 외 다른 길도 찾아보며 캐릭터 저변을 넓혀갈 예정이다.

Q. 기획 회의에 펭수도 참여하나?

A. 체력 유지를 위해 가끔씩만 참여한다.

Q. 작가로서 아이디어는 어떻게 얻는지?

A. 펭TV 작가를 하기 전에는 유튜브에 관심이 없었다. 하지만 프로그램 채널인 만큼 수시로 다른 채널들을 보고 공부한다. 한편 시청자로 고민하는 부분도 있다. 내가 시청자라면 펭수의 어떤 모습을 보고 싶을지에 대해 많이 연구한다.

직업인으로서의 비전과 미래

Q. 이제 수입은 일정해졌나?

A. 여전히 일정하진 않지만 연극만 할 때에 비해서는 꽤 안정적이 되었다. 여러 계약들을 했고 작업할 것들도 순차적으로 있다. 내년에 내 이야기를 담은 에세이도 한 권 낼 예정(《내향형 인간의 농담》, 북하우

스)이다.

Q. 결국 시간이 지나면 특정 직업으로 수렴되지 않을까?

A. 감독으로서의 역량이 가장 부족하다. 막상 연출자로서 연기하는 연기자들을 보면 내가 더 하고 싶기도 하고. 배우와 작가 중 선택해야 하는데 너무나 어렵다. 아직은 둘 다 하고 싶다.

Q. 재능이 너무 많아 고민되지 않나?

A. 사실 뭘 해도 무난한 8점이라고 생각한다. 다양한 재주는 감사한데 한때는 콤플렉스였다. 하지만 시간이 지나고 보니 그게 나의 모습이라는 생각에 받아들이기로 했다.

Q. 어렸을 때 꿈은?

A. 만화가였다. 중학교 때까지 진로도 깊이 고민했다. 나름 굉장한 만화 덕후이기도 했다. 그때 만화를 좋아했던 것들이 지금의 작가 활동에 많은 도움이 되었다.

Q. 일상은 어떻게 보내고 있는지?

A. 사실 내가 라면을 너무 좋아한다. 하루에도 몇 번씩 먹는다. 그런데 곰곰이 생각하니 라면보다 라면을 먹으며 만화를 보거나 넷플릭스를 보는 시간을 소중히 여기는 것 같다. 주로 라면을 먹으면서 좋아하는 콘텐츠를 반복하며 읽고 보는 편이다.

Q. 직업인으로서 올해의 계획은?

A. 배우의 끈을 놓지 않으면서 작가로서 좋은 프로그램도 만들고 싶

다. 감독으로서는 좋은 작품으로 지원사업에 꾸준히 지원해보고 싶다.

Q. 배우를 꿈꾸는 많은 사람들에게 한마디.
A. 당신이 못나거나 잘못된 게 아니라고 이야기해주고 싶다. 수많은 의문이 들겠지만, 그럼에도 스스로를 좋아하길 바란다. 그래야 연기도 더 빛날 테니까.

乙,

배우이자 '자이언트 펭TV' 작가로 본인만의 새로운 영역을 만든 염문경.
처음으로 도전한 뮤지컬 장편 영화 '빈집'.
눈빛 연기가 강렬하고 인상적이었던 영화 '악질경찰'.
재미있는 콘텐츠를 늘 고민하는 펭TV팀 (출처: '자이언트 펭TV').

2

아이돌 작곡가,
세상 모든 기타를 리뷰하다

뮤직 엔터테이너 _ 박인우

"음악인에게 인정받는 진짜 음악인을 꿈꿔요."

가수, 작사가, 작곡가, 편곡가, 기타리스트, 음악감독, 작가, 그리고 기타 리뷰어까지. 대중음악의 모든 영역을 오가는 박인우 씨가 가진 타이틀이다. 음악을 전공하지 않은 그가 대중음악의 최전선에서 활동하는 모습을 보면 '만능'이라는 표현 말고는 떠오르지 않는다.

중학교 때 선생님이 들려준 '로망스'의 아름다운 선율이 그를 기타의 세계로 인도했다. 클래식 기타를 통해 연주 기법에 빠져들었고, 고등학교 때 밴드 활동을 하며 일렉 기타에 몰두했다. 취미로만 생각했던 음악은 정치외교학과 졸업 후 그에게 운명같이 직업으로 다가왔다.

10년간 피나는 노력 끝에 박인우 씨는 여러 타이틀을 가진 음악인이 되었다. 그리고 음악의 길로 이끌어준 기타의 리뷰어로서 세상 모든 기타를 소개하는 전도자 역할도 하고 있다. 12년간 5천 대가 넘는 기타를 다룬 그를 '기어타임즈' 녹화 현장에서 만났다.

학창 시절, 취미로 시작한 음악

Q. 처음으로 음악을 접한 건?

A. 6세 때 피아노 학원을 다닌 게 시작이었다. 당시 피아노 학원을 다니는 게 유행이었다. 그런데 피아노 치는 게 너무 재미있었다. 너무 열심히 피아노를 치니까 집에서 피아노를 잠글 정도였다. 3년 정도 배웠는데 생각보다 진도가 빨리 나갔다.

Q. 기타에 빠진 계기는?

A. 중학교 2학년 때 기타 특별활동반에 들어갔다. 음악 선생님께서 연주해주신 '로망스' 멜로디에 빠져버렸다. 실력 좋은 학생에게 클래식

기타를 주겠다는 담당 선생님의 공약에 열심히 연습해 그 기타를 얻었다. 동아리에서 가장 실력이 좋아 독주를 맡기도 했다.

Q. 음악에 재능이 있다고 생각했나?

A. 배우는 악기마다 또래 집단에서 가장 빠르게 익히고 잘 연주한다는 걸 알게 되었다. 다른 친구들이 어려워하는 것들이 나에게는 쉬운 편이었다.

Q. 리코더 전국 대회 우승도 했다고?

A. 리코더가 오케스트라의 원형이 되는 악기라는 음악 선생님의 철학과 추천으로 리코더를 배웠다. 당시 원주 시립 리코더 합주단에서는 베이스 리코더 주자로 활동했고, 강원대학교 리코더과 교수님께 사사하기도 했다. 중학교 때는 도대회에서 수상했고, 고등학교 1학년 때 알토 리코더 중주 부문 전국 대회에서 우승을 했다.

Q. 밴드부 활동은 어땠나?

A. 고등학교 때 밴드부 활동을 했다. '불휘'라는 밴드였는데 강릉에서 꽤 유명했다. 밴드를 하며 일렉 기타부터 다양한 음악 장르를 접할 수 있었다. 당시 일렉 기타를 학원에서 배웠는데 가르쳐줬던 선생님이 '드림시어터' 마니아였다. 덕분에 테크니컬한 부분이 꽤나 향상됐다.

Q. 전공으로 할 생각은 없었는지?

A. 전혀 없었다. 당시 희망했던 직업이 언론인이나 외교관이었다. 음악은 내가 좋아하고 즐겨 하는 취미 정도라 생각했다.

Q. '슈퍼주니어' 희철 씨와 절친이었다고?

A. 희철이가 중학교 1학년 때 전학을 왔다. 첫인상은 시골에 처음 온 서울 아이처럼 무척 세련되고 고운 이미지였다. 금방 친해져서 희철이 집에도 자주 놀러 갔다. 무엇보다 절친 오락실 메이트였다. '킹 오브 파이터즈'와 '철권'을 미친 듯이 했다.

Q. '악동클럽' 멤버가 될 뻔한 사연은?

A. 될 뻔도 아니었다. 예선에서 '몰래한 사랑'이라는 트로트를 불렀는데 바로 광탈했다. 결국 동기 중 정이든이라는 친구가 최종 멤버가 되었다.

정치외교학 학사에서 직업 음악인으로

Q. 정치외교학과를 전공했다.

A. 원래 신문방송학과를 생각했다. 언론 쪽 취직을 희망했다. 계열로 입학해 다양한 기초 과목을 들었는데 '정치학입문' 수업이 너무 좋아 자연스레 전공으로 선택했다.

Q. 대학 때는 밴드 활동을 안했나?

A. 사실 '아카라카' 응원단이나 유명한 '소나기' 밴드를 해볼까도 싶었다. 그런데 알아보니 굉장히 빡센 동아리 문화가 있어 저학년 때는 궂은 일도 많이 해야 했다. 그래서 단과대 밴드를 알아봤는데 실력 차이가 너무 컸다. 이제 갓 기타를 배우기 시작한 친구들이 대부분이었다.

Q. 그래서 풍물패를 시작한 건가?

A. 아예 모르는 악기를 배우자는 마음이었다. 우리나라 악기를 배우고 싶어 '터얼'이라는 단과대 동아리에 들어갔는데 사실 풍물패에서 나는 조금 모난 사람이었다. 우리나라 음악은 기술보다는 여백의 미나 정서 등을 중요하게 생각하는데 나는 자꾸 분석을 해댔다. 그래서 선배와 사부들은 좋아하지 않았지만 덕분에 보다 다양한 음악 장르를 경험할 수 있었다.

Q. '국악연구회'까지 들어갔다고?
A. 제대 후, 중앙동아리 '국악연구회'에 들어가서 가야금을 배웠다. 당시 황병기 선생님 수업이 있어 신청했는데 음악에 대한 관심을 보시더니 '한국가요제'에 나가보라는 제안을 하셨다.

Q. '한국가요제' 동상, 최초의 수상이었나?
A. 그렇다. 사실 대학교 들어가자마자 이론 및 작곡 공부를 시작했고, 군대에서 20곡 정도 자작곡을 만들었다. 제대 시점에서는 작곡을 제법 마스터했다. 여기에 동서양 악기들까지 배우니 음악 스펙트럼이 넓어졌다. 국악을 접목한 '신새벽'이라는 곡으로 동상을 받았다.

Q. 음악으로서의 직업인, 결심의 시작이다.
A. 음악을 직업으로 하지 않으면 평생 후회할 것 같았다. 2008년 첫 싱글 앨범을 발표했는데 이쯤 되니 작사, 작곡, 편곡, 노래, 연주, 믹스, 마스터까지 부족하지만 어떻게든 전부 가능한 정도가 되었다.

Q. 싱어송라이터를 선택한 이유는?
A. 가수 이적 같은 싱어송라이터를 지향했다. 물론 쉽지 않다는 걸 곧

깨달았다. 사실 종종 디시인사이드 일렉트릭 기타 갤러리를 방문하는데 누가 나를 '언럭키 이적'이라고 표현하더라. 웃기면서도 한편 가슴을 후벼 팠다.

아이돌 작곡가가 되다

Q. 대중음악으로 넘어간 계기는?

A. 2011년까지 싱어송라이터로 활동하다 고민이 많아졌다. 당시 29세였는데 음악으로 먹고 살기가 참 쉽지 않다는 걸 깨달았다. 그러다 '유재하 가요제'에 함께 참가했던 박수석 작곡가가 같이 일해보자는 제안을 해왔다. 당시 그는 시크릿, B.A.P가 있던 TS의 전속 작곡가였다.

Q. 아이돌 작곡가 커리어로의 첫 작품은?

A. 어느 날 TS 작업실에 놀러 갔다가 자연스레 눌러앉게 되었다. 2011년 10월 시크릿 정규 1집 '네버랜드'라는 곡에 작사가로 참여한 게 시작이었다. 2012년 B.A.P 앨범에는 작곡가로 참여하기 시작했다.

Q. 가장 기억에 남는 순간이 있다면?

A. 첫 저작권료가 작사 한 곡만으로 80만 원이 들어왔다. 그동안 만든 곡들을 합쳐도 한 달에 3, 4만 원 받는 저작권료가 전부였다. 벌이가 되니 더 열심히 해야겠다는 생각이 들었다. 그런데 정말 대중음악이라는 건 쉽지 않았다. 트렌디한 상업적인 사운드는 전혀 다른 차원이었다.

Q. 전혀 다른 시장이라 적응이 힘들었겠다.

A. 초반 1, 2년이 가장 힘들었다. 단순히 연주가 아닌, 사운드 메이킹을 어떻게 하면 세련되게 할지가 필요한 덕목이었다. 덕분에 내가 할 수 없던 영역의 것들을 배우기 시작했다. 정말 노이로제가 걸릴 정도로 미친 듯 공부하며 달렸다. 그렇게 5년을 버텼다.

Q. 첫 타이틀이 시크릿 송지은의 '희망고문' 이었다고?

A. 첫 타이틀이라 기억이 남기도 하고, 타이틀이었던 만큼 많은 수익을 얻기도 했다. 한 곡 누적 수입으로 3~4천만 원 정도 벌었으니까. 대중음악은 타이틀이 아니라면 아무리 아이돌이라도 곡 당 천만 원을 벌기는 힘든 게 현실이다.

Q. 소속 작곡가가 되고 싶진 않았나?

A. TS에서 제안이 왔고 타사에서도 왔었다. 그런데 회사와의 계약은 스스로 반대했다. 치열한 아이돌 작곡 시장에서 특정 회사의 소속이 된다는 건 분명 메리트가 있겠지만 언젠가는 내 음악을 할 생각이 있었다. 아무튼 TS 일을 그만 하고부터 아이돌 작곡 일도 많이 줄었다.

Q. 아이돌과의 작업은 어떤가?

A. 아이돌은 시스템으로 돌아간다. 발매 시기부터 홍보까지 디테일한 전략이 필요한 사업이다. 그래서 담당 작곡가들도 그 루틴에 동참해야 하고. 아무래도 텐션이 높을 수밖에 없다.

Q. 흐름이 빨리 바뀌는 판, 적응하기 힘들지 않았나?

A. 어느 정도 실력이 생겼다고 생각하는 순간 더 잘하는 후배들이 치고 올라왔다. 트렌드도 빨리 바뀌어 이제 작곡가들도 트렌드 분석 자

체를 포기할 정도다. 요즘처럼 트로트가 다시 뜰 거라고 누가 예상했겠나.

Q. 순위에 대한 스트레스도 많이 받았겠다.

A. 예전만 해도 중견급 아이돌 앨범이 나오면 탑 100에는 오를 수 있었다. 그런데 이제는 쉽지 않다. '희망고문'이 11위까지 올라간 것도 지금 생각해보면 참 감사한 일이다.

Q. 요즘 아이돌 곡의 트렌드는?

A. 나도 모르겠다. 팀의 정체성 자체가 트렌드를 만드는 것 같다. 뭘 가지고 나와도 상관없는 시대라는 생각도 든다. 팀의 코어를 중심으로 그들만의 새로움 한 스푼이 잘 더해져야 하는 것 같다.

다큐, 드라마 음악감독으로 입봉

Q. 또 장르가 바뀌었다.

A. 이필호 음악감독과의 인연이 시작이었다. TS 타 작곡가의 소개로 함께 작업하게 되었고, 사석에서 친분이 생겼다. 그 당시 감독님이 연주곡을 만들어보라고 제안했다. 2015년 초였고, 드라마 '블러드', '왕꽃선녀님'에 연주곡들이 들어갔다.

Q. 이후 본격 드라마 작품에 집중하게 되었다.

A. 2015년 초 TS 일을 그만두자마자 때마침 '프로듀사' 해외판 곡 작업 의뢰가 들어왔다. 그렇게 제대로 한 편의 드라마 작업을 처음으로 해봤다. 이후 이필호 감독에게 이쪽 일을 본격적으로 해보고 싶다고

말씀드렸다.

Q. 이필호 감독과의 작업은?

A. 단막극이 시작이었다. 이후 본격적으로 '동네변호사 조들호'에 참여했다. 드라마 작업이라는 게 호흡도 길 뿐만 아니라 작품이 방영되는 내내 매일같이 철야 작업을 해야 했다.

Q. '쇼미더머니'의 우승곡도 만들었다고?

A. TS 일을 그만뒀다는 게 업계에 소문이 났다. 사실 소속 직원도 아니었는데 모두가 그렇게 알고 있었다. 그때 작곡가 지인의 부탁으로 베이식의 '좋은날' 작곡에 참여했는데 결국 그 곡으로 '쇼미더머니 4' 우승을 했다. 덕분에 이 치열한 대중음악 일도 틈틈이 할 수 있었다. 소녀시대, f(x), 다비치, 시스타, 카라, 마마무, 포미닛, 헬로비너스, 에이핑크, 비스트, 언터쳐블, 케이윌, 초신성, 허각 등 다양한 아티스트와 작업했다. 최근 우주소녀와도 작업했다.

Q. 다큐나 드라마 쪽 수입은 어떤가?

A. 대중음악 작업은 작곡비와 인세를 모두 기대할 수 있는데 이쪽은 조금 다른 영역이었다. 박리다매가 기본이라 작품이 쌓이기 전까지 수익은 적고 업무 강도는 굉장히 높다. 작품 수가 늘어나고 수출을 통해 해외저작권이 쌓이면 큰 수익으로 연결되는 경우도 있지만, 결국 고수익을 지속적으로 올리기 위해서는 메인 음악 감독이 되는 것이 가장 좋은 방법이다.

Q. 다방면으로 일을 해야겠다.

A. 그동안 써놓은 대중음악 곡들의 저작권료, 기타 연주자로의 참여, 그 외 여러 활동들로 부수입을 운용해야 한다. 다양한 프로필 없이 한 장르만 하다보면 현타가 올 수밖에 없다.

Q. 음악감독으로의 첫 입봉작은?
A. 이호경 PD와 함께 했던 KBS 스페셜 '앎'은 작품도 잘됐고 상도 많이 받았다. 나중에 영화화도 됐다. 이후 이호경 PD의 작품에 음악감독으로 계속 참여하고 있다. 드라마 중에서는 '김과장'이 가장 기억에 남는다. 드라마가 잘되기도 했고, 작업 퀄리티 자체도 좋았다.

Q. 쉽지 않은 지점도 있겠다.
A. 자금 운용과 수입 예측이 아무래도 쉽지 않다. 작업비가 작품 마치고 서너 달 후 지급되는 경우가 많고, 해외의 경우 1, 2년 뒤에 들어오기도 한다. 그래서 지금 일이 없으면 1년 후가 오히려 걱정된다.

Q. 작품의 음악감독을 하며 좋은 점은?
A. 기본적으로 작업 과정이 즐겁다. 그리고 작곡가 세계에는 도제식 문화가 있어 빡센 편인데 내가 이런 문화를 싫어한다. 그런데 이필호 감독 역시 이런 시스템을 지양하는 분이어서 좋다.

Q. 다큐와 드라마 음악감독, 어떤 차이가 있는가?
A. 다큐는 좀 더 담백하게 작업하는 경우가 많고, 드라마는 편곡에 재료가 많이 들어가는 편이다. 그런데 요즘에는 장르 구분이 없어 연출의 성향을 따라가는 것 같다.

Q. 음악감독으로서 해보고 싶은 작품이 있다면?

A. 올해 안으로 드라마 감독 단독 입봉이 목표다. 특히 로맨틱 코미디 장르를 해보고 싶다. 아무래도 드라마 장르가 예산이 크다 보니 할 수 있는 게 다양하다.

세상 모든 기타의 리뷰어가 되다

Q. '기어타임즈' 리뷰어로도 활동 중이다. 몇 년이나 했나?

A. 초창기 '투데이스 기어' 시절 포함해서 총 12년을 했다. 6천 개 정도의 기타 리뷰 영상에 참여했다. 1년에 올라가는 영상이 700개 정도다. 담당 PD만 네 명, 전체 팀원도 열 명 가까이 된다.

Q. 소개하는 악기를 정하는 기준은 무엇인가?

A. 선정이랄 게 딱히 없는 게 취급하는 모든 브랜드의 악기를 전부 리뷰한다. 단 '버즈비'라는 판매처에서 취급하는 브랜드가 기준이다. 가끔 외부 요청으로 특집 방송을 할 때도 있다.

Q. 프로그램만의 방식이 있다면?

A. 사실 악기 리뷰의 방식은 거의 정해져 있다. 가끔 이벤트를 진행하는 등 디테일이 조금씩 달라지는 정도다. 테크니컬 스펙 소개, 시연, 평가, 합주라는 큰 틀에서 벗어나진 않는다.

Q. 기타에 대한 스펙을 원래 잘 알았나?

A. 잘 몰랐다. 기타 목재가 그렇게 많은 줄 누가 알았겠나. 기타는 소리만 좋으면 되는 거라 생각했다. 그래서 초창기에는 욕도 많이 먹었

다. 곧바로 공부 모드에 돌입했다. 그런데 신제품은 계속 쏟아지고 스펙들은 매일같이 바뀐다. 아무리 체크해도 가끔 오류가 나기도 한다.

Q. 별도 자문이 있는지?

A. 결국 내가 최종 검수자가 된다. 12년 정도 했으니 나보다 잘 아는 사람도 없다. 이제는 자신이 없으면 솔직하게 말하거나 전문가를 소환한다. 그러면 알아서 댓글을 달아주신다. 너무 깊게 들어가면 나도 잘 모른다고 솔직히 말한다. 6년 차 즈음부터 좀 편해졌던 거 같다.

Q. 백과사전 첨삭도 한다고?

A. 첨삭은 아니고, 예전에 두산백과사전에서 기타 파트 집필 제안이 왔다. 글자 하나하나의 무게감이 너무 크게 다가왔다. 성격상 팩트에 집착하다 지치겠다 싶어 3장을 써본 후 정중히 거절하기로 했다. 나중에 낸 《기타 100》이라는 책이 네이버 지식백과에 등재됐다.

Q. 《기타 100》은 무엇인가?

A. 100개의 기타를 소개하는 책이다. 음악 출판 업계에서 일하는 작가이자 편집자인 지인과 공저로 쓰게 됐다. 사전식 집필이라 세부적인 사실 확인의 업무량이 엄청났고, 저작권의 해결을 위해 각 브랜드에 직접 연락을 취해 사용 가능한 사진을 제공받는 과정도 만만찮았다. 책 낼 때 즈음 그새 스펙이 바뀌어 수정도 반복해야 했다. 기타 길이와 무게 체크도 힘든 과정이었다.

Q. 길이와 무게까지 알려줘야 하나?

A. 악기는 보는 것과 실연의 차이가 꽤 크다. 보기엔 예쁜데 생각보다

크거나 작을 수도 있어 체형별 스탠다드가 필요하다고 생각했다. 사실 이는 악기사들도 그간 중요하게 생각하지 않던 지점이었다. 내가 나서서 5년째 하다 보니 어느 정도 그 공식을 전할 수 있게 되었다.

Q. 100개의 기타를 선정한 기준은?

A. 대중성이 기준이었다. 리뷰를 하며 세상 거의 모든 악기를 다루다 보니 대중성을 어느 정도 판단할 수 있었고. 그렇게 200개를 정한 후 소거법으로 줄이고 줄여 100개를 남겼다. 나름 이 과정이 꽤나 재미있었다. 마치 이상형 월드컵을 하듯 줄여갔다.

5천 대가 넘는 기타와의 시간

Q. 기타 교본 책도 챘다고?

A. 기타 입문 서적을 예전에 한 권 냈다. 나중에 '야마하'와 계약해 수업 자료로 내기도 했다. 사실 한 권 더 준비 중인데 언제 나올지는 모르겠다. 일단 사전식 글쓰기는 당분간 쉬고 싶지만, 에세이는 한 권 써보고 싶다. '기타로 먹고 살기' 같은 내용으로.

Q. '기타로 먹고 살기', 가능한가?

A. 당연히 기타로만 먹고 살기는 힘들다. 극소수의 일류 연주자들을 제외하면 기타리스트만으로는 먹고살기는 불가능에 가깝다.

Q. 기타 리뷰를 하며 좋은 점은?

A. 악기 욕심이 많이 없어졌다. 돈을 내고서라도 하고 싶은 일을 오히려 돈을 받고 할 수 있다니 복이라 생각한다. 마지막으로 12년 간 5천

대 넘는 기타를 쳐봤다는 건 정말 경이로운 경험이라고 생각한다.

Q. 특히 기타를 애정하는 이유는?
A. 영원한 나의 '원픽'과도 같은 존재다. 기타리스트로서의 정체성도 있다. '내 악기다'라고 생각하는 부분이 가장 크다

Q. 앞으로 기타 리뷰어로서 하고 싶은 역할이 있다면?
A. 지금의 상태에서 더 디테일하게 다져가는 역할을 하고 싶다. 리뷰라는 것 자체가 주관의 객관화 과정이라고 생각한다. 이미 객관화 자체가 쉽지는 않지만, 반복적인 루틴과 경험을 기반으로 믿고 볼 수 있는 콘텐츠를 계속 만들어가고 싶다.

욕심 많은 음악인의 미래

Q. 궁극적인 꿈은 무엇인가?
A. '음악 잘하는 음악인'으로 기억되고 싶다. 음악인들 사이에서 인정받는 사람이면 더욱 좋겠다. 지금의 수많은 직업들 중에서 이제는 한 분야에 좀 더 집중해야 할 시기인 것 같기도 하다.

Q. 최근 '슈퍼주니어' 희철 씨와도 작업했다고 들었다.
A. 예전에 발매했던 '토끼와 거북이'라는 곡을 리마스터링했다. 10분짜리 뮤지컬 형식의 곡이다. 거기서 주인공인 거북이 역을 희철이가 맡았다. 슬리피 등 지인들이 참여해 의미 있는 작업이기도 하다. 어렸을 때의 절친과 음악적으로 함께 작업한다는 게 감회가 참 새로웠다.

Q. 올해의 계획은?

A. 개인 작업 계획은 없다. 드라마 메인 음악감독 입봉이 유일한 목표다. 개인 유튜브 채널 활성화에도 힘을 좀 쏟고 싶다.

Q. 제작사 등 사업화할 생각은 없는지?

A. 전혀 없다. 그럴 여력도 없고. 확장을 생각한다면 당장에 일을 못할 것 같다. 누가 우리 팀을 인수해준다면 기꺼이 응할 생각은 있다.

Q. 정치하고 싶은 마음도 있나?

A. 정치외교학과를 전공했다는 것 자체가 정치에도 관심이 있다는 거다. 나중에 뭐든 문화와 관련된 일이라면 해보고 싶다.

Q. 비전공자로서 음악을 꿈꾸는 모든 사람들에게 한마디.

A. 예술이 전공을 해야지만 할 수 있는 분야는 아니다. 다만 전공을 하지 않은 사람이라면 전공자 이상의 텐션으로 살아야 한다. 그만큼의 공부와 노력이 필요하며 이 과정 없이는 비전공자 콤플렉스를 극복할수 없다. 하지만 그 단계를 넘어서는 순간 본인에게 가장 자랑스러운 커리어가 될 것이다.

PART 1. 엔터테이너의 경계를 넘나들다

Z,

절친에서 이제는 음악인으로 만나는 '슈퍼주니어' 김희철.
12년간 기타 리뷰어로 무려 5천 대의 기타를 소개했다.
'쇼미 더 머니 4' 베이식의 우승곡 '좋은날'을 작곡했다.
동서양을 넘나드는 악기를 배우며 음악 스펙트럼이 넓어졌다.

3

낮엔 게임 기획자,
밤엔 한글 디자이너

무경계 워크맨 _ 이윤채

"한글의 세계화, 나만의 손 글씨로 이루고 싶어요."

'두 개의 심장'이라는 문구가 예능 프로그램과 광고에서 유행이던 때가 있었다. 지치지 않는 체력을 뜻하는 그 말이 요즘 직장인들과 어울린다는 생각이 든다. 현재의 직업에 만족하지 않고 변화를 위해 다양한 시도를 하고, 사이드 프로젝트를 넘어 동등한 두 개의 직업을 가지려는 이들의 모습을 보면 그렇다.

주 52시간 근무로 직장인들에게는 남은 116시간이 생겼다. 이 시간을 어떻게 활용하느냐는 직장인들에게는 가장 큰 고민거리다. 그런데 무엇이든 하고 싶은 마음은 있지만 회사 일에 쫓기다 보면 실행이 쉽지 않다. 그런데 이미 몇 년 전부터 완벽하게 두 개의 직업을 실천하는 사람이 있다.

낮엔 게임 기획자, 밤엔 한글 디자이너라는 독특한 직업으로 하루 24시간을 달리는 무경계 워크맨 이윤채 씨. 에너제틱한 그녀의 삶은 정말 두 개의 심장을 가진 듯 보였다.

MMORPG 게임 기획자가 되기까지

Q. 게임 회사가 첫 직장인가?

A. 대학원 졸업 후 진로를 고민하던 차 문화체육관광부 산하 공공기관에 다닌 게 첫 직장이었다. 기관에서 정책 보고서 쓰는 일을 했는데 성향과 맞지 않았다.

Q. 공공기관, 어떤 부분이 맞지 않았나?

A. 초반에는 의욕이 넘쳤다. 실제 사업을 꾸려 테스트하고, 문화 교육 프로그램을 만들어 그 효과를 입증하는 보고서를 열심히 작성했다. 그런데 문화 교육이란 게 단기간에 효과가 나오기 어려운데, 짧은 시간에 성과를 내야만 하는 일에 지쳤고 2년 후 퇴사했다.

Q. 게임 회사에 지원하고 싶었던 이유는?

A. 새로운 분야에 도전해보고 싶었다. 사실 이전에는 닌텐도 등 캐주얼한 게임을 즐겨 했다. 하지만 게임 기획자로 일하고 싶었기 때문에 장르는 다르지만 MMORPG 게임 기획자에 지원했다. 모르면 공부하면 된다는 생각이었다.

Q. 처음부터 잘 적응했는지?

A. 당연히 힘들었다. 처음부터 난관이 찾아왔다. 첫 회의를 들어갔는데 대화의 절반 이상을 이해하지 못했다. 처음 듣는 전문 용어가 대부분이었다. 그들의 대화에 끼기 위한 사투를 벌이기 시작했다.

Q. 어떤 노력을 했나?

A. 매일 회의 내용을 녹음해 출퇴근 시간 동안 두 번씩 들었다. 나만의 게임 용어집을 만들며 1년 반 정도 지독하게 공부했다. 파고 들다 보니 프로젝트 매니저보다 UI/UX 기획이 잘 맞겠다는 생각이 들었다.

Q. 프로젝트 매니저와 UI/UX 기획자의 차이는 무엇인가?

A. 프로젝트 매니저는 넓은 관점에서 전체 프로젝트를 관리한다. 일정 관리 등 매니지먼트 역할이 크다. 기획자는 뭔가를 만들어 결과물을 내는 직군이다. 기획한 것들을 프로그래머나 디자이너와 함께 협업하고 결과물을 확인한다. 게임의 코어에 좀 더 다가갈 수 있는 역할이다.

Q. 지금 일은 적성과 잘 맞나?

A. 잘 맞는다. 사람을 대해야 하는 업무와도 잘 맞는다. 그리고 기획용 문서 만드는 걸 매우 좋아한다. 게임 기획서는 방향과 디테일이 중요

하다. 텍스트만으로 전달이 어려운 부분들을 동료들에게 잘 전하기 위해 내용을 시각화하는 데 집중한다.

Q. 전공은 무엇이었나?

A. 학부 전공은 경영과 무역학이었다. 이후 국제대학원에 진학했는데 일주일 만에 포기했다. 그러다 당시 미디어 파사드(Media facade)에 관심이 많아져서 리서치하던 중 미디어 아트라는 전공을 알게 되었다. 그래서 영상학 쪽으로 다시 지원하게 되었다.

Q. 갑자기 영상에 관심이 생긴 것인가?

A. 사실 어렸을 때부터 음악과 미술을 배웠다. 플루트를 10년 정도 했고, 미술도 꽤 오랫동안 했다. 그런데 플루트 유학을 준비하던 중 집안 사정이 어려워졌고, 취직이 잘 될 수 있는 쪽으로 진로를 바꿨다. 대학에서는 경영학을 전공했지만 결국 다시 좋아하던 쪽으로 움직이게 됐다.

필사로 시작된 손 글씨

Q. 손 글씨는 언제부터 쓰기 시작했나?

A. 공공기관에 다닐 때는 늘 정시에 퇴근했다. 정적인 일을 하다 보니 뭔가 해소하고 싶은 마음이 생겼다. 손으로 하고 싶은 일을 찾았고 자연스레 필사를 시작하게 되었다.

Q. 글씨에 재능이 있었나?

A. 전혀 아니다. 어렸을 때는 악필이었다. 글씨를 진짜 못 썼다. 오죽

하면 어머니가 글씨를 크게 써보라며 전용 공책을 사오셨다. 이리 저리 써봤더니 조금씩 나아졌다.

Q. 필사에 디자인을 더하게 된 계기는?

A. 필사를 하며 국내는 물론 해외 작가들의 자료를 많이 찾아봤다. 그러다 관심 있는 작가들도 생겼고 그분들이 쓴 책을 보며 혼자 공부했다. 쓰다 보니 단순히 잘 쓰고 싶다는 마음보다는 글씨에 감정을 담고 싶었다. 이후 필사를 할 때 마음을 담아내려 노력했다.

Q. 나만의 것으로 발전한 순간은?

A. IT 기반 회사를 다닌 탓에 아날로그함과는 거리가 있었다. 모든 걸 기술로 처리하니 기억력이 떨어지는 것을 느꼈다. 소중한 것을 기억하고 싶은 마음에 나에게 집중하는 방식으로 쓰게 되었다. 이전에는 시간이 남아서 썼다면 이후엔 목적이 생겼다. 어느 순간 글씨 느낌이 완전히 달라져 있었다.

Q. '나에게도 재능이 있구나' 라고 느낀 지점은?

A. 지인들로부터 글씨가 좋다는 이야기를 듣기 시작했다. 글씨를 디자인으로 발전시켜보면 좋겠다는 조언도 해줬다.

Q. 캘리그래피는 이미 대중적이지 않았나?

A. 이미 대중적이었다. 다만 내가 쓰는 글들이 일반적인 캘리그래피와는 다르다고 생각했다. 필사의 과정이라고만 여기기도 했고, 기술적으로 잘 쓰고 싶던 것도 아니었다. 그러다 주변 분들이 뭔가 '각이 다르다'는 이야기를 해주자 이 점을 활용해야겠다는 생각이 들었다.

Q. 어떻게 다른 '각'일까?

A. 정형화 되어 있지 않다는 의미였다. 배워서 쓴 글씨가 아닌 것 같다는 피드백이 많았다. 수업을 들으며 배운 게 아니라 감정에 따라 만들었기 때문에 그런 느낌을 받았을 거다. 거기서 뭔가 나만의 영역을 만들 수 있겠다는 생각을 처음으로 하게 되었다.

Q. 정형화 되어 있지 않다, 좀 더 구체적으로 설명한다면?

A. 캘리그래피 수업이나 책을 보면 가르쳐주는 방식이 거의 비슷하다. 기술적으로 잘 쓰는 방법을 알려준다. 자음과 모음의 간격, 획의 굵기, 받침이 있을 때와 없을 때 등이다. 그런데 나는 형식이 없는 상태에서 감정의 흐름을 기반으로 쓰다 보니, 나름의 스타일이 만들어진 게 아닐까 싶다.

Q. 감정의 흐름은 글씨로 어떻게 이어지나?

A. 만약 지금 있는 공간의 타이틀을 써야 한다면, 공간에 대한 이해부터 시작한다. 공간에서 어떤 기분이 드는지, 손님들과 운영하는 사람들은 어떤지 등이다. 이 모든 과정을 통해 보는 사람들에게 어떻게 전달할지 상상한다. 일련의 과정에서 연상되는 최종 이미지를 글씨로 옮긴다.

Q. 이윤채 손 글씨의 핵심, '감정'이겠다.

A. 그렇다. 내가 쓴 글씨를 사람들이 이렇게 느꼈으면 좋겠다는 방향으로 쓴다. 글씨를 본 사람들의 반응도 '비가 오는 느낌이다', '바다를 보는 것 같다' 이런 식이다.

Q. 영향을 받은 다른 장르가 있나?

A. 대학원 때 타이포그라피에 관심이 많았다. 특히 키네틱 타이포 (Kinetic typography) 장르를 좋아했다. 글자의 움직임을 연구했던 게 많은 도움이 됐다.

프로로 글씨를 쓰기 시작하다

Q. 본인의 브랜드를 걸고 한 첫 작품은 무엇인가?

A. SM타운 콘서트 소개 영상에 들어가는 작업이었다. 모션 그래픽 감독님께서 제안해주셨다. 정형화되지 않은, 정제되지 않은 느낌이 좋다고 했다. 그렇게 첫 프로젝트를 하게 되었다.

Q. 반응이 좋았나?

A. 신기하게도 바로 다음 일이 들어왔다. 샤이니 종현의 콘서트 영상이었다. 이후 미스코리아 시상식 영상에 나오는 작업, 옥수수 티비에서 만든 '국가 화장품 수사대' 작업도 했다. 현대무용단 고블린 파티, 가게나 학원 간판 등 다양한 작업을 했다.

Q. 제품 브랜드와도 진행했나? 기억에 남는 작업이 있다면?

A. 카누, 일룸과도 진행했다. 광고나 제품으로 노출되니 많이 알아봐 주셨다. 기억에 남는 건 배우 김성령의 자선 바자회 포스터 제작이었다. 의미 있는 행사에 재능기부로 동참할 수 있었고 판매 수익은 기부했다.

Q. 직업으로서 글씨를 쓴다, 어떤 기분인가?

A. '이윤채'라는 브랜드를 찾는 회사나 개인들이 조금씩 늘면서 퀄리티에 대한 고민이 많아졌다. 취미의 영역을 넘어 나의 가치나 쓸모가 중요해짐을 느꼈다. 취미는 자기만족이 중요하지만, 직업은 클라이언트나 소비자의 만족이 더 중요함을 깨달았다.

Q. 직업이 되니 어려운 점은?
A. 기준을 정해야 했다. 클라이언트가 만족할 때까지 한다고 해도 시안을 50개씩 만들거나 수정을 20회씩 할 수는 없었다. 나만의 방식들을 하나씩 만들었다.

Q. 손 글씨를 쓰는 직업, 장단점은 무엇일까?
A. 장점이라고 하면 개인 작업이라 시간을 쓰기가 자유롭다는 것이다. 그저 나와의 싸움이다. 단점은 수익화의 어려움이랄까. 아무래도 꾸준히 일이 들어오는 게 아니란 점이 단점이다. 누구나 쓸 수 있기에 그 가치를 낮게 보는 경우도 많다.

Q. 오히려 직업으로서는 아무나 할 수 없는 영역 아닌가?
A. 자기만의 색을 찾아야 하는데 그게 어렵다. 아직 찾아가며 고민하는 중이다. 이 부분은 어떤 직업이든 마찬가지일 거다. 누구나 '쓸 수' 있는 글씨지만 그것을 '그리기 위한' 고민이 필요하고, 그 과정을 잘 지나야 나만의 색이 나온다고 생각한다.

Q. 쓰는 글씨가 아닌, 그리는 것의 의미는?
A. 결국 나만의 스타일은 살리면서 작품마다의 특징을 잘 녹이는 게 관건이다. 그래서 글씨를 '쓴다'고 생각하지 않고 '그린다'의 관점으로

전환하게 되었다. 센스나 감각도 장착해야 한다.

Q. 디자이너의 개념인 것 같다.

A. 그렇다고 볼 수 있다. 내 SNS에 외국인 분들이 더 많은 관심을 보인다. 내가 쓴 한글을 이해해서라기보다는 그 디자인에 공감을 해줬다고 생각한다.

나만의 브랜드와 비즈니스 모델

Q. 어떤 넥스트를 준비 중인가?

A. 우선 내 브랜드를 많이 알려야 한다. 어느 정도 고착화된 시장이기에 확장에 대한 고민이 많다. 일단 온라인 교육 수업을 생각하고 있다.

Q. 그게 비즈니스와 연결이 될까?

A. 아무래도 현재의 작업이나 굿즈 판매만으로는 수익화가 어렵다. 교육 시장을 통한 브랜드 인지도 향상이 중요한 시점이다.

Q. 강의 커리큘럼은 어떤 방향인가?

A. 잘 쓰는 법을 가르치고 싶진 않다. 이미 그런 강의는 충분히 많다. 사고방식의 전환을 알려주고 싶다. 결과물도 종이에 한정 짓지 않으려고 한다. 내가 쓴 글씨로 제품화하거나 3D 기술 등을 통해 입체 결과물을 만드는, 매체를 넘나드는 영역을 제공하고 싶다.

Q. 잘 쓰는 법과 어떻게 다른가?

A. 감정을 담아 입체적으로 표현하는 것이다. 나 역시 악필이었고 정

형화되지 않은 느낌으로 시작했기 때문에 오감을 넘어 육감을 깨우치는 수업을 하고 싶다. 각자의 개성을 살리는 방향을 찾게끔 하고 싶다.

Q. 성인 대상 교육으로 국한할 필요는 없을 것 같다.

A. 사실 어린 친구들의 감성이나 표현 방식을 키워주기 위한 교육에도 관심이 많다. 머지 않은 미래에 해보고 싶은 프로젝트다. 방과 후 취미활동도 다양해졌으니 도전해볼 만한 영역이라 생각한다. 이런 교육이 대중화되어 사회에 좋은 가치가 되었으면 하는 바람이다.

Q. 비즈니스 모델도 구상 중인가?

A. 단순 작업, 굿즈 판매, 수업 등으로 국한하고 싶진 않다. 좀 더 큰 그림을 그리고 싶다. 그래서 내 브랜드 가치에 더 집착하는 걸지도 모르겠다.

Q. 본인만의 비즈니스 모델은?

A. 나만의 오리지널리티를 잘 찾으며 내 브랜드를 강화 및 확장하는 것이다. 그 과정을 만들어가야 한다. 정형화되지 않은 작가, 뻔하지 않은 작가라는 강점을 기반으로 말이다.

두 개의 심장을 유지하는 법

Q. 시간 관리는 어떻게 하나?

A. 시간을 굉장히 쪼개서 사용하는 편이다. 직장 생활이 여유 있는 것도 아니고 야근도 많아 그럴 수밖에 없다. 그래서 회사 점심시간을 주로 활용한다. 회사 식당 테이크아웃 코너를 이용해 식사 시간을 아낀

다. 하루가 24시간이라 아쉬울 뿐이다.

Q. 어느 한쪽으로 집중해야 한다는 생각은?

A. 디자이너로 두 번째 직업을 시작하라는 이야기를 주위에서 많이 한다. 하지만 그러기에는 아직 준비가 덜 되었다. 그 시점을 잘 잡아야 하기 때문에 올해가 여러모로 중요한 시기다.

Q. 회사를 놓기가 아직은 쉽지 않겠다.

A. 일이 재미있기도 하고 월급을 포기하기도 쉽지 않다. 직장인들이 공감하는 지점이지 않을까 싶다. 지금의 일을 하면서 내 브랜드를 잘 쌓아가고 싶다.

Q. 디자이너로서 어떤 차별화를 지향하는가?

A. 결국 나만의 개성과 매력을 보여주고 싶다. 그게 다른 디자이너와의 차별점이 아닐까 싶다. 보여주는 방식이나 매체의 다양화도 그렇다. 종이가 아닌 모션 그래픽, 미디어 파사드 등 매체 다각화도 시도 중이다.

Q. 무한도전, 무경계라는 단어가 생각난다.

A. 그렇다. 뭐든 나의 글씨를 생동감 있게 표현하고 싶다. 다양한 영역과 컬래버 작업에 욕심이 많다. 늘 하나에 만족하지 않고 다양한 것들을 해왔다. 결국 이 모든 경험들이 지금의 것을 만드는 데 도움이 됐다. 그러다 보니 점점 무경계의 영역을 지향하게 됐다.

한글 디자이너로서의 지향점

Q. 한글 디자이너라는 표현이 잘 어울린다.

A. 사실 캘리그래퍼라는 표현은 어떤 특정 영역에 한정된 느낌이 든다. 글자를 재료로 쓰며 보다 다양한 결과물을 만드는 영역으로 가고 싶다. 그런 측면에서 한글 디자이너란 말이 좋다. 한글을 나만의 손글씨로 어떻게 잘 표현할지 매일 고민한다.

Q. 한글에 집중하는 이유는?

A. 사실 영어는 어떻게 써도 예뻐 보인다. 그런데 한글은 참 쉽지 않다. 어려운 과제이기에 도전하고 싶은 마음도 있지만, 언어로서 한글의 매력과 감정을 잘 살리고 싶은 욕심이 크다. 아직은 부족하지만 종국의 꿈은 한글을 나만의 방식으로 세계화하는 것이다.

Q. 한글의 세계화, 좋은 목표인 것 같다.

A. 결국 내 브랜드나 비즈니스의 지향점이 되지 않을까. 해외에서 내 SNS를 더 좋아하는 이유도 그렇다. 외국 친구들이 디자인이나 표현 방식이 매력적이라는 피드백을 많이 준다. BTS와 기생충을 만든 한국 문화의 DNA도 믿는 편이다. 아무튼 꿈을 원대하게 품고 있다.

Q. 사업을 잘 할 것 같나? 올해 비즈니스의 기준은?

A. 잘 할 것 같다. 추진력이 있고, 사람 만나는 것에 대한 두려움도 없다. 비즈니스는 돈이 되건 안 되건 의미가 있으면 한다. 역시 이 부분에 있어서도 경계가 없다.

Q. 무경계의 경험, 큰 무기가 될 거 같다.

A. 그렇게 되길 바란다. 전 세계 모든 사람들과 경계 없는 작업을 하며 다양한 매체들을 만나고 싶다.

일을 대하는 이윤채의 시선

Q. 인간 이윤채는 어떤 사람인가?

A. 다양한 일을 꾸준하게 하는 사람이다. 시도와 노력을 멈추지 않고, 계속 기웃거리고, 가만히 있지 못하는 사람이다. 그렇게 해야 스스로 살아 있다고 느낀다.

Q. 일을 왜 한다고 생각하는가?

A. 일을 한다는 고민은 쭉 이어져오는 것 같다. 왜 사람들은 한 가지 일만 하게 될까? 기존의 것을 버리고 새롭게 도전하는 게 어려워서가 아닐까? 어쨌든 많은 사람들이 직장에서 일에 대한 보람을 찾는 건 쉽지 않다고 본다. 나 역시 나라는 사람을 만들어가기 위해 직장을 다니는 것 같다.

Q. 어렸을 때는 어떤 일을 하고 싶었나?

A. 플루트를 오래 했기 때문에 오케스트라 단원이 될 줄 알았다. 잠시 외교관을 꿈꾼 적도 있다. 어릴 적 영국 여행을 갔을 때 여러 가지 면에서 충격을 받았다. 이런 큰 나라에 대한민국을 알리고 싶다는 생각이 들었다. 그때의 감정들이 지금까지도 이어져오는 것 같다.

Q. 평생 직장이 사라진 시대, 우리는 무엇을 준비해야 할까?

A. 결국 나만의 브랜드를 만들어야 한다. 다른 방법은 생각나지 않는다.

Q. 언젠가 꼭 해보고 싶은 일이 있다면?
A. 이미 늦었지만 오케스트라 단원을 한번 해보고 싶다. 웃기지만 뮤지컬 배우도 해보고 싶다. 노래를 엄청 잘하는 건 아닌데 음악에 대한 애정은 늘 있었다.

Q. 일을 통한 궁극적 목표는 무엇일까?
A. 결국 내 가치를 계속 증명해야 한다.

이윤채의 삶과 미래에 관하여

Q. 최근 가장 영향을 받은 책이나 작품이 있다면?
A. 무라카미 하루키의 《직업으로서의 소설가》를 좋아한다. 일을 대하는 태도에 대한 생각을 많이 하게 된다. 영감도 많이 받았다.

Q. 나의 직업들에 가장 큰 영감을 주는 것은?
A. 게임 회사를 다니니 게임 영상을 많이 본다. 아카이빙도 해두는 편이다. 영상을 보며 소비자들에게 무엇이 필요한지 연구한다. 디자인적으로는 영화나 핀터레스트를 많이 보지만, 사람을 관찰하는 것이 큰 도움이 된다.

Q. 인간 이윤채는 어떤 사람이 되고 싶은가?
A. 전해져오는 느낌이 좋은 사람, 말과 행동이 다르지 않은 사람, 행복

하기 위해 노력하는 사람이 되고 싶다.

Q. 뭔가 하고 싶지만 아직은 못 하고 있는 직장인들에게.
A. 좋아하는 분야를 기웃거렸으면 좋겠다. 기웃거리다 보면 뭔가가 보인다. 대단한 걸 시작하려 하기보다는 꾸준히 작게 묵묵히 하다 보면 된다. 나 역시 필사로 시작하다 여기까지 오게 되었다. 결국 끈기와 지속성의 문제다.

乙。

낮엔 게임 기획자, 밤엔 한글 디자이너로 활동하는 이윤채.
SM타운 콘서트 영상과 샤이니 종현 씨의 콘서트 영상.
대원제약 뉴베인 TV 광고 캘리그라피 타이틀 작업.
카누와 진행한 프로젝트.

PART 2.

서울이 아닌 지역으로 향한 그들

4

자본주의를 대체할
경제 공동체를 만들다

경제 공동체를 통해 제주에 정착한 _ 박준현

"회사 이후의 삶, 우리만의 공동체로
실천하고 있어요."

남태평양 아누타 섬에서 생존을 위해 싸우던 한 부족은 나눔과 협동을 상생의 방식으로 선택했고 '아로파'라는 이름을 명명했다. 그 이름은 오랜 시간이 흘러 한국의 청년들에게 깊은 영향을 주었고, 자본주의를 대체할 그들만의 경제 공동 체를 꿈꾸며 '청년아로파'를 만들었다.

이들은 월급의 10분의 1을 회비로 낸다. 대신 수익은 동일하게 n분의 1로 가져간다. 을지로 와인바 '십분의일' 공간을 통해 수익을 내기 시작한 그들은 '빈집', '밑술'이라는 브랜드를 만들며 점점 사업체를 확장해나갔다. 여덟 명의 공동체원은 대체로 회사를 다니는 30대 직장인이다.

회사 후 두 번째 인생을 꿈꾸는 멤버를 위해 공동체 자금으로 새로운 기회를 지원한다. 그렇게 대기업을 다니던 멤버 한 명이 작년 퇴사를 감행했고, '아무렴, 제주'라는 게스트 하우스를 열었다. '청년아로파' 멤버이자 '아무렴, 제주'의 박준현 대표를 만났다.

취준생, '청년아로파'에 동참하다

Q. 어렸을 때 꿈은 무엇이었나?

A. 꿈이라고 할 만큼 원하던 직업은 없었다. 취직이 잘되는 경영학과를 전공했고, 완벽한 제너럴리스트를 추구했다. 학점 관리나 공모전에 몰두했지만 졸업 이후 뭘 하겠다는 생각은 딱히 없었다.

Q. 프랑스에 교환학생으로 다녀온 후 변화가 생겼다고?

A. 우연치 않게 교환학생으로 프랑스에 가게 됐다. 당시 함께 지내던 외국인 친구들과 이야기를 나누며 문화 충격을 받았다. 틀에만 맞춰 살던 내가 다양하게 사는 삶을 보게 된 것이다. 여유와 경험의 필요성

을 느끼며, 졸업 후 바로 취직해야겠다는 생각을 버렸다.

Q. 그러다 바로 대기업에 입사했다.

A. 좀 더 새로운 경험을 하고자 했지만 아버지가 염려를 하셨다. 일단 취직을 하기로 했고, 닥치는 대로 입사 원서를 썼다. 그중 LF에 입사 하게 됐다. 2012년 11월 때의 일이다.

Q. 회사 생활은 어땠나?

A. '닥스'라는 브랜드의 영업 부서에 있었다. 패션 회사다 보니 개방적 인 분위기였고 개성 강한 사람들이 많았다. 나는 다소 보수적이라 자 처해서 야근도 많이 하고, 남들 피하는 회식 참여도 적극적이었다. 선 배들과도 잘 지냈고 일도 나름 재미있었다. 그런데 3, 4년 차가 되고 보니 생각이 많아지면서 매너리즘에 빠지기 시작했다. 고민 끝에 부서 를 옮기기로 했다.

Q. 부서를 옮기며 문제가 해소 되었는지?

A. 3년간 영업 부서에 있다가 같은 브랜드의 상품 기획팀으로 옮 겼다. 안타깝게도 신선한 자극은 오래가지 못했다. 연차가 쌓이면 서 머리만 굵어졌다. 효율을 따지는 내 모습에 회의감이 들었고 5년 차 즈음 평생직장은 아니라는 생각이 들었다.

Q. 어떤 옵션을 고려했나?

A. 이직은 큰 의미가 없다고 생각했다. 해보고 싶은 브랜드가 있던 것 도 아니었고 지금 회사 사람들이나 일하는 방식에도 만족했다. 회사가 아닌 다른 대안을 고민하기 시작했다.

Q. 다음을 정하지 못한 채 일단 퇴사했다.

A. 뭔가 해야겠다는 생각만 가진 채 계속 퇴사를 미뤘다. 그러다 인사 면담을 하는데 팀에서 조금 더 큰 역할을 맡아달라는 제안을 받았다. 그러다 갑작스레 퇴사하게 되면 함께 일하던 동료들에게 피해를 줄 수도 있겠다는 생각이 들었다. 그제서야 퇴사를 결정했다.

Q. 퇴사에 대한 반대는 없었나?

A. '청년아로파'나 공동체에서 운영하는 와인바 '십분의일'의 존재를 부모님은 모르셨다. 퇴사 결심 후 처음으로 이야기를 꺼냈다. 앞으로 하고 싶은 걸 마음껏 해보겠다고 말씀드렸다. 걱정을 한참 하셨는데 마침 '십분의일'이 KBS '다큐 3일'에 나왔다. 방송에 나올 정도니 장난으로 하는 건 아니라는 생각을 하셨던 거 같다. 어렵게 풀 일이 비교적 쉽게 해결됐다.

Q. 퇴사 이후 어떻게 시간을 보냈는지?

A. 일단 3~4개월 푹 쉬며 2019년을 맞이했다. 당시 공동체인 '청년아로파'에서 새로운 프로젝트를 해보자는 이야기들이 나왔다. 제주살이 욕심이 있던 터라 제주도에서 뭔가를 해보면 좋겠다고 제안했다.

자본주의를 대체할 경제 공동체

Q. '청년아로파'를 하게 된 계기는?

A. 프랑스에서 만난 친구 중 '청년아로파' 초창기 멤버가 있었다. 당시 몇몇이 작은 술집을 해보면 어떨까 하던 차였다. 그때 '청년아로파'라는 공동체로 해보면 어떻겠냐는 제안을 받았다. 처음에는 술집을 함께

운영하는 형태라고 생각했는데 알고봤더니 조금은 다른 콘셉트였다.

Q. 어떤 콘셉트였나?
A. 투자금이나 회비 규모는 각자 다르지만 수익 배분은 동일하게 하는 공동체를 만든다는 것이었다. 각자가 낼 수 있는 만큼의 투자금과 월급의 일부분을 내서 그 돈으로 장사를 해보자는 취지였다. 처음에는 의아했지만 시간이 지날수록 그 지향점이 굉장히 순수하게 느껴졌다.

Q. 자유로운 투자금과 회비라는 게 가능한가?
A. 참 이상한데 거절하기에는 뭔가 매력적이었다. 혼자라면 할 수 없을 일을 같이 한다는 것도 좋았다. 수익에 대한 방향성만 독특했을 뿐 취지는 좋다고 생각했다. 사실 '청년아로파' 초창기 멤버 중에는 나처럼 대기업에서 월급 받는 사람도 드물었다. 그 말은 내가 회비를 많이 내야 한다는 뜻이기도 했다. 그런데도 뭔가 소소한 행복감을 느꼈다.

Q. 어떤 지점에서 소소한 행복을 느꼈을까?
A. 회사에 다니다 보면 어느 회사 다니고, 월급은 얼마 받으며, 재테크를 어떻게 하는지 등 현실적인 이야기들만 하게 된다. 그런데 이 공동체를 보며 예전에 프랑스에서 느꼈던 삶에 대한 여러 방식들이 다시 떠올랐다. 혹여나 여기서 실패하더라도 또 다른 기회를 만들 수 있을 거라 생각했다.

Q. '십분의일', 공동체 사업의 시작이었다.
A. 어떻게 하면 공동체로서 '우리가 함께 잘살 수 있을까'라는 고민이 '청년아로파'의 시작이었다. 돈보다 사람을 중시하는, 그러면서도 서

로가 함께 먹고살 수 있는 공동체를 고민했다. 그러려면 일단 돈이 필요했고 공동체의 의미가 담긴 공간을 만들어야 했다. 첫 프로젝트로 을지로에 와인바 '십분의일'을 오픈했다.

Q. '십분의일' 공간 운영, 누가 책임자였나?

A. 당시 드라마 PD를 하다 퇴사한 이현우가 맡았다. 대신 각자가 월급의 10%라는 회비를 내 가게 운영이 원활하지 않아도 운영자의 월급은 공동체에서 책임지기로 했다.

Q. '청년아로파' 멤버는 몇 명인가?

A. 일곱 명에서 열 명까지도 갔다가 지금은 여덟 명이다. 월급의 10%를 회비로 낸다는 방식이 '십분의일'이라는 공간 이름에도 반영됐다.

Q. 신규 멤버를 추가할 계획은 없는지?

A. 신규 멤버는 모든 사람이 만장일치 할 때만 받을 수 있다. 신규 멤버가 불편해 기존 멤버들이 나가는 건 안 되는 일이니까. 초반에는 신규 멤버 추천 자리가 종종 있었지만 최근에는 신규 멤버에 대한 이야기보다는 공동체 확장에 대한 논의를 많이 하는 편이다.

Q. 박준현 대표가 생각하는 '청년아로파'의 지향점은?

A. 초기에는 단순 동업 관계라고 생각했다. 직장인이다 보니 나만의 공간에 대한 로망도 있었는데 함께 하면 부담이 덜하겠다는 생각이 컸다. 그런데 하다 보니 공동체 사람들이 점점 가족처럼 되었다. 지금은 '청년아로파' 멤버들이 다 같이 안정적으로 잘살았으면 좋겠다는 생각뿐이다. 공동체의 가치가 내 가치관까지 변화시켰다.

Q. 어떤 가치관의 변화였나?

A. 스스로 물욕이 많이 없어졌다. 예전에는 연봉 등 다른 사람과의 비교가 급급했다면, 지금은 내가 아닌 우리라는 입장으로 바뀌었다. 그러다 보니 당장의 숫자는 큰 가치가 아니라는 생각이 들더라. 다 같이 안정적인 삶을 영위했으면 하는 바람이다.

타인의 생계를 책임진다는 것

Q. '청년아로파', 자본주의의 어떤 점을 대체하고 싶었나?

A. 자본주의에서는 개인의 실패로 모든 게 끝나는 경우가 많다. 자본이 있는 사람들에게는 더 많은 기회가 가는 게 현실이다. 자본주의에서 박탈된 기회를 대체할 만한 걸 만들고 싶었다. 어떤 사람들은 공산주의라 표현하기도 하더라.

Q. 그럼에도 불구하고, 경제 공동체란 쉽지 않은 방식이다.

A. 맞다. 매일매일 빡센 조모임을 하는 기분이다. 평생을 당연하게 여겨왔던 나의 가치가 매번 무너지는 경험의 연속이었다. 돈과 효율성을 우선으로 하는 의사결정을 포기해야 하며, 누군가 다른 가치를 추구한다면 기존의 의사결정은 언제든 번복될 수 있다. 효율을 포기하는 게 힘들 때가 많지만 이제는 비효율의 반복에 꽤 익숙해졌다.

Q. 비효율의 반복이라니, 힘들지 않나?

A. 다행히 시간이 지나 사소한 것들은 전례가 생기고 설득의 과정이 간소화됐다. 오랜 기간 소통하다 보니 노하우도 생겼고 일정 부분은 권한을 주며 나름의 효율성도 챙기게 되었다. 초반에는 1부터 10까지

전부 설득해야 했지만 이제는 어느 정도 학습 효과를 발휘할 수 있게 됐다.

Q. 학습의 노하우를 기록으로 남겼다고?

A. 우리가 치열하게 협의해온 과정을 기록으로 만들어 우리만의 정관으로 완성했다. 1년 정도의 시간이 걸렸다.

Q. 월급의 10분의 1을 내기로 한 기준은?

A. '청년아로파'를 업으로 하는 멤버들의 생계를 책임져주기 위해 책정한 비용이 시작이었다. 적어도 우리가 모은 회비로 누군가의 월급은 줘야 한다는 취지였다. 논의 끝에 월급의 10% 정도가 적당하겠다 싶었다.

Q. 결국 누군가의 생계를 책임지는 것이다.

A. 누구나 해보고 싶은 일이 저마다 있을 것이다. 당연히 혼자서 하기에는 부담스럽기 때문에 그걸 공동체에서 지원하면서 최소한의 경제적 수준을 보장해주고 싶었다. 그 대상이 내가 될 수도 있었기에 조직에 대한 진지함도 그만큼 깊어졌다.

Q. 월급의 10%, 양심껏 내나?

A. 서로의 신뢰를 기반으로 하지만, 연 1회 적절한 수준의 증빙 자료를 받고 정리한다.

Q. 백수도 최소 회비를 낸다고?

A. 처음에는 5만 원이었다가 이후 10만 원으로 올렸다. 공동체가 나의

가족처럼 의지할 정도라면 낼 수 있는 금액이라 생각했다. 물론 그 금액을 정하기까지 굉장히 오랜 시간이 걸렸다. 7만 원이냐 10만 원이냐 이런 것들 정하는 게 늘 어렵다.

쉽지만은 않았던 공간 창업

Q. '십분의일'이 첫 공간 타이틀이 됐다.

A. 공간 이름 역시 모든 멤버들과 함께 정한다. 역시 그 과정도 만만치 않다. '십분의일'도 사실 와인바에 적합한 이름은 아니었다. 그런데 잘 되고 나니 가게 이름이 상징적이 되었고, 브랜드 스토리에 큰 도움이 됐다.

Q. '십분의일' 공간 계약이 쉽지 않다 들었다.

A. 첫 공간 '십분의일'을 계약하기까지 1년 정도 걸렸다. 대학로 등 공간을 계약할 때마다 이상하게 어긋났다. 생각한 대로 실행이 안 되니 조급한 마음도 있었다. 그런데 이제와 보니 을지로를 선택해 오히려 다행이라고 생각한다.

Q. 처음 해보는 공간 창업이라 어려움이 많았다고?

A. '십분의일' 운영을 맡은 이현우 대표가 고생이 많았다. 다들 아르바이트 경험이 전부였기에 초반에는 어설픈 사공들만 있었다. 결국 이현우 대표 스타일에 맞춰나가는 수밖에 없었다. 1년간 조금씩 바꿔가며 운영하다 보니 지금의 형태로 완성될 수 있었다.

Q. 사공이 많으면 대표 운영자가 힘들지 않나?

A. 솔직히 그게 가장 어렵다. 최대 비효율인 지점이기도 하다. 공간의 운영자가 제일 잘 아는 사람인데 그렇지 않은 사람들의 의견을 듣는다는 게 스트레스일 때가 많다. '십분의일'의 경우 첫 케이스라 더 힘들었다. 하지만 어쩔 수 없이 필요한 과정이라 생각한다.

Q. '십분의일' 가게 입구가 독특하다.
A. 가게에 간판이 없다. 처음에는 간판 살 돈이 없어서 아끼자는 것도 있었고, 어차피 구석구석 찾아와야 하는 자리니 간판이 꼭 필요한지도 의문이었다. 이것저것 테이프로 뜯어 글자를 붙이다 보니 지금과 같은 입구 형태가 완성되었다.

Q. '아무렴, 제주' 아이디어의 시작은?
A. '십분의일', '빈집' 외에도 공간을 만들고자 하는 욕심이 공동체에 있던 상황이었다. 그때 내가 제주도에서 뭔가를 해보고 싶다는 의견을 처음으로 냈다. 개인으로 준비하는 것보다 공동체로 함께 하는 거에 의미를 두던 차였다.

Q. 술집을 하다 갑자기 게스트 하우스를 하게 된 이유는?
A. '십분의일'도 그렇지만 '아무렴, 제주'도 내가 하고 싶은 브랜드를 반영하고 싶었다. 제주도에 관심이 있었고 운영자인 내가 할 수 있는 아이템으로 정해야 했다. 물론 완성되어가는 과정에서 멤버들 각자의 그림들도 조금씩 더해졌다.

Q. '청년아로파' 결성 후 첫 정식 퇴사자다.
A. 나의 행보가 다른 멤버들에게도 자극이 되었으면 한다. 누구보다

속세의 것을 원했던 구성원이 퇴사를 한 것도 의외였을 거다. 나름 많은 것들을 내려두고 시작했다. 이후 두 명의 퇴사자가 더 생겼다.

신규 프로젝트, '아무렴, 제주'

Q. '아무렴, 제주', '청년아로파'의 지원으로 시작했다.

A. 공동체에서 하고 싶은 프로젝트가 있다면 기획안을 제안한다. 몇 달간의 회의를 통해 아이템이 결정되면 좀 더 구체적인 비용 계획과 일정을 짠다. 나 역시 처음에는 제주도만 생각한 게 전부였다. 막상 제주도에 와서 보니 술집은 차량 문제 등으로 힘들 것 같았고 결국 게스트 하우스로 풀리게 됐다.

Q. 게스트 하우스를 선택한 이유는?

A. 초기에는 기존 운영하던 콘셉트의 와인바도 논의가 됐지만, 제주에서의 와인바 사업은 여행 소비자 입장에서 제약이 많았다. 평소 내가 제주에서 제일 자주 소비하던 아이템이 게스트 하우스였다. 요리 등 전문성이 크게 없어도 가능했고 또래 타깃들을 위한 공간을 잘 만들 수 있겠다는 생각도 들었다.

Q. 오픈까지의 실행 과정은?

A. 게스트 하우스 아이템을 정한 후, 약 세 달 동안 제주도의 부동산 매물들을 보러 다녔다. 공동체 프로젝트였기에 멤버들과도 함께 리서치했다. 결국 지금의 공간을 선택했다.

Q. 비용은 어느 정도 들었나?

A. 제주도라 1년치 월세를 연세로 계약한 후 부분 리모델링을 진행했다. 모든 비용을 '청년아로파'에서 지원받았다. 금액을 정확하게 공개할 수는 없지만 가게 하나 오픈하는 비용만큼은 들었다. 가오픈 기간을 두 달 정도 거친 후 2019년 9월에 정식 오픈했다.

Q. 공동체에서 월급을 받는다고 들었다.

A. 그렇다. '십분의일'과 동일한 방식이다. 일하는 시간만큼 월급을 받고, 수익이 나면 일부는 법인으로 귀속 후 남은 수익을 모두가 n분의 1로 가져간다. 지금도 각자 월급의 10%를 회비로 내며 공간에서 마이너스가 나도 월급을 보전한다. 그러다 보니 아무래도 부담이 덜하다.

Q. 손님 응대, 어렵지는 않나?

A. 사람을 대하는 게 어렵지는 않다. 그런데 호스트다 보니까 대화의 패턴이 비슷해져 형식적인 참여 빈도가 높아졌다. 그런 지점들을 조심하려고 하는 편이다.

Q. '아무렴, 제주'의 매출은 어떤가?

A. 제주 내 타 게스트 하우스와 콘셉트가 다르기 때문에 비용도 다소 비싼 편이다. 다만 한두 명이 조용하게 지낼 공간인 만큼 그 취지에 맞는 손님들이 온다. 덕분에 오픈 후 금방 자리를 잡았다.

Q. 또 다른 형태의 공유경제다.

A. 우선 공동체로 하다 보니 심리적 안정감이 크다. 그렇기에 또 다른 시도도 해볼 수 있다. 게스트 하우스를 다른 콘셉트로 할 수 있는 것도 그 덕분이다. 단순히 매출을 위해 손님을 받는 게 아닌 경험을 위한 공

간을 지향할 수 있다. 그 부분이 고객에게도 큰 의미가 있다고 본다.

Q. 올해 '아무렴, 제주' 박준현 대표의 목표는?

A. 코로나19가 아니었다면 해보고 싶은 것들이 굉장히 많았다. 취향을 기반으로 한 모임도 기획하려던 차였다. 아무래도 이 상황이 지나야 실행할 수 있을 것 같다.

창업가, 박준현의 비전과 미래

Q. 향후 '청년아로파'에서 본인이 맡고 싶은 역할이 있다면?

A. '아무렴, 제주'를 통해 나 스스로 공동체에서 새로운 케이스가 됐다고 생각한다. 이것이 계기가 되어 다른 공동체 멤버들도 더 깊숙하게 관여했으면 한다. 하나의 부족 사회처럼 실질적인 공동체를 이뤘으면 하는 바람이다.

Q. 궁극적인 꿈은 무엇인지?

A. 결국 나는 브랜딩에 관심이 많은 것 같다. 지금까지 공간들도 의미가 있었지만 롱런해도 괜찮을 브랜드를 만들고 싶다.

Q. '아무렴, 제주' 이후 박준현 대표의 행보는?

A. 게스트 하우스를 확장하지는 않을 것 같다. 대신 이 공간에서 파생될 다른 형태의 공간 사업은 구상해보려 한다. 그게 무엇이 될지는 앞으로 고민해봐야 한다. 어쨌든 제주에서 5년 간은 무언가를 계속 시도할 예정이다.

Q. 제주에서의 일상은 어떻게 보내는지?

A. 원래 제주도를 자주 다니기도 했고 나보다 먼저 제주살이를 시작한 지인들이 많다. 그래서 서울살이와 일상이 다르진 않다. 서핑, 러닝, 축구 등 취미 생활이 많아 시간도 나름 잘 쓰는 편이다.

Q. 타지 사람이라 힘든 점은 없나?

A. 다행히 '아무렴, 제주'가 있는 이 지역은 외지인들이 많아 서로가 붙임성 있게 지내는 편이다. 안타깝게도 인근 지역들을 보면 갈등이 많긴 하더라.

Q. '청년아로파'를 한 문장으로 정의한다면?

A. 참 어렵다. 돈, 의미, 브랜드 등 여러 관점이 있다. 이를 바라보는 멤버들의 시선도 제각각이다. 결국 하고 싶은 거 하면서 평등한 경제 수준을 유지하는 게 공동체의 가장 큰 골격인 것 같다. 개인적으로는 '함께 적절한 벌이를 할 수 있는 공동체' 정도로 설명할 수 있지 않을까 싶다.

Q. '청년아로파'와 같은 경제 공동체, 추천하는 방식인가?

A. 사실 우리도 진행 과정에 있는 공동체다. 부족한 부분들이 정말 많다. 다만 우리가 해보고 싶은 것들을 해가며 보다 단단해지고 규모가 커져서 지금과는 다른 형태의 가치를 만들어낼 수 있다면, 또 지속 가능한 콘텐츠를 쌓게 된다면 그때 가서 노하우를 전할 수 있을 것 같다.

Q. 제주에서의 창업을 꿈꾸는 사람들에게 한마디.

A. 만약 내가 좋아하고 자신 있는 아이템이라면 서울 등 도시에서 장

사하는 것보다는 재미있게 할 수 있을 거다. 임대료 부담은 적지만 소비력은 크다 보니 도시에서만큼 성공에 치열하지 않아도 된다는 것도 큰 장점이다.

↳

경제 공동체 '청년아로파' 멤버이자 '아무렴, 제주'의 박준현.
'청년아로파'의 첫 프로젝트였던 을지로 와인바 '십분의일' (출처: 더 트래블러 매거진).
자본주의를 대체할 경제 공동체를 만들어가는 여덟 명의 멤버들.
2019년 가을, 애월읍에 오픈한 게스트 하우스 '아무렴, 제주'.

5

해녀의 부엌으로 전하는
제주 엄마들의 이야기

해녀의 이야기를 전하는 예술인 _ 김하원

"해녀와 함께 상생하는 공동체를 만들고 싶어요."

고등학교 때 연기에 빠진 김하원 대표는 연기과로 전공을 시작하며 고향인 제주도를 떠나 서울살이를 시작했다. 어렸을 때 그가 생각하던 제주도는 왠지 떠나고 싶은 곳이었다. 도시에서 진실된 연기로 많은 사람들을 치유할 수 있는 커리어를 조금씩 쌓아갔다.

그러던 어느 날, 목숨을 걸며 물질하는 제주 해녀들의 해산물이 제값을 못 받는다는 소식을 들었다. 해녀 집안에서 자란 그녀에게 해녀와 어촌은 가족이자 동네 사람들이었다. 휴학 후 제주로 왔고 지금의 '해녀의 부엌'이라는 공간을 만들었다.

'해녀의 부엌'은 종달리에 30년간 문 닫았던 어판장에서 시작되었다. 해녀들이 사용하던 공간에 해녀들이 주인공인 공연을 만들고, 해녀가 채취한 음식을 다이닝으로 전했다. 제주 엄마들의 진솔한 이야기를 담은 스토리텔러를 만난 후, 사람들은 치유를 경험하기 시작했다.

연기를 통해 인생을 찾다

Q. 배우가 되고 싶었던 계기는?

A. 어릴 때 한국무용을 배웠다. 이후 무용과 진학을 준비했는데 돈이 너무 많이 들었다. 집안 여력이 되지 않아 고등학교 1학년 때 무용을 포기할 수밖에 없었다.

Q. 다른 진로, 결국 연기였나?

A. 처음은 뮤지컬이었다. 무용을 하면서 단역으로 뮤지컬을 경험한 적이 있었는데 그때의 기억이 좋아 자연스레 관심이 생겼다. 무작정 인근 국민대학교를 찾아 뮤지컬 관련 교수님 연구실에 불쑥 찾아갔다.

그 교수님께서 연기 공부를 먼저 하라고 권해주셨다.

Q. 처음 연기를 배웠다. 어떤 경험이었는지?

A. 연기를 통해 새로운 사람이 된 기분이었다. 내 삶이 치유가 되기도 했다. 내적으로도 많은 변화가 있었다. 그간 하지 못했던 말들을 다른 인물을 통해 하게 되었고, 그 과정은 나를 제대로 찾아가는 여정이기도 했다. 이게 연기의 진짜 힘이라는 생각이 들었다.

Q. 연기를 하며 이름까지 개명했다고?

A. 원래 나란 사람은 굉장히 날카롭고 공격적이었다. 세상에 대한 반항심도 많았다. 그런데 연기를 하며 스스로 많이 부드러워졌고, 삶의 가치관이 점점 긍정적으로 변했다. 어린 나이에 연기로 인생 한풀이를 제대로 했다. 그때 지금의 이름인 김하원으로 개명했다.

Q. 연기를 통해 배우의 꿈을 꾸기 시작했나?

A. 배우를 꿈꾸며 연기를 한 건 아니었다. 연기를 통해 나를 치료했던 것 같다. 고2, 고3 시절 나는 사고뭉치이자 대학도 포기한 학생이었다. 그런데 연기를 하며 처음으로 칭찬이란 걸 받았다. 연기에 감동이 있다는 이야기를 듣고 내적 변화가 일어났다.

Q. 어떤 내적 변화를 느꼈는지?

A. '내가 세상에 쓸모 있는 사람이구나'라는 생각이 들었다. 연기를 활용해 뭔가를 해보고 싶은 마음이 생겼다.

Q. 결국 연극영화과에 진학했다.

A. 처음에는 동국대학교 연극영화과에 입학했다. 그런데 막상 가봤더니 그 학교는 여배우를 양성하는 곳이었다. 고등학교 때 배우고 느낀 연기와도 달랐다. 배우가 꿈이 아니었기에 나와는 맞지 않다고 생각했다. 2년 후 다시 한국예술종합학교 연기과로 들어갔다.

Q. 한예종 입시 준비는 어땠나?

A. 고교 시절 한예종 연기 영재 과정을 배우기도 해서 어렵지는 않았다. 그런데 질문을 많이 받았다. "왜 이전 학교를 그만두려고 하는지", "도피하는 건 아닌지" 등이었다. 그때 이렇게 대답했다. "나는 배우가 되고 싶은 게 아니라, 진짜 연기를 하고 싶다"고 말이다.

Q. 한예종에서는 어떤 것들을 공부했는지?

A. 입학과 동시에 '아동 연극 놀이 과정'을 배웠다. 친구들이 보통 듣는 필수 과목들은 듣지 않고 아동 심리나 치유를 포함해서 아동과 관련된 수업을 닥치는 대로 들었다.

연기로 아이들을 치유하다

Q. 왜 아동 심리 공부에 매달렸나?

A. 아동을 대상으로 하는 연극 치료 수업에 관심이 많았다. 실제로 강남에서 학원을 차려 치료가 필요한 아이들에게 연기로 할 수 있는 다양한 놀이들을 제공했다.

Q. 연기로 어떤 치유의 과정을 거쳤는지?

A. 손에 물감이 조금만 묻어도 비명을 지르는 아이가 있었다. 그런 친

구와는 신문지로 물감을 찍는 놀이부터 시작한다. 나중에는 온몸에 물감을 바르며 함께 즐기고, 어질러져도 괜찮다는 걸 놀이를 통해 체험한다. 말을 못 하는 친구들도 있었는데 대체로 내제된 압박감 때문이었다. 그 친구들과는 상황극 놀이만 했다. 놀이에 흠뻑 빠지게 되면서 의사 표현을 하기 시작했다.

Q. 대학교를 다니며 학원을 병행했다.
A. 사실 아동 치료에 관심이 있어 시작한 건데 엄마들 사이에서 입소문이 나 점점 아이들이 몰렸다. 덕분에 대학생 신분이었지만 꽤 많은 돈을 벌 수 있었다.

Q. 연기를 통한 아동 치료, 어떤 경험이었나?
A. 연기의 힘을 느꼈다. 그때부터 연기로 세상을 변화시킬 만한 일을 하고 싶다 생각했다. 내가 느낀 치유의 경험을 다른 이들도 느끼게 해주고 싶었다.

Q. 아이들에게 전하고 싶은 메시지가 있었다면?
A. 살면서 나에게 틀렸다고, 그렇게 하면 안 된다고 했던 어른들이 많았다. 세상에 정답은 왜 꼭 하나여야 하는지 늘 의심했다. 그런 지점들을 아이들에게도 알려주고 싶었다. 정답이 없어도 괜찮고, 너의 이야기도 맞을 수도 있다는 것을 말이다. 그 순간, 아이들이 치유되는 과정을 목격했다.

Q. 잘 하던 아동 치료, 갑자기 그만뒀다.
A. 대학교 1학년 하반기부터 2년 반 넘게 했다. 이후 본격적으로 연극

치료를 공부하고 싶어 미국 학교들을 알아봤다. 그러다 어머니를 보러 잠시 고향인 제주로 내려왔는데 어머니의 고민을 들으며 인생에 큰 변화가 찾아왔다.

'톳'과의 인연, 다시 제주로

Q. 어머니 일을 도우러 다시 제주로 왔다.

A. 사실 어머니가 암 투병을 했다. 내가 미국 유학을 고민하던 때는 완치된 상황이었고. 그때 어머니가 제주산 톳으로 조청을 만드는 걸 시작했다. 암 환자들은 많은 약을 복용하다 보니 칼슘 섭취가 쉽지 않은데, 대체할 식품을 고민하다 톳 조청을 만드신 것이다. 암 투병 중인 지인들에게 선물로 주다 입소문이 났고 누가 사업으로 해보라며 제안했다.

Q. 톳 조청의 사업화는 어떤 과정이었나?

A. 일단 사업계획서 쓰는 걸 어머니가 도와달라고 했다. 나중에 알고 보니 그 사업계획서를 제출한 곳이 '농수산품 콘테스트'라는 제법 큰 대회였다. 농림수산부와 해양수산부, 청와대가 주관했다. 최종 열 팀에 선발됐고, 결국 해양수산부 장관상을 받았다.

Q. 콘테스트 때문에 휴학까지 했다.

A. 내가 생각했던 것보다 큰 대회였고, 나중에는 KBS에서 촬영까지 할 정도였다. 발표에 방송에 챙길 일들이 많다 보니 학교를 휴학할 수밖에 없었다.

Q. 지금은 안정적으로 사업화가 됐는지?

A. 수상 소식을 듣고 제주도에서 연락이 왔다. 당시 도내 프로젝트에 다시 지원해보라는 제안을 받았고 다행히 결과가 좋았다. 결국 어머니가 사업할 수 있는 기틀이 마련되었다.

Q. 반면, 제주 톳의 현실을 알고 심란해졌다고?

A. 어머니 사업계획서를 도와드리며 제주 톳 가격에 대한 현실을 알게 되었다. 해녀들이 채취하는 제주도의 자연산 톳 90%가 일본으로 수출되는데(일본은 톳 시장만 2천억 원 규모다) 일본 내에서는 오히려 양식 취급을 받았다. 제대로 가치를 인정받지 못하는 게 속상했다.

Q. 어느 정도로 인정을 못 받은 건가?

A. 제주도 톳은 해녀들이 직접 채취하는 자연산이다. 그런데 유일한 창구인 일본에서 대우를 못 받으니 인건비조차 나오지 않았다. 제주도민으로서 그 현실이 너무나 억울했다.

Q. 그러다 '뿔소라' 사건을 접하게 되었다고?

A. 뿔소라 역시 제주 해녀들의 채취로 1년에 2천 톤 정도가 얻어지는데 그중 80%가 일본으로 수출된다. 그런데 엔저 현상 등으로 가격이 점점 하락했다. 그러다 보니 오히려 제주도에서 최저가 보장을 해줄 정도였다. 톳 때문에 억울한 마음이 또 다시 올라왔다.

Q. 사실 우리에게 익숙하지 않은 해산물들이다.

A. 톳도 뿔소라도 우리에게는 낯선 해산물이라 시장이 큰 일본에 수출될 수밖에 없었다. 안타까운 건 이 제품들이 일본 말고는 납품할 곳

이 없음을 알고 단가는 계속 떨어졌다. 톳과 뿔소라, 연이은 문제를 알고 나니 해결해야겠다는 생각이 들었다.

Q. 왜 지금까지 해결이 안 됐을까?

A. 인지도가 낮은 문제도 있지만 생산자의 고령화 문제도 있다. 현재 제주 해녀들의 평균 연령이 70대. 또 농업과 달리 수산업은 단체로 구성되어 있다. 바다는 공유 재산이므로 수산업은 단체를 설득하지 못하면 아무 일도 할 수 없다. 섬이다 보니 도시를 배척하며 내부를 중시하는 문화도 강해서 도전과 변화 자체가 어렵다는 문제도 있다.

Q. 결국 청년 도민이 나서게 되었다.

A. 제주 청년 도민들이 움직여야 하는데 안타깝게도 그간 아무도 나서지 않았다. 농촌에 있으려고 하는 청년은 잘 없지 않나. 지자체에서 하는 건 근본적인 문제 해결이 어렵다. 나 역시도 고민됐지만 이 문제를 해결할 수 있다면 내 나이 대에 가장 자랑스러운 일이 되겠다는 생각이 들었다.

30년간 문 닫은 종달리 어판장의 부활

Q. 김하원 대표도 해녀 집안이었나?

A. 할머니, 고모, 증조할머니 모두 해녀였다. 해녀는 전승하는 문화가 있는데 전승을 받으면 해녀 조합원이 되고, 물질을 할 자격을 부여받게 된다.

Q. 제주도에서 해녀는 어떤 의미일까?

A. 누군가의 딸이나 며느리라면 자연스레 되는 게 해녀였다. 물론 거부할 수도 있다. 지금은 많은 분들이 다른 길을 선택하지만 예전에는 해녀가 아니면 먹고 살 수 있는 방법이 많지 않았다.

Q. '해녀의 부엌', 어떻게 만들어졌나?

A. 한예종 동기, 선배들과 시작했다. 처음에는 해녀라는 주제만 있었기에 다양한 시도를 할 수밖에 없었다. 콘텐츠 공모전 등 지원 사업에도 도전했다. 그러다 지속 가능한 비즈니스 모델을 위해 지원금에 의존하지 않는 방향을 고민하게 되었다.

Q. 어판장을 선택한 이유는?

A. 어판장처럼 방치된 공간이 많다는 정보를 들었다. 공간을 활용하면서 동시에 돈을 벌 수 있는 구조를 고민했다. 내가 할 수 있는 건 공연인데 공연은 돈이 되지 않았다. 결국 제주에서는 맛집 투어가 돈이 되니 이를 접목시켜야겠다는 막연한 생각이 들었다.

Q. 공연과 다이닝을 결합하게 된 계기가 있다고?

A. 브로드웨이 배우 지망생들이 운영하는 미국의 한 레스토랑 이야기를 들었다. 레스토랑이 무대가 되고 서빙을 하며 공연하는 곳이었다. 그간 공연은 보는 행위, 식사는 먹는 행위라고만 생각했는데 그 사례가 자극이 됐다. 어판장을 활용, 공연과 다이닝을 동시에 적용해 보기로 했다.

Q. 30년 넘게 문 닫은 어판장을 오픈했다.

A. 공간을 여러 곳 봤는데 적당한 규모의 공간이 여기밖에 없었다. 다

만 30년 정도 비어 있던 공간이라 리모델링이 만만치 않았다.

Q. 공간 활용을 위한 어촌계 설득은 쉬웠나?

A. 처음에는 어촌계에서 흔쾌히 허락해주지 않았다. 그래서 베타 테스트로 우리가 생각하는 방향, 즉 공연과 다이닝을 함께 하는 방식을 보여드리기로 했다. 다행히 어촌 계장님부터 해녀분들까지 너무나 좋아하셨다. 공연 자료를 만들어 제주도에 제안했다. 뿔소라 문제는 제주도의 오랜 고민이었으니 우리가 이렇게 해결해보겠다고 말이다.

Q. 리모델링 자금, 어떻게 마련했는지?

A. 다행히 9천만 원 정도 사업 자금을 받아 공간 리모델링을 할 수 있었다. 제주도 해녀문화유산과 홍충희 과장, 종달리 어촌계 김태민 계장께서 정말 많은 도움을 주셨다. 우리의 취지를 잘 이해해준 덕에 '해녀의 부엌'을 오픈할 수 있었다.

Q. 시가보다 20% 더 높게 뿔소라를 구입한다고?

A. 뿔소라는 해녀들 채취의 60% 이상을 차지하는 주 소득원이다. '해녀의 부엌'에서는 원래 판매가보다 높게 뿔소라를 사와 다이닝 재료로 사용한다. 한 해 다이닝으로 사용하는 뿔소라만 5톤이 넘는다. 현재 인터넷으로도 뿔소라를 판매하며 조금씩 늘려가는 중이다.

'해녀의 부엌', 치유와 공감의 공간

Q. 공연 시나리오는 어떻게 만들었나?

A. 초창기에는 한예종 사람들과 함께 만들었다. 이후 극작을 하는 분

이 관객으로 공연을 보러 왔다가 '해녀의 부엌' 직원이 됐다. 덕분에 현재 총 4편의 공연을 선보일 수 있게 되었다. 실제 해녀가 주인공이기 때문에 그 스케줄에 맞춰 4편의 공연을 세팅한다.

Q. 실제 해녀가 연기하는 건 쉽지 않았을 텐데?

A. 맞다. 그래서 캐릭터로서의 연기가 아닌 인물로 할 수 있게끔 장치들을 만들었다. 사실 전체 러닝 타임이 100분이라 전부를 소화할 수도 없다. 초반에는 배우들이 공연한 후 주인공인 해녀가 해산물 이야기를 들려주고, 관객들의 질문에 답변하는 형식이다.

Q. 해녀의 이야기는 어떻게 수집했나?

A. 최대한 자세히 이야기를 담아야 하기에 인터뷰 과정만 한 달이 걸렸다. 이를 시나리오로도 작업해야 했다. 출연자 중 최고령 해녀분은 어느덧 89세. 그런 분들이 해녀의 자부심을 가지고 이야기하게 한다는 자체에 큰 의미가 있었다. 많지 않지만 출연료도 드리고 있다.

Q. 예약 현황은 어떤지?

A. 처음에는 28석으로 시작했는데 지금은 44석이다. 금토일만 공연하는데 늘 만석이었다. 하지만 코로나19 때문에 잠시 공연을 쉬고 있다. 음식은 뷔페식으로 제공하며 일부 따뜻한 음식만 별도 서빙한다.

Q. 공연 외에도 다양한 실험을 하고 있다고?

A. 영상 콘텐츠를 활용한 다이닝도 준비 중이다. 가끔 외부에서 공연을 초청받기도 한다. 최근 문화재청 사업으로 충무로 '한국의집'에서 공연과 다이닝을 진행하기도 했다.

Q. 해녀에게도 관객에게도, 핵심은 '치유과 공감'이라 들었다.

A. 해녀와 관객 모두 각자의 상황에서 치유를 받는 것 같다. 해녀들은 그간의 자기 삶을 이야기하며 치유받고, 그 이야기를 들은 관객들은 지금의 삶을 돌아보게 된다. 단절된 관계의 사람들이 이 공간을 통해 치유와 공감을 주고받는 놀라운 경험들을 하고 있다.

Q. '해녀의 부엌'은 김하원 대표에게 어떤 의미가 되었나?

A. 연기의 힘이 어마어마함을 느꼈다. 앞으로도 이 공간을 통해 연기의 스펙트럼이 다양할 수 있음을 보여주고 싶다. 연기의 마법이 해녀와 관객들에게 치유로 작용하길 바란다.

청년 벤처 기업인이 되다

Q. 최근 '해녀의 부엌'이 15억 기업 가치 평가를 받았다.

A. 그간 '해녀의 부엌'을 운영하며 이런 저런 지원금을 많이 받았다. 그러다 최근 15억 밸류 평가로 2억 5천만 원 정도의 투자금이 들어왔다. 책임감과 부담감이 점점 커진다.

Q. 직원 규모는 어느 정도인가?

A. 배우 포함 10명이 함께 한다. 공연이 없는 날에는 뿔소라 판매 및 배송 등 CS 업무를 한다. 제주에 살며 '해녀의 부엌'과 관련된 모든 일을 함께 해나가는 중이다.

Q. 의사결정 등 문제는 없는지?

A. 경력자가 없는 회사다 보니 어려움이 늘 있다. 덕분에 매일이 고군

분투다.

Q. 올해 '해녀의 부엌'의 목표는?

A. 신규 2호점 오픈이다. 하고 싶어 하는 어촌계가 많은데 신중하게 확장을 준비하려 한다. 하반기 오픈이 목표고 지금과는 다른 콘텐츠와 타깃팅으로 더 다양한 고객을 만나고자 한다.

Q. 외부에서의 관심, 부담은 없는지?

A. 아직은 더 많은 관심이 필요한 것 같다. 앞으로 '해녀의 부엌'이 우리 팀, 해녀, 어촌계 모두에게 도움이 되는 브랜드가 됐으면 하는 마음이다. 나중에 제주 출신 김하원 없이도 잘 돌아가면 좋겠다.

Q. 수익은 어느 정도 안정화가 되었나?

A. 작년 매출은 2억 2천만 원 정도로 다행히 흑자였다. 초반에는 좌석도 적고 공연 횟수도 적어 지금처럼 안정화되기까지 시간이 좀 걸렸다. 올해는 10억 매출을 목표로 달리는 중이다.

'해녀의 부엌'만의 비즈니스 모델

Q. 비즈니스 모델은?

A. 문화 플랫폼을 활용한 유통 판매 비즈니스가 최종 목표다. 최근 15억 가치 밸류도 유통으로 받은 것이다. 지금은 뿔소라로 유통을 시작했지만 추후 제주도 내 모든 수산물을 취급할 날을 꿈꾼다. 우리나라 1등 해산물 유통사가 되는 것이 최종 바람이다.

Q. 뿔소라 이후 판매 제품 라인업은?

A. '군소'라는 달팽잇과 해산물을 고려하고 있다. 해삼, 우뭇가사리, 성게 등도 좋은 아이템이라 생각한다. 앞으로 취급할 해산물들이 보다 많은 소비자에게 전해졌으면 한다.

Q. '해녀의 부엌'만의 강점은 무엇일까?

A. 치유로 시작했지만 스토리가 담긴 공간을 만들었고, 유통을 통한 비즈니스 모델까지 완성되었다. 그러고 보니 이것들이 다 연결되어 있는 것 같다.

Q. 해녀와의 상생을 꿈꾼다고?

A. 해녀들이 있기에 2080을 아우르는 경쟁력을 가지게 되었다. 최고의 파트너인 해녀와 상생하는 2080 공동체를 만들고자 한다.

Q. 김하원 대표의 궁극적인 꿈은?

A. 연기로 힘이 없는 사람들에게 치유하는 과정을 평생 선물하고 싶다. 그 대상이 아이였다가 지금은 해녀들이 되었다. 앞으로도 계속한다면 그 대상은 무한할 것이다.

Q. 로컬 사업에 대해 하고 싶은 이야기가 있다면?

A. 로컬 사업도 결국 매출과 성장이 목표다. 해녀들과 상생하는 파트너십으로 발전하고 싶다. 자선 사업이 아닌 상생이 비전이다.

Q. 추천하고 싶은 로컬 사업 사례가 있는지?

A. 전주에서 한복 대여 사업을 하시는 분이 한복을 통해 세계를 돌아

다닌다는 이야기를 들었다. 돈을 벌기 위한 사업이 문화를 만들고 전 세계에 영향을 끼치는 모습이라 생각한다. 좋은 자극이 된다.

Q. 지역 창업가를 꿈꾸는 사람들에게 한마디.

A. 어딜 가든 나는 용의 머리가 되겠다고 대답하곤 했다. 제주도로 내려온 것 역시 제주도에 시장성이 있어서 선택한 것이다. 환경이 나를 만들어주는 게 아닌 내가 환경을 만들어가는 사람이 되고자 한다. 그런 마음으로 창업을 한다면 좀 더 큰 그림을 만들 거라 믿는다.

↳

'해녀의 부엌'을 통해 치유와 공감의 공간을 만든 김하원.
정답이 없음을 알려주고 싶었던 아이들과의 놀이.
해녀의 이야기를 담은 공연과 다이닝으로 구성된 100분.
30년간 문 닫은 어판장, '해녀의 부엌'으로 다시 태어났다.

6

청년들에게 괜찮다고
위로하는 마을

목포에 '괜찮아마을'을 만든 _ 홍동우

"경쟁이 필요 없는 공간도 필요하지 않을까요?"

지역마다 청년들을 위한 도시 재생 등 창업 프로젝트가 유행이다. 한때 산지 물건들을 홍보하며 판매하던 지역 마케팅에서 변화가 시작되었다. 지속 가능성을 고민하다가 청년들을 주목하게 되었고, 현지 출신이 아니더라도 지역에서 자리를 잡을 다양한 지원 사업이 생겨났다.

그리고 빠지지 않는 가장 좋은 사례로 목포의 '괜찮아마을'을 꼽는다. 2018년도에 만들어진 이 공간은 삼포 세대에 빠진 청년들의 미래를 고민하던 홍동우, 박명호 대표가 만들었다. 목포의 옛 여관 건물을 20년간 무상 임대해주겠다는 한 시인의 제안에서 시작했다.

입소문을 듣고 청년들이 모여 어느덧 일하는 사람 포함 30여 명의 마을이 만들어졌다. 이들은 좀 못해도, 늦어도, 당장 뭔가를 하지 않아도 괜찮다는 말에 위로를 받았다. 이곳에 자리를 잡고 창업을 한 멤버들까지 생겼다.

청춘과 인생에 대한 고민

Q. 대학에 입학하자마자 여행만 다녔다고?

A. 뭘 해야겠다는 생각도, 하고 싶은 일도 없었다. 대학교에 가면 고민이 해결될 줄 알았고, 성인이 되면 답을 찾을 수 있을 거라 생각했는데 현실은 그렇지 않았다. 취업이 잘 된다고 해서 기계공학과를 갔는데 내가 생각했던 것과는 전혀 다른 삶이었다.

Q. 전공 공부는 어땠나?

A. 하고 싶은 게 뭔지 답을 찾지도 못했는데 전공 공부가 재미있을 리 없었다. 선배들이 들으라는 수업을 선택하고, 취업 관련 조언들을 노하우처럼 듣고, 어떻게 사회생활을 하는지 문법처럼 외웠다. 하지만

성인이 되고 나니 짜여진 것보다 내 맘대로 살고 싶다는 생각이 들었다.

Q. 무작정 배낭여행을 떠났다.

A. 뭘 하며 살고 싶은지 알고 싶었다. 한 달간 건설 현장에서 일한 후 작은 스쿠터를 구입했다. 그걸 타고 전국으로 여행을 다녔다. 대학교 입학 후 첫 방학 때의 일이다. 그렇게 여행을 다녔는데 그게 너무 좋더라. 아무 곳에 텐트를 치고 자고, 그림을 그리고 글을 썼다. 하고 싶은 대로 하루하루를 보냈다. 이후에는 아예 휴학까지 하며 여행을 다녔다.

Q. 여행 관련 책을 쓴 계기는?

A. 제대 후 캐나다 여행을 가고 싶었다. 어떻게 갈까 하던 중 마침 가이드북 작가를 모집한다는 출판사의 글을 보게 되었다. 지금까지 찍은 사진과 써온 글을 포트폴리오로 제출했고 운 좋게 합격했다. 캐나다를 차로 운전하며 가이드북을 만들었다. 캐나다 이후에는 독일 등 다른 나라도 다녀왔다.

Q. 그러다가 어느 순간 지치게 되었다고?

A. 여행을 일로 한다는 게 언젠가부터 말이 안 된다고 생각했다. 일상이 있어야 여행도 의미 있는 법이다. 그때 막연히 내 브랜드로 창업을 해야겠다고 생각했다.

Q. 창업을 하고 싶던 이유는?

A. 외국을 다니며 자연스레 공유경제에 관심이 생겼다. 캐나다나 유럽

에서 자전거나 자동차를 공유하는 시스템이 굉장히 신기했다. 지금은 우리나라에서도 대중화됐지만 2010년 당시에는 생소한 문화였다. 이런 시스템을 한국에서 사업화해보고 싶었다.

롤러코스터 같던 창업의 세계

Q. 스쿠터 공유로 창업을 시작했다.

A. 2011년에 창업을 했는데 그때도 대학생이었다. 우리나라에도 공유경제가 활성화될 거라는 벅찬 마음으로 준비했다. 소유가 아닌 공유를 통해 도시에서 뭔가 의미 있는 일을 해보고 싶었다. 하지만 학생 신분이었고 수중에 돈은 거의 없었다. 적은 자본으로 시작할 아이템을 찾아야 했고 스쿠터로 정했다. 건설 현장에서 일하면서 스쿠터를 두 대 구입했다.

Q. 어떤 형식으로 홍보를 했나?

A. 두 대를 사서 어설프지만 웹페이지를 만들어 스쿠터 사진을 올렸다. 서울 전역 어디서든 스쿠터 대여 및 반납이 가능한 시스템이었다. 거리가 멀면 비용을 좀 더 받고 가까우면 덜 받았다. 그러다 스쿠터가 10~12대로 늘었고, 스쿠터를 이동할 화물 트럭까지 구입하게 됐다.

Q. 돈도 굉장히 많이 벌었다고?

A. 보통 일주일 한 대 기준 40만 원 정도 비용을 받았다. 그러니 10대가 풀가동되면 꽤 많은 돈을 벌 수 있는 구조다. 학생 신분으로 당시에 정말 큰돈을 벌었다. 쉴 새 없이 일하다 보니 2년도 채 안 돼 억대 비용을 벌 수 있었다. 그 돈으로 해방촌 쪽에 작은 땅도 구입했다.

Q. 하지만 곧 한계에 다다른 이유는?

A. 시간이 지날수록 공유경제를 추구했던 원래의 목적과는 많이 멀어졌다. 렌탈 서비스업을 하는 사람으로 일하는 게 전부였다. 사업적으로 의미 있는 확장도 하지 못했다. 방송 프로그램 소품용 렌탈까지 연락이 와서 잠시도 쉴 틈이 없었고 점점 지쳐갔다.

Q. 사람 때문에 힘든 지점도 많았다고?

A. 그렇다. 고객들이 점잖기만 한 건 아니었다. 화가 나 있는 분들도 많아 종종 다툼도 있었다. 심적으로 힘들어지니 계속 해야 하나 싶은 마음뿐이었다. 고민 끝에 돈 버는 걸 포기하고 시간을 벌기로 했다. 매일매일 빌려주는 시스템에서 장기 렌탈로 바꿨다. 약정 기간을 6개월 이상, 가격은 저렴하게 해주니 드디어 내 시간이 생겼다.

Q. 하지만 쉬지 않고 또다시 새로운 도전을 시작했다.

A. 매출은 반의반으로 줄었지만 시간적 여유가 생기니 다른 시도할 것들이 생겼다. 이태원에서 카페도 열었다. 장사는 잘 안됐다. 해방촌에 산 땅에 조그만 집을 지으려 했던 것도 실패로 끝났다. 이후 여행 사업을 하면서 돈을 많이 까먹었다. 그러면서 스쿠터 사업 때 번 돈을 다 써버렸다.

Q. 여행 사업은 어떤 콘셉트였는지?

A. 여행 사업은 2015년부터 시작했다. '익스퍼루트'라는 이름의 국내 전문 여행사였다. 렌탈 사업을 최소화한 후 나를 돌아보는 시간도 가질 겸 스쿠터로 국내 여행을 자주 다녔다. 덕분에 좋은 지역을 소개하고 싶은 마음이 생겼다. '누구나 인생에 한 번은 전국 일주를 한다'는

슬로건으로 여행사를 만들었다. 그때 3년 정도 전국을 돌며 다양한 청년들을 만났다.

Q. 여행사는 왜 적자가 났을까?

A. 전국을 돌며 지역별 참가자들을 모집하는 형태였다. 주로 20~30대 청년이 참가자였다. 밤마다 참가자들과 이야기를 나눴는데 각자의 고민이 굉장히 많음을 알게 됐다. 진로, 취업, 사회생활 등 지극히 현실적인 문제들이었다. 그래서 재방문율은 굉장히 높았는데 경비가 부담스럽다는 의견이 많았다. 결국 내 경비를 포기하고 적자를 보며 여행을 다니기 시작했다. 청년들과 함께하는 엄청난 경험은 얻었지만 통장 잔고는 0원이 됐다.

청년들을 위한 리트릿 커뮤니티

Q. 이후 제주도로 향했다.

A. 스쿠터 두 대로 시작해 꽤 많은 돈을 벌었지만 다시 원점이 됐다. 여행사 사무실을 정리하고 받은 보증금으로 무작정 제주도로 떠났다. 어딘가 정착해 프로그램을 진행해보고 싶었다. 당시 공동대표인 박명호 대표와 함께 제주도로 내려가 '한량유치원'이라는 걸 만들었다.

Q. 박 대표와의 인연은?

A. 예전에 스쿠터를 빌렸던 고객이었다. 나와 결이 잘 맞는다는 걸 알게 되었고 이후 지속적으로 도움을 주고받다가 함께 무언가를 시작한 것이다. 다행히 그 친구는 대기업과 스타트업을 두루 다녀본 경험이 있어 내가 실수하는 부분들을 많이 수습해줬다.

Q. '한량유치원'은 어떤 프로그램인가?

A. 나도 박명호 대표도 이런저런 활동들을 하다 정리하고 한 템포 쉬어야 할 시점이었다. '장래 희망은 한량입니다'라는 슬로건으로 오래된 제주 게스트 하우스를 7주, 49일간 빌렸다. 그런데 입소문을 듣고 온 사람들로 670박을 채웠다. 이 슬로건 하나에 정말 많은 분들이 찾아주셨다. 덕분에 재기할 계기가 됐다.

Q. 이후에는 치앙마이로도 향했다.

A. '한량유치원' 이후 '청년들을 위한 리트릿 프로그램'에 대한 구상을 구체화하기 시작했다. 장소가 꼭 제주일 필요는 없다고 생각했다. 그래서 계약 기간이 끝난 후 바로 태국 치앙마이로 떠났다. 저렴한 외국에서 커뮤니티를 만들면 어떨까 생각해서다. 한 달 정도 거주하며 숙소 등 여러 가지를 알아봤는데 이런저런 문제가 있었다.

Q. 또 다른 문제, 어떤 것이었나?

A. 치앙마이의 경우 체류비는 저렴한데 시간이 문제였다. 왕복 4일을 길에서 써야 하는데, 청년들에게 그만큼의 여유가 없었다. 당시 치앙마이가 디지털 노마드 성지로 각광받던 때라 매력적이라 생각했는데 그 지점도 다시 생각해보게 됐다. 결국 영어권 사람들에게만 편리한 구조다 싶었다. 커뮤니티에 대한 지속 가능성도 의문이 들었다.

20년 무상 임대 제안, 결국 목포로

Q. 결국 정착지를 목포로 선택한 이유는?

A. '가깝고 저렴하게 할 수 있는 방법'을 계속 고민했다. 그러다 '한량

유치원'에 오셨던 분 중 강제윤 시인이 목포를 제안한 게 떠올랐다. 본인이 목포의 '우진장'이라는 빈 여관 건물을 매입했는데 거기를 '한량유치원'으로 써보라는 제안이었다. 그것도 20년간 무상으로 빌려주겠다고 했다. 그래서 치앙마이를 정리하고 바로 목포로 가 임대인과 이야기를 나눈 후 이곳에 자리 잡기로 최종 결정했다.

Q. 어떤 프로그램으로 사람들을 모았나?
A. 조금씩 동료를 모으며 놀러 오라고 사람들을 불렀다. 할 수 있는 일을 찾았더니 여행이 자연스러웠다. '놀먹사(놀고 먹는 사람들)'라는 테마로 2박 3일 여행 프로그램을 만들었다. 금요일 밤 KTX를 타고 온 후 주말에 목포에서만 경험할 수 있는 투어를 다니는데, 현지의 생생한 이야기로 구성돼 있어서 만족도가 굉장히 높았다. 맥주 무제한 제공도 한몫했다.

Q. 오래된 여관이면 수리도 필요했겠다.
A. 최소한 숙소처럼은 써야 해 약간의 리모델링은 필요했다. 당장 목돈이 없었기에 여기저기서 빌려 부분 공사를 진행했다.

Q. 사람들의 반응은 어땠나?
A. 여행에 대한 만족도가 컸고 목포에서 일하는 것에 대해서도 관심을 가졌다. 그때 마을에 대한 구상을 조금씩 그리기 시작했다. '괜찮아마을'의 시작이었다.

Q. 행정안전부에서 6억 원의 사업비를 땄다고?
A. '괜찮아마을'을 기획하던 중 행정안전부 주관 용역 사업으로 '시민

주도 공간 활성화 프로젝트' 공고가 나왔다. 방치된 유휴 공간들을 활성화시키는 프로젝트였다. 그걸 지원할 시점에는 '우진장' 포함 총 세개의 공간을 확보한 상태였다. 매입 후 임대한 세 공간을 통해 청년들이 공감할 공동체를 만들겠다며 '괜찮아마을' 아이디어를 제안했다.

실패해도 괜찮은 마을을 만들다

Q. '괜찮아마을', 무엇을 지향했나?

A. 경쟁이 없었으면 했다. 민주적이고 협동하며 밀어주고 끌어주는 마을이 되길 바랐다. 결과적으로 행정안전부 사업으로 선정돼 반 년간 프로그램 비용을 사용할 수 있었다. 1기, 2기 총 60명이 6주간 지내다 갔다. 그런데 남겠다고 한 친구들이 30명이나 됐다.

Q. 그들은 남아서 어떤 생활을 하며 지냈는지?

A. 취업, 창업 등 각자가 다양한 형태로 고민하며 방식을 찾아갔다. 그중 몇 명은 공간을 차리기도 했다. '최소 한끼'와 '세종집'이라는 식당, '춘화당'이라는 게스트 하우스, 춘화당 옆 '춘화당 한약방 카페'를 운영하는 사람 등 다양해졌다. '목포의 상실'이라는 바를 운영하는 친구도 있다. 중간중간 나가기도 하고 또 새로 들어오기도 하며 전체 30명 정도가 지금껏 유지되고 있다.

Q. 이곳에서의 생활은 좀 넉넉한가?

A. 목포 원도심에서는 방 새 개 거실 하나 있는 정말 좋은 바다 뷰 아파트가 월세 60만 원이다. 네 명이서 살면 1인당 15만 원씩 내면 된다. 한 달에 30만 원 정도만 있으면 먹고 생활하는 데 큰 지장은 없다. 서

울에서는 고시원이 40만 원, 창문 있는 작은 원룸이 60만 원 가까이 된다. 삶의 질에서 엄청난 차이가 있는 것이다.

Q. 살아보며 그들은 어떤 것들을 느꼈을까?
A. 서울에서 왜 이렇게 열심히 일했을까? 값비싼 방과 식사에 돈을 쓰지만 퀄리티 낮은 생활을 하면서. 여기서는 덜 일해도 적은 비용이 들기에 전혀 다른 삶을 살 수 있다. 식당, 카페, 바, 게스트 하우스 등 다양한 형태의 공간도 적극적으로 활용할 수 있다. 공동체 안에서의 생활이 가능한 것이다. 함께 성장한다는 마음으로 서로가 서로를 돕는다.

Q. 공동체라는 단어, 요즘은 굉장히 낯설다.
A. 부모님 세대는 돌아갈 공동체라는 게 있었다. 힘들면 돌아갈 고향이 있었고 드라마 '응답하라 1988'처럼 동네 사람들이 있었다. 그런데 아파트 생활에 익숙한 요즘 청년 세대들은 돌아갈 시골도 없고, 함께 나눌 사람들도 없다. 실패하면 엄마처럼 안아줄 공동체가 없는 것이다. 뒷걸음질해도 될, 믿을 구석이 없다. 밀릴 수 없으니 버텨야 하고, 그래서 더 힘든 것이다.

Q. 결국 청년들이 돌아올 수 있는 고향일까?
A. 사실 우리를 도시 재생이라고 이야기하기도 하지만 그건 후순위다. 지치고 힘들 때 비빌 언덕 없는 청년들에게 '괜찮아'라고 말해줄 공동체 생태계를 추구한다. 그게 고향이라면 고향일 수도 있겠다.

Q. 창업을 안 한 청년들은 어떤 일을 하나?

A. 젊고 유능한 친구들이 모여 있으니 그 이유만으로도 지역에서 일이 많이 들어온다. 사실 지금껏 지역에는 플레이어들이 없어 문제였다. 재능 있는 사람 수십 명 있으니 일이 들어오고 벌이도 생긴다. 점점 다양한 형태로 일을 늘려가고 있다. 청년들이 만든 자생적 마을이라는 소재가 언론 등 다양한 매체를 통해 주목받는 것 같다.

지속 가능성과 확장에 대한 시도

Q. 건물을 다섯 개나 확보한 이유는?
A. 처음에는 그냥 쓰라는 동네 주민분들이 많았다. 사실 이곳은 꽤 많은 공간이 비어 있기 때문에 그런 제안을 받게 된다. 그런데 그걸 그냥 쓰는 건 옳지 않은 방법이라고 생각했다. 향후 젠트리피케이션이 될 경우 방어할 수 있는 수단이 필요했다.

Q. 아직은 너무 이른 걱정 아닌가?
A. 그럴 수 있다. 그런데 국내 여행을 다니며 다른 지역에서의 실패 사례들을 여럿 보게 되었다. 아직은 이르지만 준비해야겠다는 마음이 강하게 들었다. 예전에 가게를 직접 해본 경험도 일정 부분 작용한 것 같다.

Q. 투자자를 통한 매입 후 임대의 형태다.
A. 매매로 내놓은 빈집도 많았다. 돌아다니며 보니 저평가 되어 있는 건물들이 꽤 있었다. 하지만 아직 우리는 자금이 여의치 않았기에 도움이 필요했다. '우진장'을 임대해준 강제윤 시인을 통해 만난 지인 분들에게 우리의 사업을 설명하며 매매해달라고 제안했다.

Q. 어떤 조건들을 제안했나?

A. 우리가 투자 메리트를 많이 드릴 수는 없었다. 부동산 가치도 서울과는 다르기에 건물 매입 후 우리가 임대료를 내는 조건으로 해달라고 제안했다. 단 재무적 가치가 아닌 더 나은 사회를 위한, '임팩트 투자'의 관점으로 봐달라고 말씀드렸다. 이 부분에 동의해준 분들이 건물 매입을 해주셨다.

Q. 앞으로 어떻게 활용할 예정인가?

A. 호텔, 코워킹 스페이스, 카페 등 다양한 형태로 구상 중이다. '우진장'을 숙소로 쓰고 있긴 하지만 공간이 부족한 상태다. 그래서 옛 병원 건물을 호텔로 리모델링할 계획이다.

더 큰 성장을 위한 비전과 미래

Q. '공장공장'이라는 회사를 만들었다. 어떤 일을 하나?

A. 총 13명의 직원이 있다. 기획 일을 주 업무로 하는 기획사다. 문화나 로컬 분야를 주로 많이 하고 있다. 빈 공간을 함께 하는 공간이라는 뜻도 있고, 비어 있는 사람들이 함께 한다는 의미도 있다. 돈을 잘 벌어 우리 조직원들이 잘 먹고 잘 살고, 더 많은 직원을 뽑는 게 목표다.

Q. '괜찮아마을' 업무는 부서 개념인가?

A. 그렇다고 볼 수 있다. 그런데 '괜찮아마을'이 '공장공장'에 큰 도움이 됐다. 서울에서 경력을 잘 쌓아온 유능한 친구들이 모인 덕분에 그 친구들을 채용할 수 있는 인력 풀이 됐다. 덕분에 지금은 동시에 6, 7개 프로젝트가 돌아가는 바쁜 회사다.

Q. '괜찮아마을'과 선순환 관계를 쌓아야겠다.

A. '괜찮아마을'을 우리의 프로젝트로 시작했고, 지금은 업무 중 하나가 되었지만 이를 비영리라고 생각하진 않는다. 지역에서 수익이 나야 더 좋은 친구들이 목포를 찾을 테니까. '공장공장'도 향후 커뮤니티 사업으로 키워가야 한다고 생각한다. 장기적 관점으로 공동체에 투자한다는 개념으로 보고 있다. 당장의 수익은 없지만 다음을 위해 필요한 일이다.

Q. '괜찮아마을'로 어떤 비즈니스 모델을 만들 수 있을까?

A. 이미 투어나 강연, 교육 프로그램들을 운영 중이다. 그리고 다양한 니즈의 청년들이 함께 생활할 수 있는 가이드가 담긴 툴킷도 있다. 이런 것들을 접목시킬 수 있는 곳이 많을 것이다.

Q. 고전하고 있다는 소문도 들었다.

A. 그렇다. 당연히 우리도 스타트업이고 자주 고전하며 쉽지 않은 지점들이 많다. 다양한 마음들을 모은다는 게 결코 쉬운 일이 아니다. 여기에 먹고사는 문제도 해결해야 한다. 그래도 일단 어느 정도 해결해나가는 중이라 생각한다. 나 역시 이곳에서 3년째 살고 있지만 심심하고 지루할 틈 없이 잘 지내고 있다.

Q. 코로나19 영향은 없었나?

A. 최근에 우리도 코로나19 때문에 쉽지 않았다. 그래도 다행인 건 남도는 타격이 크지 않았다는 점이다. 다만 연초에는 우리도 꽤 힘들었다. 수많은 오프라인 행사가 취소됐고, 선택의 기로까지 간 적도 있었다. 다행히 5월부터 회복세로 접어드는 중이다.

Q. 올해의 계획은?

A. 진행 중인 '공장공장' 일들을 훌륭하게 잘 마무리하고 싶다. 그리고 '괜찮아마을'의 브랜드들이 잘 안착하고 자생했으면 좋겠다. 또한 이 공동체 모델을 다양하게 확장해보고 싶다. 오프라인 측면은 호텔, 레스토랑, 코워킹 스페이스 등으로의 인프라 확장, 온라인으로는 우리의 공동체 모델을 적용해 수익화해보려 한다.

Q. 홍동우 대표 개인의 목표는?

A. 회사의 목표가 곧 나의 목표인 것 같다. 다행인지 아닌지 모르겠지만 분리가 잘 되질 않는다.

乙.
장난기 가득한 표정으로 늘 새로운 시도를 즐기는 홍동우.
'괜찮아마을' 프로그램을 함께 한 친구들..
'한량유치원'부터 지금까지 함께 하고 있는 박명호(좌측 홍동우).
첫 베이스캠프로 강제윤 시인이 20년 간 무상 임대해준 '우진장'.

PART 3.

소통하는 나만의 방식

7

꽃으로 소통하는
일상을 전해요

플라워 커뮤니케이터 _ 김다인

"워킹맘 창업가로 멋진 성장 모델을 만들고 싶어요."

사단법인 리플링 김다인 대표에게 어느 날 운명같이 꽃이 찾아왔다. 경영 컨설팅 회사를 다니며 취미로 시작하던 일이 누군가에게 행복을 주는 소통의 창구가 되었다. 플라워 커뮤니케이터로서 비영리(플리)와 영리(어니스트 플라워)를 오가며 지금껏 없던 시스템을 만들었다.

플리는 해외 프로젝트에서 영감을 얻었다. 결혼식장에서 버려진 꽃을 다양한 시설에 들고 찾아가 교류하며 선물로 전했다. 이어 농가 제품을 소비자에게 직배송 하는 어니스트 플라워 프로젝트를 기획했다. 농가와 소비자에게 꽃과 식물로 일상을 공유하고자 했다.

미소가 평화롭다는 생각도 잠시, 확고한 비전과 목표로 직진하는 김다인 대표의 단호한 모습을 볼 수 있었다. 그녀가 꿈꾸는 꽃으로 소통하는, 꽃이 일상이 되는, 누구나 꽃을 접할 수 있는 세상에 대해 들어보았다.

영리 기업에서 비영리 기업으로

Q. 농가에서 인터뷰를 했으면 좋았을 텐데 아쉽다.

A. 코로나19 이슈도 있어 사무실이 안전하겠다 생각했다. 요즘은 특히 조심스럽다.

Q. 경영 컨설팅 회사를 다니다 지금의 일을 하게 된 계기는?

A. 경영학과 졸업 후 경영 컨설팅 회사를 다녔다. 딱딱한 업무들을 5년 정도 했다. 그러다 동기가 비영리 사단법인 창립 멤버로 준비하는 과정을 지켜보게 되었다. 마침 다녔던 회사 내 익스턴쉽 프로그램이 있었는데, 다녀 보고 싶은 회사를 2년간 다닐 수 있었다. 2년 뒤 복귀 일정으로 그 비영리 회사(루트임팩트)를 선택했다.

Q. 비영리 사단법인을 익스턴쉽으로 선택한 이유는?

A. 경영 컨설팅 일만 계속하면 한쪽으로 매몰될 것 같았다. 30대 중반이 넘어서도 이 일을 계속한다면 두려움에 다른 일을 더 못 할 것 같았다. 나이가 들수록 높은 연봉을 포기할 수 없을 테니까. 그리고 대학생때부터 막연히 사회적 기업가에 대한 관심이 많았던 것도 이유다.

Q. 2년 후 회사에 다시 복귀했나?

A. 익스턴쉽 프로그램 2년 만료 후 그냥 회사를 그만뒀다. 이후 다니던 비영리 사단법인 회사를 6개월 정도 더 다녔다. 그 당시 경험들이 나에게는 너무 신선했다.

Q. 꽃을 접하게 된 시점은 언제였나?

A. 삶이 팍팍하다 보니 직장 생활 2, 3년차부터 취미로 꽃을 배우기 시작했다. 20대 중후반 동안 꽃과 관련된 다양한 수업을 들었다. 몰입하며 뭔가를 만들어낸다는 게 좋았다. 내가 뭔가를 만들어서 누군가에게 선물할 수 있다는 것도 뜻깊었다.

꽃으로 시작한 봉사, 플리 프로젝트

Q. '플리 프로젝트', 어떻게 시작했나?

A. 꽃으로 심리치료나 봉사활동을 하는 해외 사례를 친구와 이야기하게 되었다. 그러다 '결혼식장의 남는 꽃을 활용해보면 어떨까?' 하는 아이디어가 나왔고 테스트해보자는 마음에 '플리 프로젝트'를 시작했다. 그게 2015년 여름이었다. 의미 있는 일을 해보자며 시작한 사이드 프로젝트였다.

Q. 플리란 단어는 무슨 뜻인가?

A. FLRY, '플라워 리사이클링'의 줄임말이다.

Q. 결혼식장의 꽃을 재사용한다는 아이디어, 어디서 얻었나?

A. '랜덤 액츠 오브 플라워스(Random acts of flowers)'라는 미국 단체가 있다. 지역 꽃집에서 남는 꽃을 받아 요양원 등 시설에 전달하는 활동을 한다. 그걸 알게 된 때가 한창 결혼식장에 많이 가던 시기였다. 결혼식장에서 한 번 사용되고 버려지는 꽃들이 아깝다는 생각을 누구나 했을 것이다. 자연스레 웨딩 꽃으로 해보자는 생각이 들었다.

Q. 어떤 활동들을 했나?

A. 결혼식에서 남는 꽃들을 요양원뿐 아니라 아동 시설, 미혼모 시설, 장애인 시설, 호스피스 병동, 위안부 할머니 등 다양한 곳으로 가져다드렸다. 봉사자들과 함께 준비했다. 아이들과는 꽃을 사용한 놀이를 하는 등 전달에만 그치지 않고 소통을 위한 프로그램을 진행했다.

Q. 언론에 소개되며 관심이 커졌다고 들었다.

A. 사람들이 생각보다 많이 모이기도 했고 '스브스 뉴스'에 소개되면서 갑자기 기부자와 자문 요청이 늘어났다. 일은 많아졌는데 같이 하기로 한 친구가 때마침 해외로 펠로우십을 가게 됐다. 아깝다는 생각에 어떻게든 내가 해보자는 마음을 가졌고 2016년 1월에 퇴사를 결심했다.

구글 임팩트 챌린지 선정, 2억 5천만 원을 받다

Q. 구글 임팩트 챌린지 선정이 전환점이 되었나?

A. 그렇다. 플리 프로젝트로 지원했는데 TOP 10으로 선정이 됐다. 지원금 2억 5천만 원을 받았고 그 자금으로 2017년 3월, 사단법인 리플링을 설립했다. 그때 구글 임팩트 챌린지가 없었다면 다시 회사로 돌아가지 않았을까 싶다. 덕분에 사업을 본격적으로 시작할 수 있었다.

Q. 인생에서 큰 변곡점이 됐겠다.

A. 결정적인 사업의 첫 단추가 되었다. 플리 프로젝트를 봉사활동으로 참여했던 분들이 각자의 회사 내 사회공헌 프로그램을 연결해줬다. 법인이었기에 가능해진 부분이었다.

Q. 법인 설립 후 플리의 운용 자금 규모는 어느 정도였나?

A. 기업에서 기부금을 받으면 프로그램으로 운영했다. 2017년 첫 해당시 1억 원 정도 규모로 시작했고, 2019년에는 3억 원 정도까지 비용이 늘어났다.

Q. 플리의 한계를 곧 느끼게 되었다고?

A. 사실 기업 사회공헌 프로그램은 단발성이 많다. 지속 가능성에 대한 고민을 할 수밖에 없었다. 자체 수익 사업의 필요성으로 이어졌다.

사업의 확장, 어니스트 플라워

Q. 어니스트 플라워를 만들게 된 배경은 무엇인가?

A. 2017년 하반기부터 사업 확장에 대한 고민을 하기 시작했다. 지원금만으로는 회사 유지가 힘드니 자체 수익 사업이 필요했다. 그때 어니스트 플라워(Honest flower) 사업을 고민하게 되었다. 월 구독료를 내면 신선한 꽃을 산지에서 직배송하는 팜 투 테이블(Farm to table) 서비스였다.

Q. 어니스트 플라워의 아이디어가 시작된 계기는?
A. 태안 지역 사회공헌 프로젝트가 시작이 됐다. 그전까지는 팜 투 테이블 모델을 하고 싶다는 생각만 있었는데 막상 실현시키려니 엄두가 안 났다. 우리나라에 없는 모델이기도 했다. 그때 태안의 한 기업에서 사회공헌 프로그램으로 꽃을 소재로 하고 싶다며 연락이 닿았다.

Q. 왜 하필 태안에서 꽃이 주제가 되었나?
A. 태안이 꽃의 도시인데 모르시는 분들이 종종 계신다. 화훼 농가만 200개가 넘는다. 팜 투 테이블 아이디어를 말씀드렸더니 너무 마음에 들어 했다. 그래서 판이 커지게 되었다.

Q. 당시 프로젝트 규모는 어느 정도였나?
A. 꽤 많은 사업비로 준비할 수 있었다. 태안 화훼 농가 20군데와 시작했다. 지금은 태안 35곳, 타 지역 6곳까지 늘었다.

Q. 태안 프로젝트 성공 기사를 봤다. 개인적인 소감이 있다면?
A. 더 좋은 농가를 발굴하고 싶은 욕심이 생겼다. 회사 입장에서는 확장을 고려해야 했다. 지원금 없이 농가와 우리 모두 잘 자립할 수 있게 준비 중이다.

Q. 당시 박스 개발에 힘을 많이 썼다고?

A. 박스 종류가 열 가지나 된다. 처음에 개발하느라 정말 애를 먹었다. 안전한 배송을 위해, 최대한 신선한 형태로 보내려니 욕심이 났다. 식물이나 화분별 사이즈가 다르기 때문에 형태도 다양했으면 했다. 상자를 접는 과정이 많아 농부님들이 많이 힘들어하신다.

팜 투 테이블, 시스템을 구축하다

Q. 산지 직송이다. 농부들이 직접 보내나?

A. 그렇다. 박스에 담아 송장까지 직접 붙여 보내신다. 산지 직배송이기 때문에 초기 서비스 세팅이 가장 중요하다. 아이스팩, 보온 용기, 종류별 박스를 농가에 미리 보내드리고 상품에 맞춰 직배송한다. 번거로워도 팜 투 테이블 정신을 지키고자 이런 방식을 택했다.

Q. 농부들과의 커뮤니케이션이 중요하겠다.

A. 포장 방법 및 배송까지 미리 교육을 꼼꼼하게 해드려야 한다. 그래서 샘플로 박스도 미리 받아본다. 산지 직배송에 대한 가치가 중요하기 때문에 고집하고 있다.

Q. 도매를 거치지 않으니 생산자와 공급자 모두에게 윈윈 아닌가?

A. 대개 '산지 직배송이니 싸겠네?'라고 생각하는데 실제로 그렇지만은 않다. 중간 도매를 안 거친다는 게 고려할 지점이 많아서다. 도매로 꽃을 대량으로 팔게 되면 농부 입장에서는 포장을 안 해도 되니 번거로움이 없다. 우리도 가격을 싸게 할 수는 있지만 꽃은 가격 변동이 큰 게 위험 요소다. 같은 제품이 1만 원이었다 다음날 2천 원이 되기도 한

다.

Q. 농가에서는 가격 정책을 긍정적으로 바라보았나?

A. 똑같이 키운 꽃을 비싸게 팔 때도 있지만 재난 이슈 등으로 싸게 팔아야 할 때도 있다. 그래서 연중 평균 가격을 고정 가격으로 정산해드리는 시스템을 도입했다.

Q. 결국 모두에게 동일한 정가제가 핵심이겠다.

A. 그렇다. 시장 상황에 따라 달라지는 게 아닌, 일정하게 가격을 세팅 후 시스템을 구축하는 것이다. '농가-어니스트 플라워-고객' 서로의 신뢰 관계를 기반으로 한 비즈니스다.

사업의 확장을 도모하다

Q. 가장 주력하는 일은 무엇인가?

A. 농가와의 소통이 정말 중요하다. 처음에는 단순하게 농가와 품목만 많으면 좋을 거라고 생각했다. 그런데 하다 보니 우리의 존재가 누군가에게는 번거로움이 되기도 했고 누군가에겐 큰 활력이 되기도 했다. 함께 할 농가들과의 관계를 잘 구축하는 게 우선이었다. 소비자들을 잘 끌어오는 것에도 신경을 쓰고 있다.

Q. 신규 주력 상품은?

A. 계약 재배를 고려 중이다. 소비자가 원하는 제품을 모종부터 함께 심어보는 형태를 의미한다. 그럼 수요와 공급에 대한 예측도 가능하고 만족스러운 결과를 이룰 수 있지 않을까 싶다. 단 농가에게도 괜찮은

공급량이 될지 따져봐야 한다.

Q. 지금껏 시행착오도 많았을 것 같다.

A. 처음에는 공급해줄 수 있다는 식물과 꽃은 다 팔아봤다. 그런데 변수가 너무 많았다. 상품을 웹에 올렸는데 태풍 등으로 재고가 없는 경우도 있었다. 점점 집중 판매하고 싶은 카테고리를 나눠 상품 계획을 세우게 되었다. 계약 재배 아이디어도 그래서 나왔다.

Q. 농부들의 얼굴이 담긴 스티커가 인상적이다.

A. 농가에서 생산한 가장 좋은 꽃들을 우리 고객에게 보내주신다. 생산자의 이름과 얼굴이 담긴 상품을 소비자에게 보내는 것이기에 신경을 많이 쓰는 지점이다.

Q. 스토리텔링이 좋다.

A. 농부에 대한 이야기가 있으니 소중하게 대하는 게 있다. '러쉬'라는 브랜드를 좋아하는데 거기에 보면 생산자 얼굴 스티커가 붙어 있다. 그거 하나만으로도 많은 신뢰가 간다.

Q. 올해 구독자는 몇 명이 목표인가?

A. 현재 월 평균 500명 정도의 구독자가 있다. 올 연말까지 2,000명이 목표다.

생물을 관리함, 그 예민함에 대하여

Q. 손질되지 않는 꽃을 배송한다. 고객이 당황스러워 하진 않나?

A. 종종 있다. 화를 내며 전화하는 분들도 간혹 있다. 재료를 손질하지 않고 보내니 당황할 수 있다. 그래도 스스로 재료를 다듬는 경험까지 선사하는 게 우리 사업이다.

Q. 진정한 꽃의 일상화다.

A. 표현 방식이 다를 뿐, 사실 꽃과 관련된 업계 모두의 지향점이 그 일상화다. 우리의 지향점은 특별한 사람들(플로리스트 등)만 꽃을 만들 수 있다는 생각을 버리는 것이다. 셰프만 요리하는 게 아닌 것처럼 말이다. 꽃을 재료로 접할 기회가 더 많아져야 인식이 바뀐다고 생각한다. 그래서 날것 그대로를 즐기게 하고 싶다. 완성이 아닌, 과정의 기쁨이다.

Q. 생물이니 계획과 루틴이 중요하겠다.

A. 첫 해에는 계획을 세울 수가 없었다. 나오면 부랴부랴 사이트에 올리기 바빴다. 시기를 못 맞춰 힘든 경우도 많았는데 작년 하반기부터는 규칙적인 계획을 짤 수 있었다. 올해는 월별 제품들을 추천하는 기획을 하려고 한다. 또 다른 주력 상품은 파머스 초이스(Farmer's choice)다. 농가에서 그때그때 좋은 제품을 랜덤으로 세 가지를 선택해 배송해준다. 가장 신선한 제품을 받을 수 있다.

Q. 파머스 초이스, 농가 입장에도 도움이 되겠다.

A. 맞다. 생산이라는 게 변수가 많기에 못 맞출 때가 종종 있다. 이 상품은 농가에서도 부담이 덜해서 좋아하신다. 농가가 보다 다양한 상품을 소개할 수 있다는 장점도 있다.

Q. 새로운 주문 방식(플랫폼)에 대한 농가의 반응은?

A. 자식들에게 사업을 물려주고 싶은 농가의 경우 우리와(플랫폼을 활용한)의 소통이 언젠가 장점이 될 거라는 생각을 하는 거 같다. 당장 매출에 큰 도움이 되지는 않더라도 말이다.

Q. 직배송이니 소비자와의 소통에 대한 장점이 크겠다.

A. 소비자 피드백 받는 걸 농부님들도 매우 좋아하신다. 사실 도매시장으로 꽃을 보내면 내 손을 떠나는 순간 끝이다. 플랫폼이 있으니 아무래도 소통의 장점이 크다.

Q. 몇몇 농가에서 인스타그램을 시작했다고?

A. 너무 궁금하셨는지 인스타그램 계정을 만드셨다. 자기들이 태그된 것을 보고 기뻐하며 '이거 제가 만든 거예요'라는 댓글을 달기도 한다. 긍정적인 방향이라 생각한다.

Q. 귀찮아하지는 않나?

A. 내 이름으로 나간 꽃인 만큼, 애정이 많으시다. 지난 여름에 보낸 꽃잎에 반점 비슷하게 생긴 적이 있었다. 컴플레인이 많아 말씀드렸더니 100박스나 다시 보내주셨다.

사단법인 리플링, 성장의 방향을 새로 잡다

Q. 어떤 미션을 가지고 사업하나?

A. 2016년도부터 만 4년 동안 이 일을 하고 있는데, 사실 이렇게 오래할 지 몰랐다. 지속하는 동안 미션이 생겼다. 비영리로 시작했지만 배

고플 일 없는 나름의 성공 모델을 만들고 싶어졌다. 좋은 일을 하며 정당한 대우를 받는 것이다. 그래야 더 좋은 인력이 오고 파이가 커질 것이다.

Q. 법인 분리를 한다고 들었다.

A. 플리만 사단법인으로 남기고, 어니스트 플라워는 일반 주식회사로 독립한다. 수익 사업 매출이 커지면 지금의 형태가 맞지 않겠다고 판단했다. 목적 사업(플리)과 수익 사업(어니스트 플라워)으로 나눠, 영리와 비영리 영역 모두를 잘 넘나들고 싶다.

Q. 올해 하고 싶은 프로젝트는?

A. 세 가지가 있다. 하나는 기업 간 B2B 서비스 확장에 대한 고민이다. 지금 현대자동차 GV80 구매 고객 리워드 중 어니스트 플라워 정기구독 서비스가 옵션에 있다. 이 프로젝트를 시작으로 확장성을 고민 중이다. 두 번째는 앞서 이야기했던 계약 재배다. 처음부터 수요를 예측해 재배하는 계획적인 사이클로 테스트해보고 싶다. 마지막 세 번째는 어니스트 플라워가 어떤 곳인지를 보여줄 오프라인 대형 팝업 스토어를 구현하는 것이다. 식물 판 대형 야외 페스티벌이 진행되면 얼마나 멋질까.

Q. 오프라인 대형 팝업, 재미있는 경험이다.

A. 식물이나 꽃을 일상에서 자연스럽게 접하게 하고 싶으니까. 공간이 있다면 도전해보고 싶다.

Q. 어니스트 플라워만의 비전은 무엇일까?

A. 농부와 소비자들에게 영감을 주고 싶다. 농가에서 생산물을 최대한 가치 있게 전하기 위해 고민하는 회사, 소비자들에게는 꽃이 있는 일상이 평범하게끔 바꿔가는 회사가 되었으면 좋겠다. '누구나 요리를 할 수 있다'는 애니메이션 '라따뚜이'의 대사처럼 더 많은 분들에게 꽃이 일상이 되면 좋겠다.

Q. 채널별 마케팅이 중요하겠다.

A. 그렇다. 지금까지는 입소문이 전부였다. 인력에 비해 일이 많아 제대로 마케팅을 시작하지 못했다. 올해는 적극적으로 해보고 싶다. 퍼포먼스 마케팅 등 다방면으로 공부 중이다.

Q. 투자받을 계획이 있나?

A. 최대한 안 받고 싶다. 필요한 시점이 되면 고민해야겠지만 구글 임팩트 챌린지 이후에는 단 한 번도 투자를 받아본 적이 없다. 그래서 올해가 중요한 시점인 것 같다.

Q. 올해의 목표 매출은?

A. 어니스트 플라워로 월 1억 원 매출(2020년 기준)이 목표다. 이 정도 돼야 투자 없이 지속 가능하다.

녹록지 않은 워킹맘 창업가의 삶

Q. 비즈니스 노하우가 있나?

A. 사실 없다. 웬만하면 무조건 다 행동으로 움직이며 해보려고 한다. 다 배울 게 있지 않겠나. 새로운 도전도 따지지 않고 해보려 한다. 외

부 행사나 콜라보 제안도 여력이 되면 참여한다.

Q. 예전 연봉과 차이가 큰가?
A. 예전보다 4분의 1 수준이다. 그래도 먹고 싶은 거 먹고 여행 가끔 갈 수 있어서 만족한다. 예전에는 번 돈으로 부동산 등 뭔가를 사야겠다는 생각이 많았다. 이제는 현재의 소비를 계속할 수 있으면 충분한 것 같다. 미래에 대한 투자가 지금의 사업이다.

Q. 직원들 연봉은 어느 정도인가?
A. 직원이 아홉 명 있는데 나를 포함해 너무 적게 받고 있다. 주식회사로 전환이 돼 매출이 올라가면 이 부분은 빨리 보완하고 싶다.

Q. 어떤 지점에서 일에 대한 만족감이 높은가?
A. 누가 시켜서 하는 게 아닌 하고 싶어 하는 일이다. 정말 큰 즐거움이다.

Q. 2018년도가 특히 힘들었다고 들었다.
A. 아기를 낳은 지 4개월 만에 출근했다. 일도 많고 애도 봐야 하는데 둘 다 제대로 못 하고 있다는 생각에 힘들었다. 고맙게도 남편이 1년간 육아 휴직을 해줬다. 한창 사회생활 즐겁게 하던 남편에게 미안한 마음이 있다.

Q. 워킹맘으로서 얻게 된 깨달음은?
A. 사실 아이를 낳기 전까지는 워킹맘을 100% 이해하지 못했다. 그래서 공감이 중요하다는 사실을 깨달았다. 사실 대표가 여자인 경우 힘

든 부분이 많다. 대표는 고용주라 출산 휴가를 사용할 수도 없다. 스타트업을 장려하지만 여성 대표는 쉽지 않은 게 현실이다.

Q. 직장인과 창업가, 둘 다 경험해본 결론은?

A. 직장인의 삶이 아무래도 편한 거 같다. 주어진 일을 잘 하고 나의 성장에만 초점을 맞추면 되니까. 하지만 지금은 모든 게 다 어렵다. 돈도 벌어야 하는데 좋은 일도 해야 하고, 같이 일하는 사람들도 성장해야 하니 리더십 고민도 많다. 몸과 마음이 둘 다 힘들 때가 많지만 만족감은 훨씬 높다.

인간 김다인에 대하여

Q. 인간 김다인은 어떤 사람인가?

A. 급하고 직설적이고 에너지가 많은 사람이다. 가끔 리더로서 돌아보게 된다.

Q. 왜 일을 하는가?

A. 비전을 위해서다. 일하는 동력은 자기 효능감이라 생각한다. 뭔가를 만들어가는 것들을 보는 성취감을 좋아한다. 자그마한 성취감을 지속하는 게 일을 하는 이유인 것 같다.

Q. 노후 걱정은 없나?

A. 사실 걱정할 틈이 없다. 장밋빛 미래를 꿈꾸긴 하는데 사업이 잘되면 그게 나의 노후라고 생각한다.

Q. 평생직장이 사라진 지금 우린 무엇을 준비해야 할까?

A. 내 것이 있어야 한다고 생각한다. 그게 자기 회사건 브랜드건 말이다. 사실 회사를 다닐 때는 내가 대단한 사람이라고 생각했다. 그런데 회사를 나와 보니 나는 그냥 자연인이더라. 내가 어떤 사람인지 설명하고 어필하는 것이 오래 즐겁게 일할 수 있는 방법이라 생각한다.

Q. 일에 가장 큰 영감을 주는 것은?

A. 농가와 팀원들이다. 몇 천 평 되는 땅을 관리하며 생산을 한다는 게 지금도 너무 신기하다.

Q. 올해의 가장 큰 목표는?

A. 어니스트 플라워가 잘 자립하고 고객들에게 제대로 인정받는 것이다. 마지막으로 팀원 전체가 함께 이뤄내고 성장하기를 꿈꾼다.

Q. 어떤 사람이 되고 싶은가?

A. 좀 더 인내심 있고 유연한 사람이 되고 싶은데 될 수 있을지는 모르겠다. 리더로서 매우 필요한 자질이라고 생각하는 요즘이다.

Q. 워라밸이 있는가?

A. 아무래도 가족에게서 찾게 된다. 다른 풍부한 느낌을 주는 존재가 됐다. 워라밸은 기본적으로 없다고 생각한다. 사업하는 사람들 다 마찬가지이지 않을까.

Q. 창업을 꿈꾸는 사람들에게 한마디.

A. 쉽지 않을 거다, 정말.

乙.
농부와 소비자들에게 영감을 주는 사람이 되고 싶다는 김다인.
플리 프로젝트는 단순 전달이 아닌, 프로그램을 통한 소통을 지향한다.
여러 테스트를 통해 개발한 박스에 꽃을 담아 배송한다.
가장 큰 영감을 주는 팀원들과 함께.

128

창업 실패 후 창업가의
이야기를 담다

미디어 크리에이터 _ 김태용

"실리콘밸리에서의 인터뷰로 지금의 'EO'가 만들어졌어요."

열심히 공부해서 좋은 대학교에 가고 대기업에 취직하는 건 전혀 관심이 없었다. 그렇다고 특별히 도전하고 싶거나 나만의 브랜드를 만들자는 열정과 패기 넘치는 사람도 아니었다. 그런 그의 인생을 바꾸게 한 계기가 스티브 잡스였다. 창조적인 사람이 주는 영향력에 감동한 것이다.

그때부터 그는 창업, 스타트업, 마케팅 등 관련 분야 정보에 빠져들기 시작했다. 닥치는 대로 읽고 찾아보다가 무작정 기업가들에게 만나 달라고 요청해 이야기를 나눴다. 자연스레 창업의 세계에도 발을 담갔다. 대학교 졸업 전 총 세 번의 창업을 했고, 결과적으로 시원하게 망했다.

보다 뛰어난 창업가들을 만나고 싶었다. 아르바이트 해 모은 돈 350만 원을 가지고 무작정 실리콘밸리로 향했다. 방황했던 그를 실리콘밸리에서 일하던 사람들은 넉넉한 마음으로 품어줬고, 그들의 이야기를 영상 콘텐츠로 담았다. 'EO'라는 유튜브 채널은 그렇게 시작됐다.

꿈 없던 학창 시절, 잡스를 만나다

Q. 공부에 관심은 없었다.

A. 그래도 추상적인 꿈들은 있었다. 막연히 누군가에게 영감을 주는 사람이 되고 싶었다. 미술에 관심이 있어 미술 입시 준비를 시작했다. 순수 미술 쪽으로 가려 했는데 돈을 벌 수 있을지 나도 부모님도 걱정이 됐다. 미대를 가더라도 벌이가 가능한 디자인 전공을 하기로 했다. 고등학교 2학년 때 입시 디자인 공부를 했는데 생각보다 재미가 없었다. 그래서 고3 때 그만두고 수능을 봤다.

Q. 대학 전공은 어떻게 정했나?

A. 회계학을 전공했다. 아버지가 세무 공무원이셨는데 이쪽 분야도 영업이나 비즈니스가 중요했다. 아버지가 어느 정도 노하우를 쌓아왔으니 이 분야 일을 하면 좋겠다고 하셨다. 그 이야기를 듣고 선택한 전공이었다. 마음을 다잡고 공부를 열심히 하려던 찰나 1학년 1학기 시험 직전 맹장염에 걸려 시험을 못 보게 되었다.

Q. 이후 전공 공부를 포기했다고?

A. 공부도 재미없는 데다 아픈 시기를 거치니 의욕까지 사라졌다. 아마 하기 싫은 차에 나름 핑계가 생긴 것 같다. 그렇게 전공 과목과는 담을 쌓고 살았다.

Q. 창업 생각은 없었나?

A. 1, 2학년 때까지만 해도 청년 창업 이슈가 없을 때였다. 2학년 1학기까지 대학교 생활을 즐기다 군대를 갔다. 하지만 어렸을 때부터 내 생각을 표현하는 걸 중요하게 생각했고, 자유로운 사고방식을 즐겼던 것 같다. 막연하게 내 브랜드를 하고 싶다는 생각은 있었다.

Q. 군대에서 스티브 잡스에게 영감을 받았다.

A. 군대에 갈 때까지만 해도 스티브 잡스에 대해 잘 몰랐다. 당시 애플 제품을 쓰는 사람들은 특수한 직군에 있거나 경제적으로 여유가 있는 부류라고 생각했다. 그런데 군대 동기 중 한 명이 잡스 마니아였다. 잡스를 찬양하던 그 친구의 영향을 받았던 거 같다. 군 생활 중 스티브 잡스가 사망했는데 그날 그 친구의 표정을 잊을 수가 없다. '인류 역사상 가장 슬픈 날'이라고 표현하더라.

Q. 어떤 지점에 빠져들었나?

A. 월터 아이작슨(Walter Isaacson)이 쓴 《스티브 잡스》라는 책을 세 번 읽었는데 내용의 꽤 많은 부분이 잡스에 대한 비판이었다. 언론에서 위대한 기업가이자 예술가로 추앙하는 분위기와는 다른 관점이었다. 주변 인물들과 잡스 일화도 안 좋은 내용들이 많았다. 하지만 책을 다 보고 난 후에 느껴지는 점이 많았다. 한편으로는 위로를 얻기도 했다.

Q. 위로가 된 이유는?

A. 잡스는 마약을 한 경험도 있고, 직원들에게 때로는 못 되게 굴던 사람이었다. 그런 그의 모습들을 긴 호흡으로 바라봐주는 시선이 좋았다. 나는 스티브 잡스가 한 인간으로서는 자유롭게 살다 간 느낌이 들었다. '남의 눈치 보고 살 필요 없겠구나'라는 생각이 들며 위로가 되었다.

Q. 무언가 구체적인 꿈이 생겼는지?

A. 이후 창업에 대한 꿈이 생겼다. 창조적인 활동을 해보고 싶었고 인간으로서 영향력을 표출하고 싶었다. 기업을 통해 예술가라는 칭호까지 얻은 잡스를 보며 나도 뭔가 발자취를 남기고 싶어졌다. 말년 휴가 때부터 어떻게 하면 기업가가 될 수 있을지 고민했다.

제대 후 세 번의 창업 실패

Q. 복학 후 기업가들을 만나고 다녔다.

A. 2012년 제대를 하고 복학까지 시간이 좀 있었다. 그래서 언론에 소

개된 기업가들에게 무작정 만나달라고 연락을 했다. 당연히 안 만나줬고 그래서 다른 미끼를 던졌다. '나는 경영 컨설턴트인데 당신 회사 마케팅 방향이 우려스럽다'는 식이었다. 그랬더니 중소기업 사장님들 중에서는 꽤 많은 분이 약속에 응해주셨다. 그런데 갓 제대한 학생이 나오니 황당하셨을 거다.

Q. 기업가들을 만나달라고 요청한 이유는?

A. 그냥 기업가들의 이야기를 들어보고 싶었다. 무에서 유를 만들어 내는 기업가 정신을 알고 싶었다. 마케팅이나 인사이트에 대한 부분은 어느 정도 자신이 있었다. 이런 저런 이야기를 나눈 후에는 오히려 작은 프로젝트들을 맡겨 주시기도 했다. 기업가들을 만나니 진짜 일을 잘하는 사람과 아닌 사람에 대해서 어느 정도 보는 눈이 생겼다.

Q. 첫 창업을 했다. 어떤 아이템인가?

A. 예술 작품을 판매하는 플랫폼이 시작이었다. 선배 두 명이 하던 예술가들을 위한 소셜 네트워크 서비스였고 앱도 출시된 상태였다.

Q. 어떤 방식으로 참여했는지?

A. 어느 정도 사업 방향이 정해진 상태에서 함께 했다. '좋아요'를 많이 얻은 예술가의 작품을 굿즈로 만들고 판매 수익을 작가와 나누는 방식이었다. 당연히 매출이 높진 않았다. 그 모델을 접은 후 디자인 회사로 방향을 바꿨고 제조와 유통을 가진 자체 브랜드 '위글위글'을 만들었다. 투자 유치, 피칭 등 할 수 있는 역할들에 참여했고 이제는 소액 주주로 남아 있다.

Q. 회사를 그만둔 이유는?

A. 나는 아티스트들을 위한 걸 하고 싶었는데 디자인 브랜드 회사가 되다 보니 재미를 잃었다. 회사의 성장 방향에는 맞지만 내 마음이 끌리지는 않았다.

Q. 두 번째로 가구 사업을 시작했다.

A. 깜냥도 없이 덤볐다가 단기간에 망한 케이스다. 업에 대한 이해도 없이 제품 만든 경험 하나 믿고 덤볐는데 가구는 전혀 다른 영역이었다. 반 이상이 창고업인 물류가 중요한 시장이었고 제품 자체도 예민한 분야였다. 가구를 잘 만든다고 되는 문제가 아니었다.

Q. 어떤 물건들을 만들어 팔았나?

A. 소파와 층간 소음 방지 매트가 메인이었다. 초도 물량 500개로 시작했다. 소비자 사전 평가 때도 반응이 좋았지만 실전은 달랐다. 출시하자마자 급속도로 상황이 악화되었다. 준비부터 망하기까지 1년 정도가 걸렸다.

Q. 창업 멤버는 어떻게 됐는지?

A. 총 세 명이 함께 창업했다. 나와 건축 디자이너 두 명이었다. 정부 지원금 약 5,600만 원에, 가구 소재를 만드는 제조 회사에서 1억 원 정도 투자를 받았다.

Q. 가구 관련 회사가 투자자였으면 다른 기회도 있었을 텐데?

A. 회사가 매출이 나오지 않자 자회사로 들어오라는 제안을 받았다. 그런데 우리는 젊은 나이에 그렇게 하고 싶지는 않았다. 다행히 빚이

많이 쌓이기 전에 빨리 정리할 수 있었다. 나중에 재고 처리하느라 정말 고생했다.

Q. 세 번째 창업 아이템은?
A. 마지막으로 졸업할 때까지 앱을 만들었다. 프로젝트를 진행하면서도 가구 재고 땡처리 하느라 바빴다. 돈이 없으니 창고 계약은 할 수 없어 학교 곳곳에 가구들을 숨겨놓으며 조금씩 팔았다. 마지막으로 했던 프로젝트도 잘되진 않았다.

Q. 창업이라는 시장에 너무 빨리 뛰어든 건 아닌가?
A. 맞다. 내가 09학번인데 창업이 자연스러워진 건 15학번 즈음부터였다. 어디를 가도 창업자 중에 나이가 제일 어렸다.

Q. 창업해서 좋았던 순간은 뭐였을까?
A. 내가 좋아하고 공감하는 것에 원하는 만큼 집중하는 순간이다. 이를 누군가 공감하고 제품을 사주는 과정을 보며 희열을 느꼈다. 이런 것들이 사업의 중독적인 면이라고 생각한다. 뭔가 매일 같이 증명해내야 하는, 단조롭지 않은 부분이 이 일을 계속하게 한다.

Q. 졸업 후 계획은 어떻게 세웠나?
A. 내 활동들을 재미있게 지켜봐준 분들이 많았다. 학점도 2점대고 이렇다 할 스펙도 없었는데 좋은 스타트업이나 테크 회사들에서 같이 일하자는 제안을 받았다. 덕분에 취업 걱정은 없었다.

Q. 그럼에도 불구하고 고민이 있었다고?

A. 졸업 시점이 28세였다. 이제는 막연하게, 해보고 싶어 창업할 수는 없었다. 삶에 대한 무게감이 굉장히 커졌다. 누군가의 회사로 들어갈 수도 있었지만 더 뛰어난 사람들을 만나 영감을 얻고 싶었다. 회사를 다니는 것보다는 좀 더 가슴 뛰는 일을 하고 싶었다.

실리콘밸리로 떠나다

Q. 콘텐츠 제작에 관심을 가지게 된 계기는?

A. 대학생 타깃 쿠폰 적립 앱을 만들었는데 오히려 게시판이 활성화 돼 커뮤니티를 만들었다. 그런데 커뮤니티를 운영하다 보니 타깃들이 볼 콘텐츠가 필요했고, 이를 수급할 방법들을 고민하다 뉴미디어 회사들을 통해 콘텐츠를 공급받았다. 받는 거로는 한계가 있어 직접 만들기도 했다. 그런데 이 과정이 생각보다 재미있었다. 이때 콘텐츠 제작에 흥미를 느끼기 시작했다.

Q. 기업 일도 받게 되었다.

A. 당시 '패스트 캠퍼스'에서 마케팅 팀으로 들어오라는 제안을 받았다. 입사는 부담스러운 상태였고 일단 영상 프로젝트를 맡기로 했다. SNS에 올릴 4차 산업 혁명에 대한 트렌드를 알려주는 4편짜리 영상이었다. 작업 후 350만 원 정도 비용을 받았고, 그 돈으로 실리콘밸리에 가야겠다고 생각했다.

Q. 왜 하필 실리콘밸리였나?

A. 나보다 훨씬 뛰어난 사람들을 찾아가보자는 결심 때문이었다. 4차 산업 혁명의 현장에서 일하고 있는 한국인들의 이야기를 담고 싶었다.

Q. 무작정 떠난 미국행인가?

A. 당시 형이 미국 동부에서 유학을 하고 있었다. 어머니가 형을 보러 간다고 하셔서 내 비행기표도 부탁했다. 일단 동부로 가서 형이랑 일주일 정도 보낸 후 편도 비행기표를 끊어 서부로 향했다. 실리콘밸리로 가겠다는 막연한 생각만 있었을 뿐 계획은 전혀 없었다. 한인 커뮤니티 등 여기저기 연락을 돌리며 일단 되는 사람을 만나야겠다는 심정이었다.

Q. 첫 인터뷰이는 누구였는지?

A. 실리콘밸리의 핀테크 회사에서 UX 디자이너로 일하고 있는 김영교 님이 첫 인터뷰이였다. 당시 싼 숙소를 찾다 샌프란시스코 외곽인 웨스트 오클랜드라는 지역을 택했는데 정말 무서운 동네였다. 멀쩡한 지하철도 그 동네로 갈수록 이상한 분위기가 연출되곤 했다. 촬영 장비가 있던 터라 매일이 두려웠다. 그 이야기를 듣고 김영교 디자이너가 지인의 집을 소개해줬다.

Q. 그곳에서 많은 도움을 받았다고?

A. 영화 공부를 하는 분이었는데 영상, 특히 카메라에 대해 제대로 배울 수 있었다. 그동안에는 편집만 어느 정도 감각적으로 하는 수준이었는데 촬영에 대해서 많은 팁을 얻게 되었다.

Q. 이후 인터뷰이들은 어떻게 찾았나?

A. 한인들이 모이는 모임에 무작정 나갔다. 몇 명까지는 어찌어찌 지인들을 통해 인터뷰가 풀렸지만 이것도 한계가 있었다. 그래서 한국 언론사들에게 샘플 영상을 보내 제휴 요청을 드렸다. 여기저기서 콘텐

츠를 올려준다는 약속을 받은 후 언론에 소개되는 인터뷰라고 섭외를 하니 한결 수월해졌다. 그렇게 '리얼밸리'라는 타이틀로 언론에 노출되기 시작했다.

Q. EO만의 인터뷰 스타일이 있다. 어떻게 만든 건가?
A. 그 당시 유튜브 채널 '셀레브'가 굉장히 유행했을 때다(나중에는 '셀레브' 측에서 콜라보 제안도 왔었다). 초반에는 '셀레브'의 영상 흐름을 염두에 두며 작업하기도 했다. 그러면서도 나름의 차별화 지점을 고민했다. '셀레브'가 3분 전후의 짧은 영상이라면 나는 좀 더 긴 호흡으로 만들어야겠다고 생각했다.

Q. 그 외 차별점이 있다면?
A. 일단 단순한 동기 부여가 아닌, 조금 더 깊이 있는 지식 콘텐츠를 만들고 싶었다. 짧은 영상으로는 한계가 있었다. 청중 타깃도 스타트업 업계 사람들로 명확했다. 스타트업의 기술적인 내용들을 초반에 따로 설명하는 코너를 운영하기도 했다.

Q. 어려운 지점도 많았다고?
A. 미디어 문법이나 트렌드가 너무나 빨리 바뀐다. 3분 정도 분량의 숏폼(Short-form)과 10분 분량의 영상은 완전히 다른 개념이었다. 페이스북과 유튜브 문법도 서로 다르다. 빠른 변화에 영상 콘텐츠를 잘 맞추는 건 결코 쉬운 일이 아니었다.

Q. 힐링과 넉넉함을 받았다고 들었다.
A. 나 역시 뭐 하며 살지 고민하던 28세 청년이었다. 하지만 실리콘밸

리에서의 이야기를 들으며 조금 다른 기분을 느꼈던 것 같다. 그들은 실패에 관대하고 내가 하고 싶은 일을 늘 존중했다. 일단 시작해보라는 응원을 던졌다. 덕분에 힐링, 넉넉함, 긍정의 에너지를 얻었다.

Q. 이를 사업화해야겠다는 생각은 언제부터 했나?

A. 처음부터 사업화할 생각은 없었다. '셀레브'와의 콜라보가 무산된 후 자연스레 내 브랜드의 콘텐츠로 업로드를 시작해나갔다. 그런데 채널 오픈 후 3개월 정도는 돈이 안 돼서 정말 힘들었다. 미국에서 여러 아르바이트를 했지만 카드값이 쌓여 경제적으로 고생도 좀 했다.

1인 크리에이터 EO 채널을 만들다

Q. 로고가 심플하다. 본인이 디자인했나?

A. 처음에는 개인 프로필 사진을 넣고 배경에는 실리콘밸리 사진을 넣는 단순한 구조였다. 채널 오픈 3시간 전 쯤 김영교 디자이너로부터 조금 더 재미있게 해보라며 연락이 와 이런 저런 아이디어를 나눴다. PPT로 후다닥 보완해 만든 게 'ㅌ ㅇ'이라는 디자인이다. 처음엔 내 이름의 자음을 따서 지었지만 나중에는 영어로 바꿔 현 이름인 '이오 스튜디오'가 됐다.

Q. '이오 스튜디오'는 어떤 의미인가?

A. 기업가 정신(Entrepreneurship)과 기회(Opportunity)를 상징하는 뜻을 담은 알파벳 기호다. 여기에 스튜디오를 붙였다. 스튜디오를 붙이면 왠지 성공할 것 같은 기분이 든다. '스튜디오 룰루랄라', '스튜디오 드래곤'처럼 말이다.

Q. 콘텐츠 라인업은 어떻게 정했는지?

A. 실리콘밸리에서 만난 17명의 인터뷰를 담아 '리얼밸리 시즌1'을 소개했다. 스타트업 창업자나 개발자부터 실리콘밸리에서 음식점을 창업한 사람들까지 그 누구보다 열심히 일하고 있는 사람들에 대한 이야기였다. 유튜브를 통해 콘텐츠를 하나씩 업로드했다.

Q. 언제부터 수입이 생겼나?

A. '리얼밸리'와 같은 콘텐츠를 하고 싶어 하는 분들이 많았지만 그간 쉽지 않았다고 한다. 영상 콘텐츠의 경우 나름 진입 장벽이 있던 터였다. 내가 만든 콘텐츠가 화제가 되자 여러 회사나 기관들로부터 연락이 왔다.

Q. 대체로 어떤 업무를 제안했는지?

A. 첫 번째로 성사된 곳이 '디캠프(은행권 청년 창업 재단)'라는 회사였다. 제작비 지원을 받는 조건으로 프로젝트를 진행했다. 그때 프로덕션을 써보는 등 다양한 방식을 시도해볼 수 있었다. 이후 정부 쪽에서도 관심을 보였고 강연 요청도 많이 들어왔다. 덕분에 '리얼밸리 시즌 1' 론칭 8개월 후부터는 수익이 생겼다. 그때까지도 1인 크리에이터로 활동했다.

Q. 팀으로 시작하게 된 계기는?

A. '리얼밸리 시즌 2' 때 캐나다에서 워킹 홀리데이를 하던 친구가 카메라 들고 같이 찍겠다며 무작정 미국으로 찾아왔다. 그 친구가 지금의 공동 창업자가 되었다. 현재는 총 아홉 명이 함께 일하고 있다. 대체로 영상 팀이며 스토리텔링은 지금도 거의 내가 담당한다.

Q. EO 콘텐츠의 차별점은 무엇일까?

A. 역시 스토리텔링 역량과 제작 퀄리티를 높게 사주는 것 같다. 덕분에 일이 꾸준히 들어온다. 스타트업의 이야기를 다루는 콘텐츠가 쉽게 침범할 수 없는 영역이지만 전체 시장으로 봤을 때는 작은 시장이다.

Q. 법인 전환을 했다.

A. 콘텐츠를 꾸준히 올린 3년 동안 기업화하고 싶은 생각이 크지 않았다. 이제 법인 전환한 지 얼마 되지 않았다. 어느 정도 준비가 된 다음에, 또 시드 머니를 적당히 만든 후 시작하고 싶었다. 일단 먹고살 정도까지는 왔는데 확장에 대한 고민은 해결하지 못했다.

Q. 최근 20분짜리 영상을 만들기 시작한 이유는?

A. 그간 10분 분량의 영상을 올려왔다. 그런데 모바일 영상이란 게 굉장히 트렌디하다. 머지않아 상향 평준화가 될 것이라 생각했고 퀄리티를 미리 높여두는 게 경쟁력이 될 거라 판단했다. 그래서 분량도 20분으로 늘리고 촬영 퀄리티도 높이는 등 새로운 시도를 해보고 있다.

Q. 미국 스타트업과 한국 스타트업들의 이야기를 다루며 느낀 점은?

A. 전혀 다른 생태계라 1:1로 비교는 힘들다. 실리콘밸리는 이민자가 많고 돈도 많이 주지만 동시에 해고도 쉬운 곳이다. 한국은 '우리끼리' 문화가 아직 있다. 고용도 경직되어 있는 편이지만 그런 환경 속에서 잘 해내고 있다고 생각한다.

'김태용'의 비전과 미래

Q. 어떤 직업으로 불리길 원하나?

A. 사실 누군가 부르는 대로 직업이 되곤 했다. 지금은 미디어 스타트 업 대표가 정확한 표현인 것 같다. 크리에이터이자 미디어 스타트업 대표 태용, 이 정도로 하면 될 것 같다.

Q. 비즈니스 모델은 무엇인가?

A. 잘되다가 갑자기 안된 미디어 회사들이 많다. 그런 상황을 보며 미디어가 굉장히 어렵다는 생각을 하곤 한다. 트래픽이 늘고 뭘 붙이면 더 잘될 것 같은데, 이게 결코 쉬운 일이 아니다. 혁신이 쉬울 것 같으면서도 어려운 분야가 미디어. 결국 특정 플랫폼에 의존하는 콘텐츠는 오래가기 어렵다고 생각한다. 스토리텔링을 잘하고 집중하는 게 우리의 지향점이다.

Q. 올해의 목표는?

A. '넷플릭스'에 소개해도 손색이 없을 정도로 콘텐츠를 잘 만드는 게 목표다. 내부적으로는 최대한 보수적으로 경영하면서 스토리텔링 수준을 높이려고 한다. 대표로서 뛰어난 인재들이 일할 수 있는 회사를 만들고 싶다. 그러다 보면 비즈니스가 따라붙을 거라 생각한다.

Q. 1년 사이 구독자가 많이 늘었다.

A. 작년엔 8만 정도였는데 1년 새 한 달에 만 명 꼴로 늘었다. 정말 서서히 꾸준하게 올라가는 것 같다. 한 번에 쑥쑥 성장했으면 하는데 마음처럼 되진 않는다.

Q. 실리콘밸리 이야기를 다룬 '리얼밸리 시즌 3'도 준비 중인지?

A. 아직 계획은 없다. 당장은 20분 분량의 다큐멘터리에 집중하고 있다. 더 생산성을 높이는 동시에 공격적인 방향을 고민 중이다. 나중엔 이를 '리얼밸리'에 적용할 수도 있지 않을까.

Q. 스타트업 대표들이 EO 채널에 출연하고 싶어 하는 이유는 뭘까?

A. 스타트업 쪽은 인재가 굉장히 중요하다. 이 생태계 안에서는 투자를 좀 받았다고 해도 대중적인 인지도는 절대적으로 부족하다. 결국 이 안에서만 유명할 뿐인데 그걸로는 좋은 인재를 찾기가 힘들다. 그래서 브랜드와 대표를 알리고 회사 철학을 전하는 게 중요해졌다. 그 필요성이 우리 콘텐츠와 잘 맞았던 것 같다. 명확한 청중이 있다는 것도 큰 장점이다.

Q. 개인적으로 인상적인 콘텐츠가 있다면?

A. 많은 성취를 한 기업가일수록 원론적인 걸 중시하고 무게감이 있다. 그런 지점들을 나 스스로 많이 배우는 것 같다. 토스 편과 김봉진 대표 편이 기억에 남는다.

Q. 마지막으로 어떤 사람이 되고 싶은지?

A. 나 역시 스타트업 생태계 안에만 있다 보니 내 존재감을 괜히 크게 느끼는 부분이 있다. 그 점에 대해 매일 경계하고 또 조심하려고 한다.

乙

1인 크리에이터에서 미디어 스타트업 대표가 된 'EO' 김태용.
배낭 하나 메고 떠난 실리콘밸리에서 이야기를 담기 시작하다.
실리콘밸리에서의 첫 인터뷰이, UX 디자이너로 일하고 있는 김영교 씨.
스타트업이라는 명확한 타깃이 있었기에 빠르게 성장할 수 있었다.

9

한국인 최초
NBA 데이터 분석가가 되다

분석가에서 자신의 브랜드까지 _ 김재엽

"이제는 분석가를 넘어 저만의 브랜드를 만들고자 합니다."

숫자와 분석을 좋아하던 그는 통계학 전공을 선택했지만 공부는 왠지 답답하고 재미가 없었다. 국내 대학교 중퇴 후, UC 버클리에서 비즈니스 전공으로 새로운 길을 시작했다. 동시에 좋아하던 스포츠 관련 일을 찾다 대학교 농구 팀에서 데이터 분석 일을 맡게 된다.

데이터 분석가가 팀에서 신뢰를 쌓으려면 숫자가 아닌 필드 선수들과의 호흡이 중요함을 깨달았다. 선수들의 연습을 돕고 물 한잔까지 살뜰히 챙겨주며 소통한 덕에 팀에서 좋은 역량을 쌓을 수 있었다. 팀의 추천으로 그는 'LA 레이커스'행 티켓을 거머쥘 수 있었다.

매직 존슨 사장이 있던 'LA 레이커스'에서 데이터 분석가로 활약하게 된 김재엽 씨. 그는 '한국인 최초'라는 타이틀을 얻으며 관심을 받기 시작했지만 그곳도 하나의 회사일 뿐이었다. 나만의 브랜드를 만들겠다고 결심하며 과감히 레이커스를 퇴사, 새로운 도전에 나섰다.

축구 감독을 꿈꾸던 대학 시절

Q. 어렸을 때부터 스포츠에 관심이 많았나?

A. 고등학생 시절부터 좋아했다. 그 당시 박지성 선수의 '맨체스터 유나이티드' 입단이 계기였다. 다른 축구 팬들처럼 나 역시 그때부터 해외 축구에 관심이 엄청나게 많아졌다. 축구 감독이 되고 싶다는 나름의 꿈도 생겼다.

Q. 경기 분석하고 전술 짜는 걸 좋아했다고?

A. 원래 분석하는 걸 좋아했다. 현상을 보고 분석하며 숨은 의미를 찾아내는 걸 즐긴다. 특히 축구 보며 혼자 전술 짜고 분석하는 게 취미

기도 했다. 선수 경험도 없었고, 감독이 되기 위한 정식 지도자 코스를 생각한 것도 아니었지만 열망이 있었다.

Q. 선수 출신이 아니어도 감독이 될 수 있는지?

A. 사실 프로 선수 출신이 아닌 분들 중 내가 존경하는 몇몇 감독님이 있다. 미국 유학 중에 존경하는 감독님들이 내가 공부하는 지역으로 전지 훈련을 온다는 소식을 들었다. 그때 너무 흥분했고 잠깐이라도 만나고 싶어 자동차까지 구입했다.

Q. 결국 만나긴 했나? 어떤 감독님들인가?

A. 감독님께 드릴 나만의 전략 분석 보고서를 작성해 어떻게든 전하고 싶었다. 엘리베이터에서 우연히 만날 기회가 있었는데 그 짧은 순간에 내 의도를 설명하고 자료를 드렸다. '조제 무리뉴' 감독과 '안드레 빌라스 보아스' 감독이다.

Q. 혹시나 연락이 왔는지?

A. 답이 오진 않았다. 사실 내가 작성한 보고서를 봤을지도 의문이다. 두 감독을 존경한 이유는 둘 다 프로 스포츠 선수 경력이 없다는 것 때문이다. 전략과 분석에 능해 지금의 자리에 앉은 분들이었기에 나에게는 엄청난 롤모델일 수밖에 없었다.

Q. 대학교 때 전공은 무엇이었나?

A. 분석하고 숫자 보는 걸 좋아해서 통계학을 전공했다. 그런데 학교 공부가 너무 재미없었다. 그래서 나 혼자 숫자 보며 이런저런 분석들을 했던 것 같다. 당시만 해도 통계 분석 툴이 다양하지 않던 시절이었

다. 유학을 간 후에야 이런저런 툴을 공부할 수 있었다.

UC 버클리, 대학 스포츠팀과의 만남

Q. 일단 무작정 미국으로 갔다.

A. 무작정 미국으로 가 어학연수부터 시작했다. 공부하며 미국 대학교에 다시 지원했고, UC 버클리에 합격했다. 해외 경험이 전혀 없던 초반에는 굉장히 고생을 많이 했다. 특히 영어로 이야기하는 게 부담이 컸다.

Q. 영어에 익숙해지기 위한 노하우가 있었다고?

A. 원체 일 벌리는 것을 좋아하는 성격 덕분에 가자마자 이런저런 단체들을 만들었다. 유니세프 지역 부서를 만들어서 활동하는 등 그때마다 재미있어 보이는 것들을 했다. 단체를 리딩하면서 영어가 많이 늘었다. 소통을 해야 하니까 어떻게든 표현하게 되었다.

Q. UC 버클리를 선택한 이유는?

A. 사실 몇 군데 합격한 상황이었다. UC 버클리 비즈니스 스쿨 (HAAS)이 굉장히 유명했기에 학사 과정도 매력적이었다. 자유로운 분위기의 학교였고, 스포츠팀이 유명하다는 것도 선택에 큰 이유가 됐다.

Q. 대학교 스포츠팀에 합류하기까지 과정은?

A. UC 버클리 스포츠팀에 어떻게든 기여하고 싶었다. 그런데 등용문 자체가 너무 높았다. 미국 스포츠의 위상이 어마어마한지라 엄청난 학

위를 가진 사람들도 연봉을 포기해서라도 일하려고 몰려드는 곳이다. 그래서 네트워킹이 절대적으로 중요해 사람 뽑을 때도 추천을 통해 들어가는 경우가 대부분이었다. 대학교 스포츠팀, 프로 스포츠팀 할 것 없이 그렇다. 그래서 어떤 곳이든 들어갈 수만 있다면 종목 상관없이 경험하고 싶었다.

Q. 일단 미식축구팀 데이터 분석가로 들어갔다.
A. 당시 스포츠 매니지먼트라는 수업이 있었다. 거기 가르치던 강사님이 UC 버클리 대학교 스포츠 부서의 장이었다. 한 해 예산만 1천억 원이 넘는 규모를 운영하는 곳이다. 당시 그분 프로젝트를 이것저것 도와드리면서 자연스레 내 이야기를 전하게 되었다. 그분 소개로 UC 버클리 미식축구팀에서 인턴을 하게 되었다.

Q. 대학 스포츠팀에 인턴이라는 직위가 있나?
A. 사실 인턴이라는 직위 자체는 없었다. 그냥 데이터 분석을 했고 그들이 보기엔 특별한 타이틀 없이 '데이터 분석 하는 애' 정도였다. 학생 시절 보수 없이 일했기 때문에 인턴 정도라고 생각한다.

Q. 데이터 분석이 쉽지 않았다고?
A. 아메리칸 풋볼, 즉 미식축구라는 종목 자체가 데이터 분석이 가장 어렵다. 데이터 분석을 하기에는 야구가 가장 쉽고 농구가 중간이다. 미식축구가 가장 어렵다. 야구는 선수들의 움직임이 적고 신체가 닿지 않는다. 공을 던지고 친다는 것이 하나의 독립된 사건이라 통계를 내기 쉽다. 하지만 미식축구는 22명이 동시에 몸을 부딪히며 움직이기에 신체가 충돌하는 순간들이 중요한 자료인데, 그걸 데이터로 정리하

기 어렵다. 그래서 미식축구팀은 내가 이야기하는 통계나 숫자에도 큰 관심이 없었다. 그때 농구팀으로 가고 싶다는 생각이 들었다.

Q. 농구팀으로는 어떻게 가게 됐나?
A. 지인의 소개로 농구팀 코치를 만났는데 때마침 당시 농구 코치님도 데이터 분석에 관심이 있었다. 당시 NBA에서는 꽤 활성화되었지만 대학 농구에는 적용 사례가 거의 없었다. 일단 해보자고 말씀을 하셔서 시작하게 되었다. 졸업 후에는 급여도 받았다.

데이터 분석가, 선수들과 호흡하다

Q. 데이터 분석 공부는 어떻게 했나?
A. 그전까지는 좋아서 이런저런 것들을 혼자 공부한 게 전부였다. UC 버클리 입학 후 스포츠팀에 들어가기 전에는 다양한 통계 분석 툴을 독학으로 학습했다.

Q. 당시 UC 버클리 농구팀이 주목받던 시기라고?
A. 그렇다. 운이 굉장히 좋았다. UC 버클리 농구팀은 리그는 좋지만 명문 팀은 아니었다. 그런데 내가 들어갔을 때 농구 유망주들이 많이 들어왔다. 선발 선수 다섯 명 중 네 명이 NBA에 갔을 정도다. 전국 방송도 탔고 그때 나 역시 언론에 노출이 됐다. 당시 코치님의 배려로 경기 중 코치 좌석에 앉을 수 있었는데, 그 모습을 본 몇 관계자 분들이 독특하게 기억해줬다.

Q. NBA 관계자들과 조금씩 네트워킹을 쌓아갔다.

A. '빌 월튼'이라고 전 'LA 레이커스' 감독이었던 '루크 월튼'의 아버지가 당시 경기 중계를 했다. 그분과 자연스럽게 인사를 하며 알게 되었다. 몇 번 언론에 소개된 후 더 많은 분들과 좋은 관계를 유지할 수 있었다. 워낙 의사 표현을 공격적으로 하는 스타일인데 그런 나의 방식을 호기롭게 봐주셨던 것 같다.

Q. 가장 중요한 건 신뢰라는 생각이 들었다고?

A. 결국 다 신뢰의 문제라는 걸 어느 순간부터 자연스레 깨우친 거 같다. 나 역시 선수 경험이 없기에 늘 외부자의 시선으로 볼 수밖에 없었다. 처음 UC 버클리 농구팀에 들어갔을 때 넘치는 의욕으로 15장 보고서를 썼다. 누가 시켜서 한 것도 아니었고 내 스스로의 가치를 증명하고 싶어서였다. 코치 자리에 두고 왔는데 얼마 후 쓰레기통에서 발견된 사실을 알았다.

Q. 왜 보고서를 읽지 않았을까?

A. 감독 입장에서는 바쁜 일정에 숫자들이 적힌 리포트를 보는 게 우선순위가 아니었을 것이다. 내가 생각하는 분석 인사이트가 그 사람들에게는 아무것도 아닐 수 있다는 걸 깨달았다. 더 깊이 소통하고자 필드에 나가기 시작했다. 필드에서 직접 뛰는 선수와 숫자로 이야기하기 전 관계를 쌓아가는 시간이 필요했다.

Q. 어떤 노력들을 시작했나?

A. 내 분석과 전략에 대한 이야기를 전하려면 선수들과 호흡하며 친해져야 했다. 그래서 선수들이 연습할 때 공도 던져주고 물도 가져다주고 마사지도 해주고 밥도 같이 먹어가며 시간을 보냈다. 그러다 어

느 순간 서로의 이야기를 듣게 되었다. 이후에는 리포트도 읽기 편하게 요점만 간단히 한두 장으로 짧게 정리했다.

Q. 농구에서 데이터 분석가의 역할과 위상은?

A. 내가 활동하던 2017년 전후 당시의 데이터 분석가는 직업으로 치면 1.5세대 정도다. NBA에조차 일부 팀에 분석가 자체가 없는 곳도 있었다. 이제는 매우 중요한 부서로 자리 잡았지만. 아직까지 선수들은 코트 밖 분석에 대한 공감이 적은 편이다.

꿈의 NBA, 'LA 레이커스' 입사

Q. 프로 농구팀, NBA로의 취직 과정은 어땠나?

A. 일단 공채가 없어 인터뷰할 기회부터 잡아야 했다. 특히 프로 스포츠팀의 경우 사람을 잘 안 뽑는다. 내가 있던 스포츠 오퍼레이션 부서는 규모가 작아 취직이 더 힘들었다. 그런데 프로팀이란 결국 대학교 팀과 연결될 수밖에 없었기에 당시 대학 코치님들에게 일단 부탁했다.

Q. 정보와 네트워킹의 영향력이 큰 것 같다.

A. 그렇다. 사실 구단들이 채용을 원하는지도 모르고, 자리가 있는지도 알 수 없었다. 프로에 아는 분도 없는 상황이라 일단 대학교 코치님들께 담당자를 소개받는 것부터 시작했다. 그러던 차에 'LA 레이커스' 코치님을 알게 되었고 채용이 있는지 물어봤는데 마침 채용 중이라고 했다.

Q. 그 외 어떤 팀들과 인터뷰했나?

A. 'LA 레이커스'를 비롯하여 'LA 클리퍼스'와 '골든스테이트 워리어스'와도 인터뷰를 했다. '골든스테이트 워리어스'는 워낙 인기 절정의 팀이었고 구단주의 아들과 이야기할 기회도 얻었지만 채용 계획이 없었다. 결국 가장 먼저 연락이 온 'LA 레이커스'와 일하게 되었다. 연락이 오자마자 샌프란시스코에서 LA로 달려갔다. 오라면 1초의 망설임도 없이 움직여야 하는 곳이다.

Q. 서부 쪽 구단만을 선호했는지?
A. 절대 아니다. NBA는 전 세계에 30개 팀이 전부다. 자리가 있으면 무조건 가야 한다. 다행히 가까운 지역이 돼 운이 좋았을 뿐이다.

Q. 대학교 농구와 프로 농구의 차이점은?
A. 대학교 농구팀은 감독이 최고지만 프로는 사장이나 구단주가 우선이다. 감독과의 역할도 엄격히 구분되어 있다. 대학교 때는 선수들과 호흡하는 게 가능했다면 프로는 그게 허용되지 않는다. 선수와 데이터 분석가가 같은 코트에 서는 걸 금기시한다. 대학교 시절에는 감독이 상사였다면 프로에서는 단장이나 사장이 상사였다.

Q. 들어가자마자 조직이 혼란스러웠다고?
A. 당시 나를 뽑았던 분은 '미치 컵첵' 단장이었다. 그런데 내가 들어간 후 1년도 안 되어 단장이 바뀌며 구단에 변화가 많았다. 이후 구단주의 결정으로 '매직 존슨'이 사장으로 들어왔다. 그때 내 위의 팀장도 회사를 나가게 되면서 얼떨결에 부서 책임자가 되었다. 이후 직접 매직 존슨 사장에게 보고하는 역할을 맡았다.

Q. 일하면서 가장 좋았던 지점은?

A. 미국은 원하는 것에 대해 솔직하게 말하는 분위기가 형성되어 있다. 사실 나처럼 공격적인 성향의 사람도 잘 어울릴 수 있는 환경이다. 하지만 결국 리더가 어떤 사람이냐에 따라 달라지는 건 사실이다. 매직 존슨 사장과는 잘 맞았지만 또 안 맞는 분도 있었다. 하지만 다양한 리더들을 경험했다는 건 정말 큰 자산이었다.

Q. 연봉은 어느 정도 받았나?

A. 수당까지 합쳐 1억 원 조금 안 되는 정도였다. 2016-17 시즌과 2017-18 두 시즌을 일했다.

Q. 2년 만에 그만둔 까닭은?

A. 사실 모든 게 다 좋았다. 일 자체도 재미있었고. 꿈의 직업이자 미국에 온 큰 이유기도 했는데 운 좋게 전부 성취했다. 게다가 부서 책임자 역할까지 맡았으니 권한이나 업무 패턴도 자유로웠다. 그런데 직장인이라는 한계에 스스로 부딪혔던 것 같다. 피고용인의 입장이 되면 시간과 공간을 통제받을 수밖에 없는데, 그 지점에 대한 고민이 많았다.

Q. 특히 어떤 지점에서 고민이 많았나?

A. 연봉과 권한이 올라가도 피고용인의 입장이라면 똑같다는 생각이 들었다. 그리고 윗사람들을 보며 느끼는 것이 많았다. 당시 모시던 NBA 단장님 연봉이 대략 60억, 대학교 농구 감독님이 30억 정도였다. 연봉뿐 아니라 사회적 위치까지 대단한 사람들인데 늘 불안해했다. 스포츠라는 게 승패로 증명되는 곳이다 보니 언제든 떠날 수 있다는 걸

본능적으로 안다. 하루아침에 사람들이 사라지는 모습을 보며 생각이 많아졌다.

Q. 인생에 대한 새로운 방향을 고민했다고?
A. 내 브랜드에 대한 고민이 많아졌다. 여기서 운이 너무 좋아 혹시나 단장이 된다 해도 어차피 구단주 눈치를 봐야 하는 사실은 변하지 않는다. 팀 내 정치도 극심하다. 데이터를 통해 저평가된 선수를 발견하고, 스포츠의 오랜 편견들을 극복해보겠다는 의지도 물거품처럼 사라질 수 있음을 느꼈다.

Q. 2년의 커리어, 아쉽다는 생각도 든다.
A. 2년 만에 그만둔 걸 보고 아깝다고 생각하는 분들도 있었다. 누군가 봤을 때 비효율적인 선택일 수도 있지만 내 생각은 달랐다. 그런 이유로 이 회사에 1, 2년 더 있다 한들 무엇이 달라지겠는가. 경험에서 의미 있었으면 그걸로 충분하다.

김재엽의 브랜드로 한국 문화를 알리다

Q. 퇴사 후 첫 행보는 무엇이었나?
A. 유튜브 채널을 만들었다. 피고용인이 아닌, 시간과 공간의 주체가 되려면 구단주처럼 자본가가 되거나 내 브랜드를 만들어야 했다. 그만큼의 자본은 아직 없으니 후자를 선택했다. 원래 세상이 어떻게 돌아가는지 끊임없이 분석하고 체크하던 게 나의 일상이기도 했다. 유튜브라는 채널을 활용하기는 했지만 크리에이터보다는 개인 브랜드 구축에 관심이 있었다.

Q. 어떤 주제의 채널인가?

A. 한국에 관심 있는 외국인들에게 한국의 다양한 이슈들을 영어로 이야기해주는 채널이다. 문화 예술뿐 아니라 다양한 사회 이슈도 전하고 있다.

Q. 한국을 소개하기로 한 계기는?

A. 찾아보니 한국 이야기를 하는 유튜버 중 한국 사람이 별로 없었다. 대체로 외국인의 한국 생활기인 경우가 대부분이었다. 한국에 대한 이야기를 한국 사람이 하지 않는다니 의외였다. 내 시각으로 한국 이야기를 영어로 전해주면 더 많은 공감이 있을 거라 생각했다.

Q. 미국에 살면서 느낀 지점이 컸다고?

A. 미국에서 7년간 이방인으로 살면서 문화의 가치나 다양성에 관심이 많아졌다. 그리고 미국에 있다 보니 '한국 문화', '한국 남자'라는 브랜드가 엄청나게 성장하고 있음을 느꼈다. 이 시점에 한국에서 일어나는 일들을 한국 남자의 시선으로, 또 영어로 이야기해주면 좋겠다고 판단했다. 덕분에 10개월 만에 30만 구독자가 생겼다. 사실 하는 이야기들은 유학 시절 외국인 친구들이 궁금해하던 것들이 대부분이다.

Q. 퇴사 후 수입은 어떤가?

A. 사실 수입에 대해 많이 물어보는데 이야기하기 복잡한 부분이 많다. 유튜브 수입은 국적별 연령별 변수가 너무나 많다. 개인적으로 재테크에 대한 관심이 꽤 많다. 미국 갈 때쯤 투자 등 자산 관리도 꼼꼼히 하고 있던 편이라 이제는 회사를 다니지 않아도 먹고살 만큼의 수익은 나는 상황이다. 투자를 시작한 것도 자본주의에 대한 공부와 연

구, 분석에서 시작했다.

Q. 개인 브랜드의 성장, 어디까지가 목표일까?

A. 자본주의에서는 자본가가 되거나 개인 브랜드를 쌓아야 시간과 공간의 제약에서 자유로워질 수 있다. 사실 개인 브랜드는 나영석 PD만큼 인지도 있는 사람이 아니라면 힘들다고 생각했다. 그래서 자본가로 가기 위한 창업도 준비 중이다.

미국인을 위한 뷰티 플랫폼 론칭

Q. 어떤 아이템으로 창업을 준비중인가?

A. 뷰티 플랫폼인데 미국인들을 타깃으로 한다. 미국에서 론칭할 예정이다. 미국 뷰티 브랜드와 소비자들을 연결해주는 커머스 플랫폼이다.

Q. 화장품을 선택한 이유는?

A. 화장품 카테고리를 선택한 것도 전략적이었다. 미국이 뭐든 최강자 같지만 몇 가지 취약한 분야가 있다. 의료나 온라인 커머스 분야가 그렇다. 미국의 온라인 뷰티 커머스는 뒤처진 부분이 많다고 생각했다. 그 솔루션을 플랫폼 만드는 걸로 해결하고 싶었다.

Q. 미국에서 법인을 만드는 건가?

A. 일단 한국에서 만든 후 추후 미국 법인을 만들 생각이다. 온라인 플랫폼이기 때문에 미국 타깃이긴 하지만 아직까진 한국에서 일해도 큰 문제가 없는 시점이다. 두 달 안에 오픈 예정이다.

Q. 직원 규모는 어느 정도인지?

A. 현재 다섯 명의 직원들이 있다. 초기 자본은 개인 자금으로 시작했다. 그런데 곧 시드 투자를 받기로 이야기가 된 상황이다.

Q. 앞으로도 하고 싶은 게 많을 것 같다.

A. 하고 싶은 건 너무 많지만 당분간 창업에 집중하려고 한다. 요즘 미국 시간에 맞춰 일하다 보니 낮과 밤이 바뀌어 남들과는 다른 시간을 보내고 있다. 아침 6시에 자 오후 1시경 일어나는 일정이다.

Q. 딱히 취미가 없다고?

A. 음주가무는 일절 안 한다. 관심도 없고 재미도 없다. 그냥 움직이는 일상의 시간에서 나는 늘 읽고 분석하고 생각한다. 그게 나에게는 가장 큰 재미 요소다. 하루의 시작을 각종 차트를 보며 통계와 함께한다. 사실 소위 트렌드나 감성과는 잘 맞지 않는 사람이다.

Q. 많은 일을 해왔지만 결국 통하는 지점이 있다면?

A. '시장에서 통할 만한 일인가?'가 중요하다. 흔히 말하는 열정만으로 움직이지 않는다. 내가 정말 좋아하는 일이라도 분석해보고 시장의 반응을 봤는데 아니라고 판단된다면 과감하게 버린다. 시장에 내가 줄 가치가 있다고 생각할 때만 움직인다. 아니라면 애초에 시작도 않는다.

Q. 일에 대한 김재엽의 지향점은?

A. 개인적인 선호나 취향은 생각보다 쉽게 바뀔 수 있다고 생각한다. 그래서 뭘 하는지는 그렇게 중요하지 않다. 다만 기회를 찾고 내가 줄

수 있는 가치를 발견한다면 언제든 달려갈 준비가 되어 있다. 내 분석
과 가설이 시장에서 먹히는지 검증하는 과정을 너무나 좋아한다. 그
과정은 내가 선택한 것이니, 궁극적으로 내 시간과 공간을 온전히 소
유할 수 있다고 믿는다. 주체적으로 살기 위해 버둥거리는 것이라고
생각해도 좋을 것 같다.

Z.

한국인 최초 미국 NBA에서 데이터 분석가로 활약한 김재엽.
직속으로 보고하던 '매직 존슨' 당시 'LA 레이커스' 사장.
유튜버로 한국에 대한 이야기를 영어로 전하며 개인 브랜드를 쌓고 있다.

PART 4.

가장 한국적인 것을 탐구하다

10

나무로
달항아리를 창조하다

여자 목수 _ 김규

"한국적인 소재가 담긴 편안한 작품을 만들고 싶어요."

요즘 같은 때 직업에 어울리는 성별을 이야기한다는 건 구시대적인 발상이다. 하지만 불과 50년 전만 하더라도 여자가 할 수 있는 일과 남자가 할 수 있는 일을 분리하곤 했다. 그만큼 인류의 오랜 역사 동안 직업과 성별은 뗄 수 없는 관계였다.

최근 '여자 목수'라는 직업을 접하고 놀랐다. 목수는 남성의 일로만 그동안 생각해왔다. 나만의 브랜드로 나무를 깎고 다듬으며 목수 일을 해온, 여자 목수들의 작품을 접하게 되었다. 그중 김규 작가의 작품이 무척 인상적이었다.

공대를 나와 철학을 전공한 후 프랑스로 디자인 공부를 하러 간 김규 작가는 디자이너를 꿈꾸며 귀국했다. 디자인 회사를 다녔지만 뭔가 좁은 세계에 갇힌 기분이었다. 그러던 그에게 나무라는 소재가 운명처럼 다가왔다. 그렇게 손에 잡히는 나무로 무언가를 만들기 시작했다.

공대생, 예술 철학에 입문하다

Q. 대학 때 전공은 무엇이었나?

A. 재료 공학과를 전공한 공대생이었다. 고등학교 때 물리와 화학을 좋아해서 이과를 선택했고, 수능 성적 맞춰 대학교에 갔다. 하지만 적성검사를 할 때면 심리학과 등 문과 쪽 성향이 강하게 나왔다. 그런 나에게 공대는 처음부터 맞지 않는 옷이었다.

Q. 힘든 대학 생활이었겠다.

A. 학교를 거의 안 나갔다. 적성에도 안 맞았고 원했던 방향도 아니었으니까. 오랜만에 학교에 나갔는데 중간고사를 보는 날이었다. 마음이 내키면 등교하던, 그야말로 제멋대로인 학생이었다. 외부로 겉돌았고,

철학 아카데미 등 다른 분야를 찾아다녔다.

Q. 대학원에서 철학을 공부하기로 한 계기는?

A. 예술에 대한 관심이 있었는데 그렇다고 미술을 전공하기는 두려웠다. 나이도 늦었다는 생각에 결국 이론을 공부하기로 했다. 철학과에 들어가 세부 전공으로 예술 철학을 선택했다. 대학교 때보다는 열심히 다녔지만 대학원도 성실하게 다닌 편은 아니었다.

Q. 대학원 졸업 후 방황의 시간을 겪었다고?

A. 대학원 졸업 후 2년 정도 방황의 시간을 보냈다. 뭘 하고 살아야 할지 매일이 고민이었다. 박사 과정을 할까도 생각했는데 석사 때 지도 교수님께서 "박사를 해도 벌이는 늘 고민할 문제이며, 공부는 나중에도 할 수 있다"고 하셨다. 중간에는 뜬금없이 김밥 장사를 같이 해보자는 친구도 있었다. 영등포에서 김밥을 떼다 여의도에서 팔아보자는 황당한 제안이었다.

Q. 실제로 김밥 장사를 했는지?

A. 결국 장사 시도는 접었다. 막상 여의도에 시장조사를 갔는데 이방인 같은 기분이었다. 여의도의 혼잡한 출근길에 덩그러니 서 있는 내 모습이 어색했다. 이후 그 친구는 사탕을 팔자는 둥 엉뚱한 제안을 몇 번 더 했지만 실현된 적은 없었다. 벌써 그게 2005년도 일이다.

Q. 결국 다시 새로운 진로에 도전하기로 했다.

A. 정처 없이 방황하다 미대에 다니는 중학교 친구를 우연히 만났다. 대학교 때 화학과를 다니다 다시 미대에 들어갔고, 이후 프랑스로 유

학을 간 친구였다. 그 친구와 이야기하다 프랑스로의 유학을 진지하게 고민하기 시작했다.

프랑스에서 다시 미술 전공자로

Q. 프랑스에서 선택한 전공은?

A. 처음에는 순수미술 전공으로 미대를 갔다. 사실 디자인 전공을 생각했는데 입시 포트폴리오를 준비하다 보니 순수미술 쪽으로 정하게 되었다. 그런데 1년 정도 학교를 다녔더니 디자인으로 전공을 바꿔야겠다는 생각이 들어 2학년 때 실내 디자인으로 편입했다.

Q. 실내 디자인으로 편입한 이유는?

A. 순수미술을 공부하는데 철학과 다녔을 때의 감정들이 떠올랐다. 순수 학문의 공통적 특성일수도 있지만 세상과 동떨어진 듯한 기분이 들었다. 소통하는 무언가를 추구하고 싶어 자연스레 디자인 쪽으로 학교를 옮기게 되었다.

Q. 프랑스 미대 입시 준비는 어땠나?

A. 우리나라 미대 입시와는 조금 달랐다. 내가 관심 있는 분야를 중심으로 개성이 담긴 포트폴리오를 준비하는 방식이었다. 생각하는 방식도 표현하는 방법에서도 자유로운 편이었다.

Q. 실내 디자인 공부는 적성에 잘 맞았는지?

A. 디자인 전문 학교로 편입 후 공간 디자인, 가구 디자인, 오브제 디자인 등을 배웠다. 언어 때문에도 참 힘들었고, 2학년 유급으로 같은

학년을 1년 더 다니기도 했다. 학년을 마치면 외부에서 인턴을 해야 했는데 생각보다 그 과정이 무척 재미있었다.

Q. 어떤 회사에서 인턴을 했나?

A. 총 두 번을 했는데, 한 번은 프랑스인이 하는 회사였고 다른 한 번은 한국인이 운영하는 회사였다. 회사이니까 내가 생각한 것들을 실질적인 결과물로 보여줄 수 있었다. 그때 실무 경험의 중요성을 깨달았고, 빨리 취직해야겠다는 생각을 했다.

Q. 귀국하자마자 입사를 했다.

A. 귀국 직전, 여러 회사에 입사 원서를 냈다. 귀국 다음날 바로 면접을 본 후 업계에서 꽤나 큰 회사에 입사하게 됐다. 그런데 회사 다니는 게 나에게는 참 쉽지 않았다.

Q. 어떤 지점이 어려웠는가?

A. 인턴 때는 작은 회사여서 그럴 수도 있었지만 내 결과물을 바로바로 보여줄 수 있었다. 그런데 큰 회사에 있다 보니 답답한 점이 많았다. 조직 생활도 힘들었고, 보고를 위한 보고서 작업도 너무 많았다. 야근 등 업무 강도도 높았다. 그전까지는 후회하며 살아본 적이 별로 없었는데, 회사 다닐 때는 하루하루가 후회의 연속이었다.

Q. 퇴사를 결심하며 느낀 점은?

A. 그래도 1년 반을 다녔다. 세상의 모든 직장인들이 엄청난 일을 하고 있음을 배웠다. 강도 높게 사회생활을 경험한 시간이었다.

나무라는 소재를 만나다

Q. 나무를 접한 계기는?

A. 회사를 그만둔 이후였다. 회사 다닐 때 샘플로 목재를 접하곤 했는데 그때부터 좋아했다. 자연스레 목공을 배우고 싶다는 생각이 들었다.

Q. 무엇 때문에 목공에 이끌렸나?

A. 그전까지는 디자인이 나의 영역이었고, 실제 제작은 별도의 업무였다. 그런데 나무라는 소재에 관심이 생기다 보니 디자인부터 만드는 것까지 모두 해보고 싶어졌다. 실업자 대상 정부지원 교육으로 목공 과정이 있었는데, 3개월 정도 배운 후 바로 공방을 차렸다.

Q. 빠른 시간 안에 공방을 차리고 목수가 됐다.

A. 친구랑 함께 차린 공방이었다. 목수라는 직업으로 공방을 운영하는 사업자가 된 것이다. 그런데 한 1년 정도 친구랑 하다 보니 하고 싶은 방향이 달라졌고, 결국 나만의 브랜드를 론칭하게 됐다.

Q. 공방 브랜드 '밀플라토(Mille Plateau)', 어떤 뜻인가?

A. 천 개의 고원이라는 뜻이다. 프랑스의 철학자 질 들뢰즈(Gilled Deleuze)의 책 제목이기도 하다. 공방 운영도 어느덧 8년 차에 접어들었다.

Q. 나무의 매력은 무엇인가? 어떤 나무를 좋아하는지?

A. 부드러우면서도 견고한 소재, 나무 자체가 가진 생명력이 가장 큰

매력이다. 초반에는 감각적으로 소재를 봐서 화려한 결이나 색감에 끌리기도 했다. 하지만 시간이 지나며 점점 나무 자체에 집중하게 되었다. 부드럽고 강하지만 편안한 기분을 주는 오동나무나 담담한 느낌의 은행나무를 선호한다.

Q. 손으로 무언가를 만드는 사람이 됐다.

A. 불과 몇 년 전까지도 직접 뭔가를 만드는 사람이 된다는 건 상상 못할 일이었다. 그런데 지금은 사람들이 내 손을 보고 투박하고 단단한 목수 손이라는 이야기를 많이 한다.

Q. 목선반 작업을 한다. 어떤 방식인가?

A. 목선반은 기계 이름이다. 나무를 깎는 기계라고 이해하면 쉽다. 다만 아래에서부터 만드는 도자기와 달리 목선반 작업은 옆면으로 나무를 깎으며 진행한다.

김규만의 한국적인 나무 작품

Q. 달항아리, 작품의 주 소재다.

A. 달항아리는 '백자보다 넉넉한 느낌을 주며 달을 닮았다' 하여 붙여진 이름이다. 달항아리는 백자 중에서 큰 항아리를 뜻하는 백자대호를 이르는 말로 2011년 국보 명칭이 '백자대호'에서 '백자 달항아리'로 바뀌었다. 디자인도 좋았지만 달항아리라는 어감도 참 좋았다. 막연히 달항아리를 만들고 싶다는 생각으로 시작했는데 실제로 이를 표현하는 게 굉장히 어려웠다.

Q. 한국적인 소재를 택한 이유는?

A. 가장 관심이 많은 소재였다. 프랑스로 유학 갔을 때 우리 것에 대한 관심이 더 깊어진 것도 있다. 외국에 가면 늘 이방인의 입장이 되니까, 더 우리 것을 찾으려는 시간들이 있었던 것 같다. 그때부터 막연한 그림들을 하나둘 그려갔다.

Q. 리서치 과정은 어떻게 했는지?

A. 국립중앙박물관 등 다양한 박물관을 찾으며 실물들을 찾아보았다. 보면서 만들고 싶은 작품의 크기나 느낌들을 세팅했다.

Q. 첫 작품은 언제 완성되었나?

A. 2018년이 되어서야 제대로 된 첫 작품이 나왔다. 공방을 오픈한 후 3년이 지나서였다. 모양을 만들기가 어려워 깎고 깎다 크기가 작아져 포기하기도 하고, 만들다 중단하는 등 많은 시련의 과정이 있었다. 그러다 놀랍게도 어느 순간 딱 완성이 되더라.

Q. 첫 작품을 판매했을 때 기억이 특별했다고?

A. 감사하게도 석사 때 조언을 해주셨던 은사님이 첫 작품을 사주셨다. 돌이켜 보니 공예 쪽을 해보면 어떻겠냐는 이야기를 하신 적이 있다. 굉장히 엉뚱한 조언이라고 생각했는데 그 말씀대로 되었으니 참 신기하다는 생각이 든다.

Q. 2019년 봄, 첫 전시를 하게 되었다.

A. 첫 전시는 한옥에서 하고 싶었다. 작품 주제가 달항아리이기도 했다. 때마침 서울시에서 한옥 갤러리를 대관해준다는 공모 사업을 지원

했는데 다행히 합격했다. 별도 갤러리 없이 혼자 기획하고 큐레이션하며 첫 전시를 준비했다.

Q. 혼자 준비한 첫 전시, 어땠는지?
A. 공방에만 있다가 갤러리에 가봤더니 너무나 다른 기분이었다. 혼자 기획하고 큐레이션하는 것도 어려워 도중에 그만두고 싶었다. 전날이 돼서야 전시 형태가 겨우 완성되었다.

Q. 큐레이터 없이 하는 게 힘들지 않았나?
A. 무엇보다 작품 가격을 이야기하는 게 너무 힘들고 낯 뜨거웠다. 그때 갤러리의 필요성을 제대로 느꼈다. 올해부터는 갤러리나 숍을 통해 작품 판매를 진행하려고 한다.

Q. 작품 가격을 정하는 기준은?
A. 사실 제일 어려운 게 가격 정하는 것이다. 다른 작가들에게도 물어보고 큐레이터 측 조언도 들었는데, 결국 작가 스스로가 정해야 한다는 게 답이었다. 다행인 건 작품이 어느 정도 쌓여 그 안에서 자연스레 기준이 만들어졌다.

Q. 평가에 대한 두려움은 없나?
A. 당연히 있다. 그런데 어차피 모두를 만족시킬 수는 없다고 생각한다. 비판 의견들은 충분히 듣고 참고하면 되는 문제다.

Q. 김규 작가의 계획이 있다면?
A. '밀플라토'라는 나만의 작업실이자 공방에서 '김규'라는 작가의 작

품을 꾸준히 만들고자 한다. 올 가을 전시가 하나 더 잡혀 있는데 잘
준비하고 싶다.

여자 목수로 살아간다는 것

Q. 작품만으로는 벌이가 어렵진 않나?

A. 그렇다. 목수니까 당연히 다양한 가구를 만들어야 한다. 초반에는
지인들이 많이 팔아줬다. 이후에는 수업도 하며 다양한 형태로 활동
영역을 넓혀가고 있다.

Q. 아직까지 여자 목수에 대한 고정관념이 있다.

A. 직업에 대한 많은 질문을 받는다. 사실 그렇게 많은 질문을 한다는
게 오히려 신기했다. 여자 목수라는 직업이 나에게는 충돌을 일으키지
않는데 보는 사람들에게는 특이한 지점이 있는 것 같다.

Q. 실제로 여자여서 힘든 지점이 있다면?

A. 아무래도 근본적인 근력 차이에서 오는 힘듦이 있다. 나무나 기계
를 운반할 때도 그렇다. 그런데 이것도 하다 보니 다 노하우와 요령이
생겼다.

Q. 이 직업을 미리 알았다면 커리어가 달라졌을까?

A. 그럴 수도 있겠지만 인생이라는 게 정한 대로 가는 건 아니라고 본
다. 그리고 지금까지 해왔던 많은 경험들이 조금씩이나마 도움이 됐
다. 심지어 공대를 다녔던 대학생 시절까지도 말이다.

Q. 여자 목수라는 직업을 정의한다면?

A. 사실 스스로 어떤 직업이라고 단정해 이야기하진 않는다. 그냥 '나무로 무언가를 만드는 사람'이라고 생각한다.

Q. 수익은 안정적인가?

A. 이제는 어느 정도 예산을 짜고 정리하는 나만의 기준들이 생겼다. 초반에는 목공 수업을 많이 진행했는데, 작품에 집중하게 되면서 수업을 줄였다. 수익에 대해서 늘 불안하지만 어느 순간 그 불안을 뛰어넘는 지점이 생기는 것 같다.

Q. 공방이나 작품 홍보, 어떻게 하는지?

A. 사실 온라인 홍보를 해야 하는데 거의 못 하고 있다. 그래도 DM으로 문의가 꽤 오는 편이다. 작품 가격을 물어보기도 하고 사이즈 문의도 많이 한다. 답을 제때 드리지 못해 늘 죄송하다.

여자 목수 김규의 비전과 미래

Q. 어떤 작가가 되고 싶나?

A. 작품을 보면 작가와 닮은 경우가 많다. 내 작품도 그렇고. 계속 보고 싶은 작품, 계속 만나고 싶은 작가가 되고 싶다.

Q. 회사원과 작가의 삶 어떤 차이가 있을까?

A. 작가는 창조적인 일을 하는 사람이자 자기가 삶을 시작부터 끝까지 계획할 수 있는 사람이다. 그런 지점에서 작가로서의 지금의 삶에 만족하고 있다.

Q. 개척자라는 표현을 종종 듣는다. 어떤가?

A. 내가 나무 관련 전공을 제대로 한 것도 아니고 목공 수업을 오래 배운 것도 아니다. 마음 가는 대로 했던 부분이 크다. 어려운 방법이나 방식들도 편견 없이 해보려고 했고 그래서 나만의 스타일도 비교적 빠른 시간 안에 만들 수 있었다.

Q. 여자 목수, 추천하는 직업인가?

A. 괜찮은 직업이라 생각한다. 물론 경제적인 부분은 어렵다. 목수여서 어렵다기보다 내 사업을 운영하는 측면에서 하는 말이다. 불규칙한 수익을 잘 관리하는 게 가장 중요한 것 같다.

Q. 비전공자로 여자 목수를 꿈꾸는 사람들에게 한마디.

A. 목공을 취미로 하는 분들이라면 내가 만들고 싶은 것만 잘 만들면 된다. 하지만 직업이 되면 고객이 만들어달라는 걸 만들어줘야 한다. 이 둘은 분명 큰 차이가 있다. 그 부분을 잘 넘긴다면 각자만의 방식이 생기지 않을까 싶다.

乙,
스스로 나무를 만드는 사람이라고 소개하는 김규 작가(출처: 우드플래닛).
매일같이 나무를 만지며 다져진 여자 목수의 손과 그의 작업실.
북촌한옥청에서 진행했던 김규 작가의 첫 전시.
달항아리 작품. 이방인이라고 느낀 유학 시절부터 한국적 소재에 관심을 가졌다.

#12

글로벌 전통 장을
만든다는 것

전통 장을 만드는 디지털 마케터 _ 정병우

"보다 쉽고 재미있게, 누구나 즐겨 먹는
한식장을 만들고 싶어요."

30대에 디지털 마케팅 회사인 '제일 펑타이'의 광저우 법인장을 지낸 정병우 대표. 외국에서 외국인들과 함께 리더로 지내는 동안, 그는 문화의 다름을 깨닫고 진정한 소통의 방식을 배웠다. 동시에 온라인 매체로 글로벌하게 성장할 수 있는 방법들과 신사업을 끊임없이 고민했다.

그의 아버지는 그와 반대로 가장 한국적인 장을 담그던 분이었다. 전통적인 방식으로 만들고 고객들에게 손수 정성스런 편지를 써 보냈다. 시대가 변하고 소비자 층이 달라져도 그 방식을 지키려고 하셨다. 아들이 생각하는 성장의 방향과는 다를 수밖에 없었다.

아버지가 돌아가신 후 아들은 전통을 추구하던 가업을 물려받기로 결심한다. 점점 떨어지는 매출을 잡아야 했고 시대의 흐름도 반영해야 했다. 전통을 지키되 새로운 아이디어를 접목시키고자 하는 '만포농산'의 두 번째 CEO 정병우 대표를 한식 레스토랑 '주옥'에서 만났다.

대기업에서 디지털 광고 회사까지

Q. 어렸을 때 꿈은 무엇이었나?

A. 고고학자가 되고 싶었다. 부모님이 종종 들려주셨던 트로이목마 이야기를 굉장히 좋아했다. 특히 독일의 고고학자 '슐리만'이 직접 트로이전쟁의 유적을 발굴했다는 이야기가 좋았다. 고고미술사학과로의 진학을 꿈꿨지만 이 전공을 가진 학교는 몇 개 없었고, 지원을 했지만 결과는 좋지 않았다. 결국 도움이 될 전공을 찾다가 서양사학과를 택했다. 사실 한자가 싫어 서양사학과를 선택했는데 나중에 중국에서만 10년 넘게 일했다.

Q. 원래는 계속 공부를 하려 했었다고?

A. 고고학자의 꿈을 이루고 싶었다. 비슷한 진로를 결심한 선배를 만난 적 있는데 나와 비교가 안 될 만큼 지식 수준이 높았다. '내가 고고학자가 될 수 있을까?' 하는 생각이 들 정도였다(그런데 재미있는 건 그 선배도 지금은 고고학 공부는 안 하고 '커피 리브레'라는 커피 사업을 한다). 때마침 집안 사정도 넉넉지 못해 취직을 결심했다. 취직을 결심하고 나서는 무조건 연봉 많이 주는 회사를 가야겠다고 생각했다. 다행히 운 좋게 삼성 그룹 공채에 합격했다.

Q. 첫 직장에서는 어떤 직무를 맡았는지?

A. 계열사를 내가 정할 수 있었다. 명확한 인생 목표도 없었고, 연봉 높은 곳이 기준이었기에 선배들에게 물어보고는 삼성화재를 택했다. 그런데 시작부터 정말 힘들었다. 신입사원 연수 후 영업 지점으로 발령받았는데 설계사분들께 화내는 게 일이었다. 20대인 내가 나이 많은 설계사분들에게 이래라 저래라 하는 것도 이상했고, 오히려 내가 없을 때 영업 실적이 더 좋았다.

Q. 진로에 대한 고민이 많아졌겠다.

A. 회사 선배들도 미래에 대한 걱정이 컸다. 나 역시 미래가 전혀 보이지 않았다. 그러던 차 부모님이 귀농 후 시작한 된장 사업이 소위 터졌다. 지인분들께만 선물용으로 소소히 판매하던 게 어쩌다 대기업 임원이 받게 되었는데 이후 어마어마한 수량의 선물용 주문을 받았다.

Q. 회사를 그만둔 계기는?

A. 선물세트 물량 증가로 매출이 억 단위로 늘어났다. 그러니 아버지

도 마음의 여유가 생겼고, 힘들면 회사 그만두고 하고 싶은 걸 해보라고 하셨다. 일단 퇴사 후 경영대학원에 들어갔다.

Q. '제일 펑타이'에서 인턴을 시작했다.

A. 경영대학원을 다닐 때 먼저 '제일 펑타이(당시 회사 명은 삼성 오픈타이드)'에 취직한 선배가 인턴을 제안했다. 방학 때 중국에서 하는 인턴 경험이었는데 일이 너무 재미있었다. 당시 한국 기업들이 중국으로 활발하게 진출할 때라 일도 많았다. 덕분에 인턴 직책으로 중요한 프로젝트에서 제법 큰 역할을 경험해볼 수 있었다.

Q. 이후 바로 취직 제안이 왔다고?

A. 인턴이 끝난 후 한국으로 온 뒤 취직 제안이 왔다. 그래서 석사 논문도 포기한 채 바로 중국으로 향했다. 입사하고 얼마 되지 않아 내 직급에서는 할 수 없을 만큼의 엄청난 프로젝트와 비중 있는 역할을 맡게 되었다. 주재원이 아닌 현지 채용으로 입사했는데, 주재원 수당은 없었지만 연봉은 나쁘지 않았다.

Q. 중국의 성장을 눈앞에서 본 심정은?

A. 당시 중국이 초고속 성장하던 시기였기에 하루하루 롤러코스터 같은 시간을 보냈다. 초기 80명이던 직원도 나올 때 즈음에는 1,300명이 넘었다. 매출도 100억 원에서 1조 원를 바라보게 될 정도로 엄청나게 성장했다. 2005년부터 불과 15년 만에 이룬 성과다.

광저우 법인장이 되다

Q. 30대 때 법인장을 맡게 됐다.

A. 만으로 14년 중국 생활을 하는 동안 인턴부터 법인장까지 다양한 역할을 맡았다. 처음 법인장을 시작한 게 38세 때다. 어느 날 대표님이 부르시더니 광저우 법인장을 맡아달라고 부탁하셨다. 너무 큰 자리를 제안해주셔서 감사하기도 했지만 두렵기도 했다.

Q. 특별한 이유가 있었나?

A. 커뮤니케이션 능력이 가장 컸다고 들었다. 영어, 중국어, 한국어로 의사소통이 가능한 게 장점으로 작용했다. 북경, 상해 등 다양한 지역 및 부서에서 근무했던 경험과 사람들과의 관계를 중요시하는 면에서도 좋게 봐주신 거 같다.

Q. 대개 본사 공채가 법인장이 되지 않나?

A. 보통 법인장은 공채 문화가 작용한다. 그런데 당시 '제일기획'이 디지털을 막 강화하던 때였고 '제일 펑타이'는 디지털 중심으로 중국에서 오래 일을 해온 조직이었다. 현지 상황을 지역에 있는 사람들이 더 잘 아는 것도 있었고. 그런 점들이 작용했던 것 같다.

Q. 오프라인 사업 영역도 있었는지?

A. 조사와 컨설팅 사업부가 있었고 오프라인 유통관리, 판촉원 관리도 있었다. 중국은 워낙 땅이 넓어서 유통 관련 진단과 현장 관리에 사업 기회가 있었다. 그러다 현재는 다시 디지털 업무에 집중하고 있다. 내가 법인장으로 있던 광저우는 상대적으로 작은 조직이라 다양한 디지

털 관련 신사업 개발에도 많이 참여했다.

Q. 중국의 디지털 광고 수익 체계는 어떤가?

A. 회사마다 구조는 다르겠지만 우리의 경우 초반에는 광고주와 프로젝트별로 그때마다 수익 체계가 달랐다. 그러다 나중에는 투입된 인력을 기반으로 하는 비용 청구 구조로 정착해갔다. 대부분 피(Fee) 베이스 구조였고, 일부는 커미션(Commission) 베이스도 있었다.

Q. 아무래도 삼성 중국 법인 물량이 많았겠다.

A. 입사 초기에는 삼성에 대한 의존도가 90% 이상이었다. 그러다 내부적으로 삼성 의존도를 낮추지 않으면 회사 경쟁력이 없어질 거라 생각했다. 그래서 대외팀에 투자를 높였고 외부 비딩(Bidding)도 많이 참여했다. 중국 기업이나 글로벌 기업들을 꽤 개발해 삼성 비율을 50% 정도까지 줄였는데 사드 영향으로 중국 기업 물량이 일부 줄었다.

Q. 중국의 광고 시장은 어떤가?

A. 우리나라보다 오히려 빠르게 움직이는 추세다. 크리에이티브가 다소 떨어져 보이는 면은 있다. 그런데 크리에이티브 하는 친구들을 직접 만나 보면 실력은 굉장히 뛰어나다. 이유를 살펴봤더니 15억 인구 중 아직 대다수가 하급 도시에 생활하는 사람들인지라 그들을 타깃으로 할 수밖에 없기 때문이었다. 가끔 고급 브랜드 크리에이티브를 보면 어지간한 글로벌 업체보다 나은 경우도 많다. 공산주의 국가면서 시장 논리가 가장 명확히 작용하는 곳이다.

Q. 자본의 크기가 결국 시장 영향력을 만드는 것 같다.

A. 그렇다. 오히려 수요나 구매력이 막강하니 명품 브랜드들이 중국 기업과 컬래버를 하고 중국 문화를 대폭 수용한 에디션을 만들어낸다. 처음엔 어색해 보였는데 어느 순간 그게 글로벌 트렌드가 되어 있는 경우가 많았다. 시장이 크고 자본을 쏟아부으면 못 이긴다고 생각한다.

Q. 리더십, 어렵진 않았나?

A. 처음에는 정말 힘들었다. 중국 사람들은 일하는 방식이 우리와 달랐다. 가장 극단적인 예로 우리는 윗사람 이야기를 알아서 잘 따르는 문화가 있다. 윗사람들이 일을 애매하게 주면 애매한 부분을 고려해 처리하는데 중국 친구들은 그렇지 않다. 정확하게 윗사람이 시킨 일만 한다. 처음엔 게을러서 그렇다 생각했는데 그게 아니라 나라가 크고 사람이 많다 보니 이해관계 자체가 복잡해 다른 사람 일을 간섭하면 안 되는 문화였다. 우리처럼 남의 일 돕고 봐주기보다 자기 일 정확히 처리하자라는 주의랄까. 좋게 이야기하면 자기 일에 대해 명확히 하고 책임지는 구조이고, 나쁘게 이야기하면 관료주의 성향이 있다고도 할 수 있다.

Q. 가장 힘들었던 지점은?

A. 각자의 일만 딱 해서 주니 리더 입장에서 업무 간 빈 부분을 채우는 게 힘들었다. 처음에는 나 혼자 빈 부분을 메꾸다 나중엔 직원들에게 짜증을 내기 시작했다. 그런 내 모습을 중국 직원들은 이해하지 못했고 분위기에 적응하기까지 7, 8년이 걸렸다. 결국 내가 업무를 정확히 지시하지 못했다는 걸 시간이 지난 후 깨달았다. 나도 치기 어린 시

절이었고 문화와 시장의 차이를 이해하지 못했던 것이다. 좋은 역량의 친구들을 잘 활용하지 못한 아쉬움이 있다.

Q. 이후에는 다른 방식의 리더십을 선택했다.

A. 중국 직원들과 가까워지면서 중국 문화, 특히 중국 사람들 자체를 이해하려고 많이 노력했다. 출장을 갈 때도 예전에는 편하니까 우리나라 직원들 위주로 데려가곤 했는데 나중엔 일부러 중국 직원들과 함께 다녔다. 적극적으로 소통하고 음식이나 술도 최대한 중국식으로 했다. 그렇게 친해지며 대화를 하니 중국 직원들의 행동이나 사고방식을 이해하기 시작했고, 그 친구들도 내게 마음을 열기 시작했다. 그때부터 시너지가 생겼다.

Q. 성과에 대한 압박은 없었는지?

A. 당연히 있었다. 광저우 법인은 이익은 냈지만 매번 목표 달성을 하지는 못했다. 그런데 그 목표 달성이라는 것도 위에서 떨어지는 숫자였다. 솔직히 다른 사람이 와도 어려운 건 마찬가지일 거라는 생각에 윗분들과 충돌이 좀 있었다. 관리부서나 상사분들이 나 때문에 마음고생 좀 하셨을 거다. 그래도 '제일 펑타이' 회사 전체를 봤을 때 목표 달성을 하지 못한 적은 한 번도 없었다.

전통 장 브랜드, 가업을 이어받다

Q. 장을 만드는 가업, 언제부터 시작했나?

A. 고등학교 2학년 즈음 서울에서의 아버지 사업이 잘 안돼서 고향인 영주로 내려갔다. 귀농을 생각하며 내려가셨고 처음에는 사과 농사를

했다. 농사를 짓다 겨울 농번기에 시간이 뜨니 어떻게 활용할까 하다 자연스레 장을 담그게 됐다. 지인 위주로 소소하게 판매했는데 먹어본 지인들이 추천하며 주문이 조금씩 늘기 시작했다. 몇 년간은 가내 수공업 수준이었지만 지속적으로 판매하며 조금씩 성장하게 됐다.

Q. 2020년, 아버지가 하던 전통 장 가업을 이어받았다.

A. 아버지가 중증 천식으로 몸이 많이 안 좋으셨다. 사실 가업을 물려받는 건 대학원 때부터 생각이 있었다. 졸업 후 또 명확한 목표나 비전 없이 취직을 하려니 갑갑한 마음도 있었다. 하지만 아버지는 보다 다양한 경험을 쌓고 돌아오길 바라셨던 것 같다. 결국 2019년 아버지가 돌아가신 후 퇴사를 했고, 2020년 초부터 본격적으로 내가 회사를 이끌게 됐다.

Q. 식당을 열려고도 했었다고?

A. 대학원 시절 삼청동 한옥을 구입해 카페로 개조한 친구 가게를 아지트처럼 드나들었다. 나도 삼청동에 한옥 하나 구해 집에서 만든 된장으로 된장찌개 음식점을 하면 잘되겠다 싶었다. 아버지에게 말씀드렸더니 음식 장사 아무나 하는 게 아니라며 만류하셨다. 일단 자기가 사업을 좀 더 키워보겠다고 하셨고 그때 나는 중국에 갈 기회가 생겼다.

Q. 아버지와의 다툼도 많았다. 어떤 이유 때문인가?

A. 아버지 사업이 커지면서 의견 차이가 점점 심해졌다. 아마 가업을 이어받을 생각이 있거나 받은 분들은 공감할 것이다. 사업 초반에는 내 의견에도 귀 기울여주셨는데 사업이 커지니까 아이디어를 내면 사

업을 잘 모른다며 듣지 않으려 하셨다. 서비스업을 하는 사람이 제조업을 어떻게 이해하냐며 반박도 많이 하셨다.

Q. 답답한 마음은 없었나?

A. 아버지 건강이 크게 악화되었을 때는 나도 정말 마음의 준비를 시작했다. 그런데 막상 아버지를 뵈러 가면 사업에 대해서는 여전히 고집을 피우며 완강하셨다. 새로운 제품을 만들고 온라인으로 키워보자고 하면 다짜고짜 반대부터 하셨다. 요즘의 흐름을 반대하시는 모습이 답답하기도 했다. 아버지 눈에는 아들이 여전히 못 미더웠던 모양이다.

Q. 매출이 떨어지는데도 고집을 피우셨다고?

A. 아버지도 알고 있던 사실이지만 매출은 점점 떨어지고 있었다. 그런데 더 속상한 건 장맛이 떨어지는 것이었다. 지금에서야 하는 핑계일 수도 있겠지만 아버지가 아프시고 어머니는 아버지를 간병하느라 두 분 다 회사 관리에 집중할 수 없었다.

Q. 사업을 맡는다는 것에 대한 두려움은 없었나?

A. 언젠가 사업을 이어받겠다는 마음이 분명 있었지만 한편으로는 두렵기도 했다. 좋은 회사에서 충분한 연봉을 받는 안정적인 직업이 있는데 굳이 아버지와 부딪혀가며 이 일을 해야 하나 싶었다. 흔들리는 가업을 내가 잘 잡을 수 있을까 하는 걱정도 있었다.

Q. 가업을 물려받는 걸 어머니는 염려하셨다고?

A. 어머니도 아들에게 의지하고 싶어 하시면서도 한편으로 걱정을 많

이 하셨다. 오랜 기간 아나운서로 일하시고 언론사 등 사회생활 경험이 풍부하셔서 당시 나의 커리어를 소중하게 생각해주셨다.

Q. 회사를 맡은 후 매출은 개선이 되었는지?

A. 민망하게도 매출은 오히려 조금 더 줄었다. 코로나19 영향도 있지만 장 산업 자체의 한계가 몇 가지 있다. 일단 비싼 돈을 내고 전통 장을 사려는 수요가 많지 않다. 그리고 장류는 한 번 제품을 사면 최소 반년 정도는 먹는다. 사실상 제품 가격은 만 원 정도인데 재구매까지 사이클이 길다 보니 사업체 입장에서 매출을 내기 어렵다. 그리고 고향에서 어르신들이 보내주는 경우도 많아 구매를 할 필요가 없기도 하다. 마지막으로 장류 시장 매출에서 명절 선물 비중이 크지만 선물 문화도 줄었다. 소비의 선순환이 이래저래 어렵다.

Q. 식문화가 달라진 것도 영향이 있겠다.

A. 주력 제품이 된장인데, 된장찌개의 경우 부재료가 많이 들어가다 보니 다른 찌개로 대체되곤 한다. 예를 들어 김치찌개는 김치와 참치 캔만 있어도 얼추 만들 수 있지만 된장찌개는 육수도 내야 하고 온갖 야채가 필요하다. 요즘엔 레토르트 식품이나 밀키트(Meal kit)가 늘어나고 설비나 마케팅이 중요해져서 우리 같은 소형 업체가 진입하기 어렵기도 하다.

Q. 경쟁사가 많이 생겼다고?

A. 귀농 트렌드와 진입 장벽이 낮은 산업 특성상 경쟁사가 많이 생겼다. 장은 오래 묵혀둘 수 있으니 재고 부담이 적은데 그 이점이 우리에게만 있을 리 없다. 누구나 부담 없이 시작할 수 있는 사업이다. 그래

서 마음의 부담이 더 커졌다.

전통 장의 확산, 새로운 솔루션

Q. 본인만의 솔루션을 찾는 중인가?

A. 미슐랭 1스타 '주옥'의 신창호 셰프와 소스를 만들고 있다. 처음엔 된장찌개 밀키트를 생각했는데 퀄리티를 맞추려니 재료 원가가 너무 높았다. 그래서 지금은 한식에서 활용할 수 있는 소스를 개발 중이다. '주옥'과 협업으로 미슐랭 스타 레스토랑에서 사용하고 있는 소스를 일반 가정에서도 편하게 이용할 수 있게 제품을 준비 중이다.

Q. 전통 장만 고집하던 회사에겐 새로운 시도다.

A. 이제는 전통에 대한 이야기를 다른 방식으로 해야 한다. 만드는 절차나 과정에서는 전통을 지키되 소비자들이 쉽고 재미있게 쓸 수 있는 방식으로 보여줘야 한다고 생각한다. 개발 중인 소스를 활용해 간단하면서 맛있는 요리를 만들 수 있는 레시피, 사용 편의성을 높인 포장과 디자인을 동시에 고민하고 있다. 현재 판매의 70%를 차지하는 된장, 볶음 고추장, 참기름, 들기름을 활용하려 한다.

Q. 그간 레시피는 어떻게 만들어 관리했나?

A. 회사를 운영한 20년 동안 부모님이 만들어둔 레시피를 활용했다. 레시피란 부모님이 발품 팔아 다니며 직접 배우고 만들며 정리한 것이다. 특별하게 R&D팀이 있다거나 담당자가 있는 건 아니다. 이제는 그 레시피를 젊은 감각으로 확장하는 게 나의 역할이라고 생각한다. 신창호 셰프 같은 든든한 파트너와 함께.

Q. 브랜드 이름이 '무량수'다. 어떤 뜻인가?

A. '무량수'는 말 그대로 '다함이 없는 양의 끝이 없는 영원한 생명'이란 의미다. 우리 제품을 먹는 분들이 건강했으면 하는 마음을 담았다. 부석사 무량수전이라는 영주의 핵심 브랜드 때문에 지은 영향도 크다. 아버지가 생각하신 게 지역 농산물을 활용하는 것이었고, 그러다 보니 지역색과 인지도 높은 무량수를 선택했다. 가끔 절에서 만드는 제품이냐고 문의하는 분들이 있는데 종교적 의미는 아니다.

Q. 현재 매출과 직원 현황은?

A. 20억 정도지만 잘 될 때는 40억까지도 매출이 나온다. 직원은 정직원 기준 열 명이다. 장이라는 제품이 사계절 내내 생산하는 게 아니다 보니 바쁜 시즌에 추가로 일을 요청해 움직인다.

Q. 폐교를 구입해 장을 담그고 있다.

A. 그렇다. 폐교를 개조해 운동장에서 장을 숙성하고 교실은 사무실로 쓰고 있다. 메주를 만들고 발효하거나 포장하는 시설은 별도 공장을 만들어 사용하고 있다. 공간이 제법 넓고 잘 꾸며져 있어 할 수 있는 이벤트도 많을 것 같은데 아직은 퀄리티를 올리고 제품 디자인 등 완성도를 높이는 게 먼저다. 나중엔 폐교 2층을 오픈 키친이나 숙박 시설로 활용하는 방법을 고려 중이다.

Q. 사업을 하며 가장 어려운 점은 무엇일까?

A. 어떤 식으로든 성장해야 하는데 인력 수급이 어렵다. 회사가 워낙 시골에 위치해서 직원을 뽑는 게 너무 어렵다. 생산 직원 분들의 고령화도 걱정이다. 이 문제를 어떻게 해결해야 하나 고민이 많다. 정부 지

원 사업이 수도권에만 몰려 있는 것도 아쉽다.

Q. 장이라는 제품 속성에 대한 고정관념도 있는지?

A. 장은 젊은 친구들이 매력적으로 느끼는 아이템이 아니다. 내가 봐도 직업이 뭐냐는 질문에 '장을 담그는 사람'이라고 이야기하면 고리타분하다는 느낌이 있다. 삼청동에서 한옥을 구입해 카페를 운영하는 친구가 안동에서 맥주 브루어리를 운영하는데, 거기는 맥주의 장인이 되고 싶어 하는 젊고 의욕 넘치는 친구들이 있다. 가장 부러운 부분이다. 앞에서 이야기한 것처럼 장을 만드는 것도 멋지다는 이미지를 만들고 싶다.

Q. 앞으로 가장 큰 목표가 있다면?

A. 누가 먹어도 맛있는 한국식 장을 만들고 싶다. 아무 설명 없이 이게 뭔지 잘 몰라도 먹으면 '아 맛있네!' 하는 장을 만드는 것이 바람이다. 내수 시장은 줄고 글로벌 한식에 대한 관심은 늘고 있다. 그 트렌드에 맞춰 이탈리아의 올리브오일과 토마토소스, 중국의 굴소스, 베트남의 스리라차처럼 누구나 맛있다 느끼면서 편하게 즐길 수 있는 한식 장을 만드는 것이 목표다.

乙

광저우 법인장까지 지냈던 '제일 펑타이' 시절.
직원들과 함께 좋은 제품을 만들어가는 '만포농산'.
영주 지역의 브랜드를 활용해 만들어진 제품들.
일과 삶에서 늘 정신적 지주가 되어주신 부모님.

덕후도 직업이 될 수 있다

가장 맛있는 더치커피를
만들어볼까?

커피 마스터 _ 정의영

"콜드브루 커피가 일상이 되는 날을 위해 매일 연구해요."

연세대학교 신문방송학과를 졸업한 그는 MBC 예능 PD로 입사했다. 2년간 계약직으로 일한 후 정규직 전환 즈음 파업이 시작됐고, 결국 그는 회사를 나와야 했다. 예능 PD의 꿈을 접기엔 아쉬워 다른 방송국으로의 경력직 입사를 도전했지만 결과는 쉽지 않았다.

그러던 어느 날 눈이 번쩍 뜨일 정도로 맛있는 콜드브루 커피를 맛보게 되었다. 동시에 콜드브루 시장에 관심을 가지게 됐다. 종류에 따라 가격이 6배 이상 차이 날 정도로 천차만별인 데다 맛있는 콜드브루 커피를 마시기에 가격은 늘 부담스러웠다. 여러 가게를 다니고 공부하며 맛을 보았지만 부담 없는 가격에 즐길 진짜 맛있는 콜드브루 커피를 찾기란 어려웠다.

비슷한 고민을 초등학교 친구들과 나누다 "우리가 제대로 만들어보자"라는 무모한 결심을 하게 되었다. 그렇게 치열하게 연구하고 테스트하며 만든 끝에 '브루데이'라는 브랜드로 그들만의 콜드브루 커피를 완성했다. 콜드브루의 대중화를 꿈꾸는 정의영 대표를 만났다.

꿈꾸던 예능 PD로의 시작

Q. 어릴 때부터 예능 PD가 꿈이었나?

A. 어릴 때부터 PD가 꿈이긴 했다. 그런데 중학교 때까지는 역사에 관심이 많아 시사교양 PD를 하고 싶었다. 신문방송학과에 가야겠다 결심 후 대학에 갔는데, 내가 생각보다 재미있는 사람이라는 걸 알게 되었다. 술자리에서 예능감 있다는 이야기도 많이 들었고 사람들을 즐겁게 만드는 것이 좋아 예능 PD를 준비했다.

Q. 오케스트라 동아리도 했다고?

A. '유포니아'라는 오케스트라 동아리였다. 오케스트라에서는 비올라를 담당했다. 어렸을 때부터 플루트를 배웠는데 동아리에서는 경쟁이 치열해 들어갈 수가 없었다. 처음부터 비올라를 다시 배운 후 무대에 섰다.

Q. 음악을 전공할 생각도 있었는지?

A. 어머니가 음악을 하셔서 그 영향을 많이 받았다. 음악으로의 진로는 어머니가 먼저 반대하셨다. 나처럼 게으른 사람은 음악을 하면 안 된다고 하면서.

Q. 방송국 입사까지 얼마나 걸렸나?

A. 3년 정도 준비했다. 방송국 입사 공고 뜰 때마다 빠지지 않고 지원했다. 필기까지 간 곳도 있고, 면접까지 간 곳도 있었는데 결국 MBC 예능 PD로 최종 합격했다.

Q. 그런데 계약직 채용이었다.

A. 당시 MBC에서는 신입 자체를 안 뽑던 상황이었다. 그래서 계약직 채용 형태였지만 신입 공채처럼 진행했다. 시험도 보고 면접도 빡세게 봤다. 계약직으로 채용 후 2년이 지나면 정규직이 되는 식이었다. 웬만큼 열심히 하면 전환이 가능하던 시절이었다.

Q. 결국 채용이 안 됐다고?

A. 시기가 애매했다. 2년을 채우기 전, 중간에 경력직 PD 채용이 있었는데 그때 동기 중 일부가 경력직으로 함께 뽑혔다. 게다가 때마침 회사에서 파업이 시작됐다. 파업 후 두 달 뒤면 계약직이 만료되는 시점

이었다. 이러지도 저러지도 못하는 상태로 끝나게 되었다.

Q. 꿈꾸던 예능 PD 생활, 어땠나?

A. 사실 너무 힘들었다. 특히 처음 1년은 업무에 적응하는 게 힘들어 방황을 많이 했다. 그래서 초반에 좋은 평가를 못 받았던 것도 사실이다. 부장님과의 면담에서도 이 길이 맞는지 잘 모르겠다는 솔직한 마음을 털어놓기도 했다.

Q. 무엇이 그렇게 힘들었을까?

A. 내가 생각했던 것과 업무 환경이 달랐다. 처음 들어간 곳이 '마이 리틀 텔레비전'팀이었는데 방송에 출연도 하고 재미있게 일했지만 업무 강도가 너무 높았다. 예능국에서 가장 악명 높던 팀이었다. 그러다 스스로 지쳐버렸다. 꿈꾸던 직업이었지만 현실은 엄청난 잡무에 병이 나도 이상하지 않을 하루하루였다.

Q. 그래도 막판엔 아쉬웠다고?

A. 몇 년을 공부해 목표했던 이 자리까지 왔는데 아깝다는 생각이 들었다. 막판에는 자연스럽게 정규직 전환이 됐으면 좋겠다 생각했지만 결국 시기가 안 좋았다. 중간에 내가 의사 표현을 제대로 못 하기도 했다. 결국 그만둘 수밖에 없었다.

Q. 이후의 커리어 계획은?

A. 2년간 쉼 없이 달리기만 했으니 일단 좀 쉬자고 생각했다. 그 당시 초등학교 때부터 친했던 친구 두 명이 커피 사업을 해보자는 제안을 했다. 두 명은 나보다 먼저 준비를 하고 있었는데 내가 너무 바빠 차마

같이 하자는 이야기를 못 하고 있었다. 퇴사하자마자 기다렸다는 듯
이야기를 꺼냈고, 퇴사 후 3개월 만에 창업했다.

콜드브루 커피와의 만남

Q. 콜드브루 커피에 주목한 이유는?

A. 테스트 형식으로 친구가 개발한 콜드브루 커피를 마셔봤는데 깜짝
놀랄 만큼 맛있었다. 그전까지만 해도 커피는 습관처럼 마시던 거였
지 맛있다는 생각을 해본 적이 없었다. 그런데 그 친구가 만들어준 커
피는 나에게 특별한 경험이었다. 상품성이 있겠다는 판단이 들어 일단
지르고 서서히 체계를 잡아가며 브랜드 콘셉트나 지향점을 입혀보기
로 했다.

Q. 함께 했던 멤버들은 어떤 사람들인가?

A. 모두 초등학교 동창이고, 나 빼고는 공대생이다. 한 친구는 원체 커
피에 관심이 많아 샵인샵(Shop-in-shop) 개념으로 카페를 운영하기
도 했었다. 콜드브루에 대한 아이디어도 그 친구가 처음 냈다. 다른 한
친구는 산업디자인을 전공한 개발자다.

Q. 역할 구분은 어떻게 했나?

A. 신방과 전공이라는 이유 하나만으로 공대생 친구들이 못하는 모든
걸 맡았다. 아무래도 마케팅이나 홍보, 카피를 쓰는 것은 나에게 특화
된 일일 수밖에 없었다. '브루데이'라는 이름도 내가 지은 회사명이다.
어쨌든 한 친구는 커피 전문, 다른 한 친구는 산업디자인 전문이라 나
름의 역할이 명확했다. 서로 비슷한 시기에 퇴사한 이유도 컸다.

Q. 콜드브루의 현 시장 상황은 어떤가?

A. 콜드브루는 가격차가 굉장히 심한 커피 상품 군이다. 1리터 기준 5천 원에서 3만 원이 넘는 곳도 있다. 솔직히 5천 원짜리는 누가 마셔도 맛이 없었다. 그런데 고가 제품이 맛있는지에 대해서도 의문이 들었다. 가격은 부담 없지만 정말 맛있는 콜드브루 커피를 만든다면 시장 경쟁력이 있을 거라 생각했다.

Q. 어떤 방향을 가지고 제품을 만들었나?

A. 좋은 원두를 일정 기간 안에 알맞게 숙성된 상태에서 넉넉한 분량의 원두를 쓴다. 여기에 내리는 시간이나 온도를 잘 맞추면 정말 맛있는 콜드브루 커피가 완성된다. 넉넉하고 좋은 원두와 정성이 정답이었다. 그런데 콜드브루 커피는 정말 손이 많이 간다. 좀 더 쉬운 추출 방식도 있지만 우리가 고집하는 건 손 많이 가고 시간도 오래 걸리는 스타일이다.

Q. 원가 비율이 높겠다.

A. 그렇다. 우리 커피는 좋은 원료와 원두 함량이 높기 때문에 당연히 재료 원가 비율이 높다. 사실 우리의 노동과 정성은 가격에서 많이 배제했다. 마진을 남기려면 원료에 대한 욕심을 좀 버려야 하는데 맛을 위해서라면 포기할 수 없는 부분이다.

'브루데이', 첫 브랜드를 만들다

Q. '브루데이', 어떤 의미인가?

A. 정기 배송을 염두에 두고 만든 단어다. 'Everyday Brewday'라는

슬로건은 매일 맛있는 커피를 즐기자는 취지였다. 그런데 정기 배송 자체가 쉽지 않더라. 콜드브루 커피가 필수품이 아니고 주변에 카페는 너무도 많았다. 아무리 맛있어도 자주 안 사는 품목이었다.

Q. 콜드브루 라인업으로 두 가지 브랜드를 만들었다.
A. 메인으로는 두 가지 브랜드를 만들었다. '써니사이드'라는 블렌딩 원두로 만든 제품은 밝고 상큼하고, '블루문'은 고소하고 바디감이 있다. 카페라테로 먹어도 잘 어울린다. 처음에는 원두를 받아서 만들었지만 지금은 직접 블렌딩해 만들고 있다.

Q. 거래처 확보는 어떻게 했나?
A. 우연히 프랜차이즈 커피 업체에 납품하기 시작했다. 지점이 여러 군데라 확실한 거래처가 되었다. 정말 운이 좋았다. 그렇게 납품 위주로 거래처를 조금씩 늘려갔지만 그걸로는 부족해 스마트 스토어에서도 팔기 시작했다. 직접 배달도 다닐 생각에 냉동 트럭도 구입했다.

Q. 거래처와의 관계도 쉽지 않았다고?
A. 영업이 가장 어려웠다. 초창기에는 막상 카페 문을 열고 들어가면 무슨 말을 해야 할지 몰랐다. 일단 영업하러 왔다고 하면 방어적인 태도를 보이기도 해 그냥 "잘 부탁드립니다" 하며 샘플만 주고 나온 적도 있다. 대표님이 없는 경우도 많았다. 그래도 이제는 꽤 익숙해졌다.

Q. 시음 행사도 많이 다녔나?
A. 냉동 트럭을 구입하고 나서는 인근 휴게소를 돌아다니며 시음 행사를 많이 했다. 2018년 여름 시즌이라 더운 시기였는데 참 열심히 돌

아다녔다. 어디에 지나다니는 사람이 많다더라 하면 다 같이 출동해 팸플릿 돌리며 맨땅에 헤딩하는 방식이었다. 힘은 들었지만 덕분에 좋은 거래처들을 소개받을 수 있었다.

Q. 소비자들의 맛 평가는 어땠나?

A. 2018년 말 처음으로 코엑스에서 진행한 커피 페어에 참여하게 되었다. 그때 커피에 대한 반응들이 꽤 좋았다. 대규모 커머스 회사에서도 관심을 보였다. 이후 킨텍스에서 진행하는 디저트 페어에도 나갔다. 그렇게 하나둘 다녔더니 제품에 자신감이 생겼다.

Q. 이후 실적이 좋아졌는지?

A. 초기 자본이 적었고 홍보에도 한계가 있어 매출이 금방 늘지는 않았다. 우리 콜드브루 커피가 맛있다고 주장해봤자 마셔보지도 않고 구매할 수는 없으니까. 그래서 샘플을 무료로 보내기도 했는데 재구매로 이어지지 않았다. 그때 쇼룸을 만들어보자고 결심했다.

공장이 있는 쇼룸을 열다

Q. 원래는 공장으로만 운영했다고?

A. 원래 대화동에 커피 공장이 있었다. 월세가 저렴한 곳이었는데 작업 환경이 썩 좋진 않았다. 쇼룸은 소비자를 만나자는 취지도 있었지만, 우리가 일하기 쾌적한 곳으로 이전하고 싶었다.

Q. 쇼룸으로 이전할 때도 문제가 많았다고?

A. '식품제조업' 허가가 굉장히 까다롭다. 위생실과 준비실도 별도로

구획을 나눠야 하는데 부족한 예산에 만드느라 고생이 많았다. 이사 온 쇼룸에도 처음엔 지하에 설비를 하려고 했는데 비용이 감당 안 돼 결국 1층에 만들었다.

Q. 자본은 얼마나 들어갔나?

A. 대화동 공장 설립 때 4천만 원 정도 예산이 들었다. 이후 기기를 구입하고 쇼룸을 만들면서 전체 7, 8천만 원 정도의 자본이 들어갔다. 지분은 세 명이서 들어간 투자금대로 나눴다.

Q. 쇼룸 운영은 잘되고 있나?

A. 사실 잘 안 된다. 가장 큰 이유는 입지다. 처음부터 공장 이전이 우선이었던지라 공간 규모가 중요했다. 넓은 공장 중심으로 공간을 알아보기도 했는데 월세가 높아서 이참에 시내로 들어가자고 생각했다. 지금 있는 곳은 입지가 좋지 않은 시내다.

Q. 커피 만들고 손님 대하는 게 쉽지 않겠다.

A. 다행히 내가 영업이나 손님 대하는 걸 좋아한다. 단골들 오면 너무 반갑고, 커피 맛있다고 이야기해주면 정말 행복하다. 공간 운영에 특별히 힘든 건 없다. 제품에 자신감을 가지고 팔고 있고 이제는 자리를 잡았다고 생각한다.

사업 확장에 대한 고민

Q. 콜드브루 매출에 대한 고민이 커졌다고?

A. 원두를 아낌없이 사용하니 원가 비율이 너무 높았다. 로스팅을 못

한 이유가 컸다. 그때부터 로스팅을 배우고 연구하기 시작했다. 처음에는 가스버너를 사용하는 용량 200g짜리 로스터기로 시작했다. 수입 업체에서 생두를 사와 우리 스타일에 맞춰 블렌딩했더니 30% 정도 원가 절감이 가능해졌다. 로스팅을 하니까 원두 판매도 가능해졌다. 콜드브루만 거래하던 업체에서 원두 거래까지 더해 매출도 조금씩 늘었다. 지금은 2kg짜리 로스터기를 사용 중인데 올해 한 단계 더 큰 기계로 바꾸는 게 목표다.

Q. 원두 로스팅 작업 과정은 어땠나?
A. 거래하던 원두 업체가 문을 닫는다는 사실을 알게 되었다. 그때 블렌딩 배율이나 볶는 정도를 알고 싶었는데 당연히 알려주지 않았다. 원두 업계의 영업 기밀이라 알려줄 리 없었다. 직접 로스팅해서 그 맛을 스스로 찾기까지 오랜 시간이 걸렸다. 그래도 덕분에 원두에 대한 지식이 어마어마해졌다.

Q. 제품 판매에 대한 고민도 많아졌다.
A. 2018년 추석, 2019년 설 선물세트를 제작했는데 반응이 꽤 좋았다. 주문량은 많은데 콜드브루 만드는 게 하나하나 수작업이라 오랜 시간이 걸렸다. 연휴 기간에는 거의 공장에서 살아야만 했다. 그러다 보니 설비를 제대로 갖추지 않고서는 콜드브루 사업 자체를 크게 키울 수 없겠다는 생각이 들었다.

Q. 회사 매출은 어느 정도인가?
A. 요즘은 코로나 시국과도 겹쳐 많이 떨어진 상태다. 정확히 이야기하기엔 변동이 많아 숫자를 말씀드릴 순 없지만 셋이 하기엔 매출 규

모가 적은 편이다. 거래처나 일반 소비자 판매 수를 늘리는 게 우선이라고 생각한다. 다행히 업체 대표님들이 우리 제품이 좋다며 주변에 추천을 많이 해주고 계신다.

Q. '브루데이'의 비법, 누가 알려달라면 전수해줄 생각이 있나?
A. 우리 역시 절대 가르쳐줄 생각은 없다.

'브루데이'와 정의영 대표의 도전

Q. 올해, 매출 증대를 위해 어떤 계획을 구상 중인가?
A. 이제 막 오픈하는 가게들에게 원두 공급으로 도움을 줄 수 있지 않을까 싶다. 결국 원두를 팔아야 우리에게도 캐시 카우가 된다. 콜드브루가 우리 브랜드의 지향점이긴 하지만 실질적 판매는 원두가 주력이 되어가고 있다. 물론 지금의 생각일 뿐 내년에는 또 어떻게 변할지 모르겠다.

Q. 거래처도 다양해졌다고?
A. 요즘은 PC방 거래를 점차 늘리는 중이다. PC방에서 커피가 의외로 잘나간다. 카페처럼 꾸미는 게 유행이라 그런지 커피 맛도 신경을 쓰는 추세다. 그래서 우리 원두가 꽤 인기 있는 편이다. 기업 행사 등에도 나가고 있다. 커피를 찾는 곳이라면 어디든 달려간다.

Q. 불경기인데 문 닫은 거래처는 없나?
A. 그래도 다행인건 거래 중인 업체들이 아직도 성업하고 있다. 한 군데도 문을 닫지 않았다. 사실 거래처도 우리도 코로나 초기 때는 좋지

않았는데 지금은 괜찮아져 함께 힘을 내고 있다.

Q. 쇼룸을 운영하며 느낀 점이 많다고?

A. 손님을 맞는 카페다 보니 맛이 전부가 아니다. 스타벅스가 공간을 팔고 블루보틀은 커피를 판다지만 우리나라에서는 둘 다 잘 해야 하는 것 같다. 그래서 공간에 대해서도 조금씩 업그레이드 중이다. 공간을 다양하게 활용할 방법도 고민 중이다.

Q. 투자받을 생각은 없는지?

A. 투자는 고민되는 부분이다. 투자를 받으면 당장은 숨통이 트이고 좋을 거다. 하고 싶은 기기 구입도 할 수 있을 테지만 지금 상태로도 어떻게든 해볼 만하다. 우리가 좀 더 노력하면 되기 때문에 남의 돈을 받는다는 건 아직 조심스럽다.

Q. 우리나라의 커피 시장은 어떤가?

A. 정말 카페가 많다. 커피 시장도 망하지는 않을 것 같다. 예전에는 커피가 기호식품이었다면 지금은 필수식품이 되었다고 생각한다. 그 래서 우리 콜드브루 커피가 아니어도 선택지가 많기 때문에 팬층을 만들기 쉽지 않다.

Q. 친한 친구끼리의 사업, 애로 사항은 없는지?

A. 친한 친구들끼리 사업한다니까 주변의 걱정이 많았다. 돈 문제가 이유였는데 막상 하니 우리끼리는 큰 문제가 없다. 서로 성격도 다르고 각자의 역할이 분명해 오히려 의지하게 되는 장점이 더 크다.

Q. 참 쉽지 않은 사업이다. 언제까지 할 수 있을까?

A. 할 수 있는 한 계속할 예정이다. 아직 돈은 잘 못 벌고 있지만 없으면 없는 대로 살아지는 것 같다. 동업자들과 의지하면 조금씩 길이 생길 거라 믿는다.

乙,

프리미엄 콜드브루 커피의 대중화를 꿈꾸며 창업한 정의영.
냉동 트럭까지 구입해 사람이 모이는 곳이라면 어디든 달려가 영업했다.(왼쪽 정의영).
제대로 된 공장을 만들며 동시에 소비자들과 소통할 쇼룸도 열었다.
맛을 위해 손 많이 가고 오래 걸리는 추출 방식을 선택했다.

13

국내 최초
꿀 소믈리에를 소개합니다

허니 소믈리에 _ 권도혁, 이재훈

"스페셜티 허니를 통해 새로운 식문화를 만드는 중입니다."

국내 최초 '허니 소믈리에'라는 타이틀을 가진 권도혁, 이재훈 대표. 이들은 각자만의 인연으로 꿀을 접하기 시작했다. 권도혁 대표는 캘리포니아를 여행하던 중 카멜(Camel)이라는 지역에서 라벤더꽃 꿀을 채밀하며 꿀의 세계에 빠져들었다.

독특한 콘셉트의 카페로 바리스타 일을 하던 이재훈 대표는 전 세계 독립 양봉가들에게 영감을 받아 노들섬과 이웃 루프탑에서 꿀벌을 키우기 시작했다. 가공되지 않는 자연 그대로의 벌꿀을 먹어본 그는 꿀의 진정한 맛에 빠지면서 이를 보다 많은 사람들에게 소개하고 싶었다.

그렇게 꿀에 빠진 두 남자가 '잇츠허니!'라는 꿀 전문 회사를 만들었다. 본격적으로 스페셜티 허니를 소개하고 테이스팅 클래스를 운영하며 그들의 이야기를 전하는 중이다. 자연 그대로의 다양한 꿀을 소개하고자 매일이 고민인 그들을 'APE SEOUL(아뻬 서울)' 카페에서 만났다.

권도혁 허니 소믈리에에 대해

Q. 이전에는 어떤 일을 했는지 궁금하다.

A. 직장인 생활도 했고, IT 분야 회사를 창업해 운영하기도 했다. 다양한 것에 관심이 많아 남들보다는 경험을 많이 한 편이다.

Q. 꿀에 관심을 가지게 된 계기는?

A. 가족들과 미국 여행 갔을 때 새로운 경험을 해보고 싶어 양봉 체험을 신청했다. 사실 이전에 마케팅 관련 일을 하며 꿀 산업에 대해 스터디를 한 적이 있어 관심을 갖고 있었다. 농장에서 아들과 함께 체험을 했는데 멋진 과정과 스토리에 매력을 느꼈다. 그때 아들에게 이걸로

창업을 해보고 싶다 했더니 또 무슨 창업이냐며 면박을 당한 기억이 있다.

Q. 이재훈 대표와의 인연은?

A. 한때 둘 다 블로그 활동을 했는데 서로의 글에 통하는 게 있어 종종 만나 수다를 떨곤 했다. 또 음악이라는 공통점이 있었는데 나는 음악 쪽 IT 서비스를 하던 때였고, 이재훈 대표는 뮤직 페스티벌을 기획하는 회사에 다니고 있었다.

Q. 이재훈 대표에게 창업을 제의했다고?

A. 10년 정도 인연을 이어오던 어느 날, 페이스북에서 이재훈 대표가 양봉을 하는 모습을 보게 되었다. 바로 만나자고 연락을 했다. 오랜만에 이야기를 나누었더니 꿀에 대한 관심사나 생각이 비슷했다. '꿀물'이라는 주제로 토론회를 한바탕 가졌다.

Q. 바로 회사를 차리기로 했나?

A. 다음 날 이재훈 대표가 꿀물을 만들어줬는데, 먹자마자 '이걸 해야겠다'는 생각이 들었다. 이미 서로가 10년 정도 알고 지냈고, 친하진 않았지만 신뢰감이 있었다. 실행할 수 있는 동력이 있으니 바로 회사의 형태로 시작하게 됐다.

Q. 각자의 역할이 있다고?

A. 내 명함에 나를 '치프 워커비'로 소개하고 있다. 일벌을 의미한다. 이재훈 공동 대표는 양봉을 직접 하니 '양봉가'로 종종 이야기한다. 그래도 둘 다 외국에서 프로그램을 수료한 '허니 소믈리에'라는 직함으

로 역할 구분 없이 사용하고 있다.

Q. 회사를 만들었다. 어떤 목표로 준비를 시작했나?
A. 창업이라 하기엔 아직은 조금 거창한 느낌이 있다. 다만 처음부터 회사로 만들자는 제안은 내가 먼저 했다. 뭔가 하고 싶은 일이 있다면 그 형태가 회사여야 한다고 생각해서다.

이재훈 허니 소믈리에에 대해

Q. 이재훈 대표는 이전에 어떤 일을 해왔나?
A. 처음엔 엔지니어로 뮤직 페스티벌을 기획하는 회사에 다녔다. 작은 회사다 보니 마케팅부터 이런저런 일을 도맡아 했다. 회사를 다니며 스스로의 성장과 가능성에 대해 늘 고민했다.

Q. 어떤 지점 때문에 고민이 생겼는지?
A. 어느 순간 남의 이야기를 전하는 것에 한계를 느꼈다. 뮤직 페스티벌을 하다 보면 늘 주인공은 아티스트였다. 당연히 그들이 주인공이니 박수받는 건 당연하지만 스태프으로서 이런저런 생각이 들었다. 내 것을 해보고 싶은 마음이 생겼다.

Q. 퇴사 한 이후의 행보는?
A. 스페셜티 커피를 파는 카페를 하고 싶었다. 사실 커피 자체에 대한 관심보다는 문화나 콘텐츠에 관심이 더 많던 때였다. 내가 보여주고 싶은 형태로 나만의 카페를 만들고 싶었다.

Q. 테마가 굉장히 독특했다고?

A. 자전거 테마 카페였다. 자전거 뒤에 리어카처럼 커피를 담고 판매하러 다니는 형식이었다. 당시 뉴욕의 젊은 바리스타들이 자전거를 활용한 이동식 카페로 뉴요커들의 사랑을 받는 모습에서 영감을 받았다. 스페인어로 자전거라는 뜻의 'BICI 커피'라는 타이틀을 달고 여기저기 커피를 팔러 다녔다. '이동식 카페'라는 생소함 때문에 언론에도 많이 소개됐다.

Q. 장사는 잘 됐나?

A. 사실 장사는 잘되지 않았다. 이동형 카페다 보니 고정 매출이 부족했다. 날씨 영향도 많이 받았고, 지속 가능성에 대한 고민이 많아졌다. 결국 정착할 필요성을 느껴 오프라인 매장을 계약했다. 'BICI 커피 스테이션'이라는 이름으로 2014년, 원남동 사거리에 오픈했다.

Q. 그러다 갑자기 양봉을 한 이유는?

A. 어느 날 집에서 유튜브와 TED 영상을 보다 해외에서 벌을 키우는 이야기를 접하게 됐다. 호기심에 검색을 하다 '꿀벌사랑 동호회'라는 인터넷 카페를 찾아 가입했다. 주로 업계 분들이 정보 교환하는 곳이었는데 그분들에게 서울 옥상에서 벌을 키우고 싶다고 했더니 모두 반대하셨다. 그런데 어떤 분이 자신도 비슷한 생각을 하고 있다며 한번 만나보자고 했다. 그분은 협동조합 형태로 고민 중이었고, 결국 같이 벌을 키워보기로 했다.

Q. 협동조합 형태로 벌을 키우게 됐다.

A. 5명이 협동조합 형태로 모였다. 일단 벌통 한두 개씩 양봉가에서

분양받아 당시 텃밭이었던 노들섬에서 시작했다. 그런데 점점 공동체가 와해되기 시작했다. 나 빼고는 대체로 직장인이었기에 자연스레 흐지부지되었다.

Q. 이웃 옥상에서 벌을 키웠다고?

A. 이후 조합원 한 분은 '어반 비즈(Bees) 서울'이라는 사회적 기업을 만들었고, 나는 개인적으로 벌을 키우고 있었다. 그런데 카페 손님이 양봉 이야기를 듣고 자신의 사무실 옥상에서 키워보라고 제안해주셨다. 그렇게 옥상을 활용해 양봉을 이어갈 수 있었다.

Q. 이후 양봉이 주제인 카페를 만들었다.

A. 본격적으로 양봉이 주제인 카페를 해야겠다는 생각이 들었다. 자전거 테마 카페를 접고 혜화동 로터리 인근 주택가로 장소를 옮겼다. 카페를 한다는 소식을 듣고 권도혁 대표가 찾아 왔다.

국내 최초 '허니 소믈리에'가 되다

Q. 회사를 만들었다. 첫 프로젝트는?

A. 처음에는 꿀물을 제품으로 만들려 했다. 상품성이 있다고 생각했지만 꿀물을 제품화하려고 보니 마땅한 공정 과정을 찾기 어려웠다. 꿀물은 65도 이상으로 끓이면 영양 성분이 파괴되어 저온 살균할 수 있는 곳을 찾아야 했는데 쉽지 않았다.

Q. 이후의 계획은 무엇이었나?

A. 꿀 자체를 제품화하는 쪽으로 방향을 바꿨다. 그러다 보니 소비자

들이 꿀에 대해 어떻게 생각하는지 알아야 했다. 흔히 꿀 하면 떠올리는 맛은 비슷비슷하기 때문에 클래스를 통해 꿀에 대한 다양한 맛과 새로운 관점을 알리고 싶었다. 누가 올까 싶었는데 신기하게도 매진이 되었다.

Q. 클래스에 온 사람들의 반응은?

A. 생각보다 젊은 수강생이 많았다. 이런 프로그램 자체를 굉장히 참신한 경험이라고 생각하더라. 사람들이 몰리는 걸 보니 클래스를 계속해도 되겠다는 생각이 들었다. 그때 해외의 '허니 소믈리에' 수료 과정을 알게 되었다. 처음 클래스를 열었을 때는 그냥 회사 대표 직책이 전부였는데 해외에서 수료 후에는 '허니 소믈리에'라는 직함으로 우리를 소개할 수 있었다.

Q. 어느 나라에서 '허니 소믈리에' 과정을 수료했나?

A. 나(권도혁 대표)는 미국 'UC 데이비스'에서 수료했다. 농대로 유명한 곳인데 허니 소믈리에 과정을 오픈한 지 4년 정도 됐고 한국인은 내가 처음이었다. 이재훈 대표는 영국에서 수료했는데 그곳에서는 1회 수료생이었다.

Q. 그들이 한국의 이야기를 듣고 오히려 놀랐다고?

A. 당시 우리는 10회 이상 클래스를 경험한 후 해외로 갔다. 대체로 시골 양봉가분들이 들으러 오셨는데 한국에서 내가 꿀 관련 클래스를 했고, 젊은 사람들도 참가했다는 이야기를 하니 진심으로 놀란 반응이었다. 정말 매력적이라는 칭찬을 많이 들었다.

Q. 각자 미국과 영국, 다른 나라로 간 이유는?

A. 영어권은 미국과 영국밖에 없었다. 사실 허니 소믈리에 과정은 이탈리아가 가장 잘 갖춰져 있다. 정부에서 레벨까지 정해줘 승인해 준다. 하지만 이탈리아어로 진행해 현실적으로 수강하기 힘들었다. 아무튼 영어권에서 각자 다른 스타일을 경험해 보자는 취지로 두 나라를 선택했다.

Q. '허니 소믈리에'라는 타이틀을 얻었다.

A. 수료 후부터는 당당하게 '허니 소믈리에'라고 부를 수 있었다. 타이틀을 갖고 다양한 경험을 하니 소믈리에는 어떤 음식의 논리와 체계를 설명하는 사람이었다. 맥주, 치즈 등 버라이어티가 있는 카테고리라면 소믈리에의 중요성이 크다는 것을 알게 되었다.

Q. 앞으로 하고 싶은 역할이 있다고?

A. 각자의 취향이 중요해지고 식재료가 고급화되는 추세다. 소믈리에의 역할이 자연스레 생길 수밖에 없다. 꿀이라는 게 와인과 커피 시장만큼 커질 수는 없지만 응용 과정은 필요하다고 본다. 그 역할을 우리가 충실히 해내고 싶다.

새로운 도전, 스페셜티 허니

Q. 스페셜티 허니를 선택한 이유는?

A. 스케일이 크지 않더라도 진짜배기를 해보고 싶었다. 그래서 꿀부터 집중하며, 테이스팅 클래스도 열었다. 그러면서 스페셜티 허니를 우리의 주력 상품으로 정했다. 쉽게 전달하기 위해 이 단어를 썼지만 정확

하게는 '숙성 꿀(Raw Honey)'을 기본으로 하는 아티산 허니(Artisan Honey)'를 의미한다. '아티산'은 '장인'이라는 뜻이다. 벌의 날갯짓과 시간이 만나 벌집 안에서 자연스럽게 숙성되고, 양봉가에 의해 세심하게 관리된 꿀을 뜻한다.

Q. 일반 꿀과 스페셜티 허니, 어떤 차이일까?

A. 일반적인 제품은 숙성되지 않은 꿀을 사용한다. 효율화를 위해 숙성 전 꿀을 가져와 끓이는 것이다. 하지만 최고 품질의 꿀은 숙성된 꿀로 이는 벌이 최소 15일 이상 자연적으로 만드는 과정을 거친다. 하지만 시장용 제품은 숙성 전 물꿀을 수집해 수확한 지역에 관계없이 혼합하여 가열 후 일부러 수분을 줄인다. 우리가 아는 천편일률적인 맛이 되는 것이다.

Q. 원래는 저마다 다른 맛의 꿀, 꽃에서 좌우된다고?

A. 와인의 맛이 포도 품종에서 좌우되듯 꿀의 맛은 꽃에서 결정된다. 벌은 먹이가 되는 여러 가지 꽃을 찾는데 아카시아꽃, 오렌지꽃, 밤꽃 등 꽃에 따라 맛이 다 다르다. 하지만 시장 상품은 이 모든 것을 세분화하지 않는다. 우리는 그 맛의 차이를 전하는 사람이기에 꿀의 진짜 맛, 숙성된 꿀을 알려야 한다고 생각했다.

Q. 현재 스페셜티 허니, 숙성 꿀 시장은 어떤가?

A. 숙성 꿀은 시간도 오래 걸리고 양이 적다 보니 당연히 비쌀 수밖에 없다. 수요가 없어 숙성 꿀을 만들 생각조차 안 하는 게 현실이다. 시장이 거의 없다고 보는 게 맞다.

Q. 농가 설득이 쉽지 않았겠다.

A. 사전에 우리가 받을 물량을 확보하는 게 쉽지 않았다. 다른 데 말고 우리에게 팔라고 설득도 해야 했다. 시장 차별화를 위해 지역 선정부터 스토리텔링, 장인정신을 가진 농가 선정부터 제품 관리까지, 이 모든 걸 신중하게 고려해 출시했다.

Q. 우리나라의 꿀 종류는 제한적이라고?

A. 지중해나 캘리포니아의 경우 날씨가 좋아 1년 내내 꽃이 핀다. 그래서 그들은 꿀을 가열할 필요를 못 느꼈고 숙성 꿀을 제품화했다. 기본적으로 맛이 좋을 수밖에 없다. 하지만 우리나라는 사계절이 있고 꽃의 종류도 제한적이다 보니 맛의 다양성에서 한계가 있다.

'잇츠허니!', 그들의 정신을 담은 브랜드

Q. '잇츠허니!', 어떤 의미로 지은 네이밍인가?

A.《꿀벌의 노래》라는 책 문장을 브랜드로 활용했다. 우리가 클래스에서 이야기하는 게 꿀의 '다름'인데, 왜 다른지 설명하려면 그 과정을 잘 전해야 한다. 그런데 이 책이 그 과정을 쉽고 재미있게 담고 있었다. "It's honey at last"라는 문장이 우리에게 더 와닿았던 것도 있다.

Q. 첫 제품으로 섬진강, DMZ 지역을 선택한 이유는?

A. '대지의 자화상'이라는 테마로 두 지역의 스페셜티 허니 제품을 소개했다. 섬진강과 DMZ라는 지역이 주는 상징성도 있지만 브랜드 스토리도 중요하게 생각했다. 나름의 장인정신과 고집을 가진 양봉가들도 만났고, 제품의 퀄리티도 우리 기준을 만족시켰다.

Q. 꿀의 퀄리티를 판단하는 기준이 있다고?

A. 양봉가에서 꿀을 살 경우 외형만 보고는 이게 며칠간 숙성된 꿀인지 분별하기 쉽지 않다. 몇 가지 측정 도구를 활용하며, 마지막에는 화학적 검사도 진행해야 한다. 하지만 꿀을 만들려면 벌을 잘 키우는지에 대한 양봉가와의 신뢰가 반드시 필요하다. 그래서 좋은 양봉가를 찾는 게 가장 중요하다고 생각한다.

Q. 글로벌 꿀을 소개하는 것도 고려 중이라고?

A. 국내 양봉가들의 좋은 제품을 내는 것도 방법이지만 글로벌 꿀들을 큐레이션해 소개하는 것도 필요하다. 다양한 재료를 맛봐야 소비자들도 꿀에 대한 정보가 풍성해질 것이다.

Q. 테이스팅 소사이어티, 테이블 등 다양한 클래스를 확장 중이다.

A. 허니 소믈리에 수료 후 배운 이론들을 바탕으로 전문가 과정을 만들자고 한 게 '소사이어티'다. 여기에는 파티시에, 바리스타 등 각 분야의 전문가들이 참여한다. 다양한 음식과의 페어링도 필요하다는 생각에 도입한 개념이 '테이블'이다. 여기서는 셰프 등과 함께 메뉴를 개발하며 시도 중이다. 사실 벌, 꽃, 꿀 세 소재만 있다면 확장성은 무궁무진하다.

Q. 제품 구매와도 연결이 되는지?

A. 클래스를 듣는다고 제품을 구매하는 건 아니다. 클래스에 오시는 분들은 색다른, 새로운 경험을 하러 오는 게 대부분이다. 일단 우리 스페셜티 허니 제품 가격이 높아 아직 소비자들이 받아들일 준비는 안 됐다고 본다. 일반인이 꿀을 소비하는 빈도수도 적기 때문에 요리나

음료 등 다방면으로 페어링해 선보일 방법들을 고민 중이다.

Q. 매출 현황은 어떤가?

A. 현재 매출은 크게 세 가지에서 나온다. 제품 판매, 식당 혹은 카페 납품, 마지막은 클래스다. 클래스는 우리만의 차별화 포인트이자 사명감으로 생각하고 있다. 다행히도 조금씩 매출 숫자가 커지고 있다.

'잇츠허니!'의 비전과 미래

Q. 자본금은 어떻게 준비했나? 투자 계획은?

A. 내가(이재훈 대표) 카페와 양봉을 세팅해둔 상태였고, 제품 출시를 위한 자본금을 권도혁 대표가 투자했다. 지분은 각자 투자한 만큼으로 비율을 나눴다. 대중 시장으로 갈 수 없는 제품이기에 우리만의 호흡으로 외부 투자 없이 가려고 한다.

Q. 신제품 계획은?

A. 해남산 옻나무 꿀을 활용한 제품을 구상 중이다. 여기에 라벤더 향을 인퓨징하는 방향으로 개발하려 한다. 꿀차나 아이스크림 등에 어울릴 만한 제품으로 출시 예정이다.

Q. 앞으로의 목표가 있다면?

A. 허니 스페셜티 시장을 만들어 가고 싶다. 다양한 맛의 꿀을 알려 '꿀은 그저 단맛'이라는 인식을 바꾸고 싶다. 그래서 긴 호흡으로 가는 걸 생각하고 있다.

Q. 양봉 비즈니스에도 기여하고 싶은 부분이 있나?

A. 그간 양봉은 전 세계에서 170년간 똑같은 형태의 산업으로 이루어져왔다. 산업적으로 보면 노후화된 것이다. 그런데 요즘 들어 조금씩 과학화의 움직임이 있다. 이러한 과정이 스페셜티 허니와 좋은 꿀에도 영향을 줄 거라 생각한다. 양봉 비즈니스에 개입하기보다는 우리가 추구하는 장인정신의 수단으로 함께 성장할 수 있다고 본다.

Q. 둘이서 운영하고 있다. 버겁진 않나?

A. 힘들거나 버겁진 않다. 좋은 디자이너를 뽑고 싶긴 한데 쉽진 않다. 하지만 리소스는 대기업도 늘 부족한 것이니 시간이 지나면 해결될 거라 생각한다.

Q. 욕심내고 싶은 부분이 있다고?

A. 미슐랭 셰프들과 협업을 해보고 싶다. 좋은 베이커리들과도 다양한 시도를 하고 싶고 우리의 제품을 최대한 다양한 형태로 도전해볼 수 있다면 좋겠다. 앞으로도 우리는 니치(Niche) 마켓으로 갈 수밖에 없을 테니 그 지점에서 충성도 높은 고객들을 만났으면 한다.

Q. 이 일을 통한 두 사람의 꿈은?

A. 긴 호흡으로 하고 싶은데 적당한 때 기회들이 잘 생겼으면 좋겠다. 그러면서 우리가 추구하는 멋짐을 잘 구현해보고 싶다.

乙.
국내 최초 '허니 소믈리에' 권도혁(좌측)과 이재훈(우측).
전 세계 다양한 꿀들을 만날 수 있는 '아뻬 서울' 카페.
지역의 스토리를 담아 출시한 스페셜티 허니 제품.
테이스팅 클래스를 통해 소비자에게 다양한 꿀의 맛을 전하고 있다.

14

돼지고기 마니아가 만든
초신선 정육점

초신선 푸드테크 '정육각'을 만든 _ 김재연

"당일 도축한 신선한 돼지고기, 드셔보셨나요?"

수학을 전공한 공학도는 해외 유학을 준비하고 있었다. 미 국무성 장학생으로 선발된 후 유학 갈 학교를 정하며 남은 시간, 좋아하는 돼지고기를 실컷 먹기로 결심한다. 조금 더 맛있는 돼지고기를 찾아 나선 그는 맛집을 넘어 도축장까지 찾아다니며 어느덧 고기를 팔기 시작했다.

이렇게 맛있는 돼지고기를 나만 먹을 수 없다는 생각으로 지금의 '정육각' 브랜드를 만들었다. 돼지고기 유통기한은 도축 이후 45일 정도다. 물론 그 안에 먹어도 큰 이상은 없다. 하지만 갓 도축한 돼지고기를 4일 안에 먹으면 지금껏 경험하지 못한 신세계를 맛볼 수 있다.

어느 누구도 쓰지 못했던 돼지고기에 '초신선'이라는 단어를 당당하게 붙인 '정육각'. 고기에 이어 착유일자, 산란일자 등을 표시하며 그 무엇보다 신선한 품질을 고객 식탁으로 배송 중이다. 수없이 '왜'라는 물음을 던지며 그만의 푸드테크를 구축한 김재연 대표를 만났다.

수학을 좋아하던 공대생

Q. 어렸을 때부터 수학을 잘했나?

A. 어머니가 고등학교 수학 선생님이었다. 그래서 어렸을 때부터 자연스레 수학을 접했고 문제를 풀고 해결하는 과정을 즐거워했다. 남들보다 일찍 수학을 시작하기도 했고 좋아하는 마음도 있어 공부를 좀 더 잘할 수 있었다.

Q. 고등학교 때부터 진로 고민을 했다고?

A. 수학을 꽤 잘한다고 자부했는데 고등학교 때 현타가 왔다. '한국과학영재학교'를 갔는데 워낙 수학 잘하는 친구들이 많았다. 고등학교 1

학년 룸메이트에게 처음으로 충격을 받았다. 그 친구가 공부하던 연구 주제를 보았는데 나는 이해조차 할 수 없었다. 대학 입학 후에 알게 되었다. 그 친구가 연구하던 내용이 수학과 학생들도 어려워한다는 '위상수학'이라는 학문임을.

Q. 응용수학 분야로 전공을 결심했다.

A. 고등학교 때 순수수학을 배우는 건 내 길이 아니라고 생각했다. 응용수학 쪽으로 진로를 정하며 코딩, 프로그래밍 등을 배우기 시작했다.

Q. 대학 시절 창업 실패 경험이 있다고?

A. 군 제대 후 네이버 '지식in'과 비슷한 모바일 앱을 만들었다. 질문을 올리면 문장에서 키워드를 뽑아 제일 잘 대답할 수 있는 답변자에게 연결하는 알고리즘 기술이 핵심이었다. 당시 네이버 지식in에도 없던 기술이었다. 어느 정도 사람이 모이면 광고를 유치하려 했는데, 광고는 하나도 따지 못했고 1년 만에 사업을 접었다.

Q. 유학을 가기로 결심한 계기는?

A. 사업을 접은 후 스스로 경쟁력을 갖춘 사람이 되어야겠다고 생각했다. 학문을 좀 더 쌓고 돌아오고 싶었다. 운 좋게 미 국무성 장학생으로 선정되어 장학금을 받고 유학을 갈 수 있었다. 2015년 말 합격했고, 2016년 8월 출국 예정이었다.

Q. 유학 후의 인생 계획은?

A. 석박사 통합 과정으로 응용수학 중 시뮬레이션 분야를 공부하려고

했다. AI나 테크 기술까지 활용할 수 있는 분야다. 유학 후에는 교수를 하고 싶었다. 되고 싶다고 다 되는 건 아니겠지만 안정적인 직업이니까 막연히 하고 싶었던 것 같다.

돼지고기에 미치다

Q. 고기, 특히 돼지고기를 좋아했다고?

A. 어머니 고향이 하동이었다. 어렸을 때 하동에서 1년 정도 생활한 적이 있는데, 과수원이 모여 있던 시골집이었다. 고기를 살 마트가 마땅치 않아 당시 어르신들끼리 가끔 돼지를 잡아 드시곤 했다. 어린 시절이었지만 그때 그 맛을 아직까지 잊지 못한다.

Q. 유학 가기 전, 돼지고기 여행을 떠났다.

A. 미국으로 유학 간다면 가장 아쉬운 게 나에게는 돼지고기였다. 어렸을 때부터 좋아하던 음식인데 미국 가면 비싸서 먹기 힘들다는 이야기를 들었다. 가기 전에 많이 먹어야겠다는 마음에 지인들을 모아 제주도로 향했다. 하루 세 끼를 돼지고기만 먹는 무모한 일정이었다.

Q. 함께 간 친구들이 지금의 공동 창업자인가?

A. 아니다. 그 친구들은 모두 열심히 공부하는 중이다. 당시 친구들에게 유학 가기 전 고기를 팔아보고 싶다며 같이 해보자고 했는데 반응들이 무척 차가웠다.

Q. 찾고 찾다 도축장까지 가게 됐다고?

A. 돼지고기 맛집을 찾아다녔지만 고기에 대한 궁금증은 오히려 깊어

졌다. 집 근처 도축장을 검색했더니 안양에 한 곳이 있어 버스 타고 무작정 찾아갔다. 일반 소비자에게는 판매를 하지 않는다는 걸 알고 음식점 하는 친구에게 부탁해 친구 가게로 주문을 했다. 그때 과외하며 열심히 모은 전 재산 1천만 원으로 어떻게든 고기를 팔아보자 마음먹었다.

Q. 안양에서 '당일 도축한 고기'를 팔기 시작했다.

A. 유학 가기 전 3개월만 팔아보자는 생각에 안양 재개발 지역 공간을 저렴하게 빌렸다. 월세를 통으로 낸 후 남은 돈으로 돼지고기를 샀다. 지금의 공동 창업자이기도 한 친구와 둘이서 도축장에 가 당일 도축 고기를 뗀 후 손으로 고기를 썰며 판매를 시작했다. 정육점의 형태지만 온라인에서만 판매하기로 했다.

Q. 온라인으로는 어떻게 팔았나?

A. 처음에는 친구들에게 팔고, 친구들의 소개로 주문량을 조금씩 늘려갔다. 이 정도로는 부족하겠다 싶어 앱을 만들까 고민도 했지만 어차피 3개월만 할 거니 온라인 카페를 통해 판매하기로 했다. 농산물 직거래로 유명한 '농라'라는 카페에서 시작했는데 생각보다 빠르게 유명세를 얻었다.

Q. 어떤 이유로 유명세를 탔는지?

A. 2016년 봄을 휩쓸 정도였다. '농라'가 생산자와 소비자 간 거래가 활발한 곳이라 리뷰가 꽤나 날카로운 편이다. 소비자들이 환호한 우리 고기의 장점은 냄새가 안 난다는 것이었다. 도축하자마자 판매를 하자는 게 우리의 전략이었기 때문에 냄새가 안 나는 건 당연할 수밖에 없

었다.

Q. 장사가 너무 잘돼 당황했다고?

A. 주부들 사이에 입소문이 빨리 나 주문이 엄청나게 몰렸다. 세 달 계약 기간 중 한 달이 지난 시점이었다. 친구랑 둘이서 새벽 6시에 고기를 사와 저녁 6시까지 썰기만 하는데도 주문을 다 받을 수가 없었다. 오후 2시에 마감하는 일이 허다했다.

Q. 좀 더 효율적으로 팔 방법이 있었을 텐데?

A. 그렇다. 요령을 조금만 알았으면 효율적으로 할 수 있었을 텐데 당시엔 잘 몰랐다. 손으로 하나하나 썰다 보니 할 수 있는 게 정해져 있었다. 답이 없다 싶어 고기 써는 기계를 중고로 샀는데 전압이 맞지 않았다. 한전에 물어보니 전기 공사비만 300만 원이 든다고 해서 기계를 산 가격 그대로 다시 중고로 팔았다.

Q. 고기 써는 기술은 누구한테 배웠나?

A. 워낙 고기를 좋아하다 보니 친한 고깃집 사장님이 몇 분 있었다. 그중 한 분께 찾아가 친구랑 고기 써는 기술을 직접 배웠다. 배운 후에는 맛있다고 생각하는 방식대로 팔았는데 지금 생각해보면 실력이 부족한 우리 고기를 주문해주신 분들께 감사할 뿐이다.

4억 투자를 받고 본격 창업으로

Q. 처음으로 4억 투자를 받았다고?

A. 사실 투자에 대해서도 잘 알지 못했다. 보통 네트워킹을 통해 연결

돼야 성사 확률이 높은데 우리는 무작정 수소문해 쿠팡 투자 담당에게 연락했다. 그분이 지금의 투자사를 연결시켜줬고 거기서 운 좋게 투자를 받았다.

Q. 대전에 공장을 지었다.

A. 투자금으로 대전에 공장을 만들었다. 흔히 공장이란 하드웨어를 일정 부분 갖추고 나머지는 사람으로 채우는 게 대부분이지만 우리는 소프트웨어 기술로 효율적인 시스템을 만들어 적용했다. 12시간씩 고기만 썰다 보니 효율성을 고민할 수밖에 없었다. 우리 시스템은 효율성이 뛰어나 대기업에서도 보고 싶어 할 정도다.

Q. 투자를 받은 후 수익은 안정적이었나?

A. 미래를 위한 비용으로 더 많이 쓰게 되었다. 기술 투자부터 패키지 개발까지 하나하나 직접 했더니 투자해야 할 곳이 많았다.

Q. 고기 마진은 어떻게 책정되는가?

A. 축산업은 마진이 낮은 편이다. 보통 시장에서는 원 재료비에 30% 정도 마진을 붙이는 것으로 알고 있다. 계절이나 변수로 등락폭이 큰 편이지만 평균적으로 그렇다. 타 소비재 유통 마진을 생각한다면 정말 낮다.

Q. 현금 흐름이 좋지 않겠다.

A. 판매가 대비 원자재 값이 높아서 현금 흐름이 안 좋을 수밖에 없다. 우리 둘이서 고기 썰던 초반에는 번 돈을 돼지고기를 사는 데만 썼다. 그런데 완판이 되도 현금을 쥐기까지 시간이 걸리니 돈이 없어 고기를

못 산 경우가 더러 있었다.

Q. 재고 관리는 어떤가?

A. 돼지의 경우 도축 후 45일이라는 유통기한을 고려해 가격의 흐름을 봐가며 물건을 파는 경우가 대부분이다. 쌀 때 재고를 많이 가지고 있다가 최대한 마진을 높이 받을 수 있을 때 파는 형식이다. 하지만 우리는 도축한 지 4일 이내 판매가 원칙이다 보니 축산업의 공식이 적용되지 않는다. 우리는 오늘 팔 것만 오늘 사야 하니까. 그래서 초반에는 오해를 많이 받았다.

Q. 어떤 오해들을 받았는지?

A. 첫 번째는 금방 망할 거라는 것이었다. 축산업의 공식을 활용하지 않으니 당연히 곧 망할 거라 생각했다. 그런데 점점 소비자들의 반응이 좋고 화제가 되자 두 번째 오해가 생겼다. 사기 치고 있다는 오해였다. 갓 도축한 고기로만 이렇게 판다는 건 말이 안 되니 거짓말이라는 거다. 그래서 민원도 많았고 구청에서 실사도 자주 나왔다.

Q. 도축장과의 계약이 중요하겠다.

A. 돼지고기의 경우 사료 회사, 어린 돼지를 납품하는 회사, 돼지를 기르는 농장, 도축장, 육가공장으로 크게 나뉜다. 우리는 육가공장에서 부위를 사와 다듬고 분리해 판매하는 곳이다. 그런데 이게 시스템이 꽤 복잡해서 다양한 경우가 생긴다. 육가공장이랑 바로 거래하는 경우도 있지만 농장이 수직계열화 해서 육가공장을 가지고 있는 경우라면 농장이랑 계약하기도 한다. 사료부터 시작되는 경우도 있는데 소고기는 돼지고기와는 또 다른 방식이다.

초신선 푸드테크 브랜드 '정육각'

Q. 네 명의 창업자가 있다.

A. 고기를 같이 썰던 친구는 군대 후임이었다. 그 친구도 과학고를 나와 통하는 지점들이 많았다. 또 다른 친구는 고등학교 동기다. 전산 전공을 한 친구인데 전산 시스템을 잘 운영할 수 있는 인재라 영입했다. 세 명이 다 공대생이었다. 우리끼리만 하면 평생 소비자 마음을 모를 것 같았다. 그래서 앱 창업 시 마케팅을 담당하던 경영학 전공의 친구를 영입했다. 세 공대생이 못하는 걸 그 친구가 해주고 있다.

Q. 판매 라인업은 어떻게 확장했나?

A. 돼지고기는 2016년부터 판매했다. 이후 달걀은 2017년, 우유와 소고기를 2018년부터 판매하기 시작했다. 차근차근 품목을 늘려가는 중이다. 판매 수로는 돼지고기가 월등히 많지만 매출액은 소고기가 높을 수밖에 없다.

Q. 그러면 소고기 마진을 높게 잡나?

A. 고기의 판매 세계를 조금 이해할 필요가 있다. 대형마트의 경우 소고기나 돼지고기가 미끼 상품이다. 고기 마진을 적게 하고 공산품 등으로 마진을 남기는 구조다. 정육점의 경우 돼지고기를 미끼로 소고기를 팔아 마진을 남긴다. 그런데 '정육각'은 남들이 미끼 상품으로 쓰는 돼지고기로 마진을 남겨야 하는 비즈니스다. 그렇다고 소비자에게 부담을 주는 건 지양하고자 소고기 마진은 합리적인 수준으로 책정하고 있다.

Q. 소비자에게는 어느 정도의 이익이 있을까?

A. 우리는 고기 부위를 깔끔하게 손질한 뒤 무게를 잰다. 사실 고기는 얼마나 잘 손질하느냐가 굉장히 중요하다. 또 가격이 중요한데 우리는 소프트웨어 등 테크 기술로 마진을 채우고 소비자에게는 20% 정도 저렴한 가격에 제공하고 있다.

Q. '초신선'이라는 테마를 잡은 건 언제부터인가?

A. 초창기인 2016년도부터 사용하던 마케팅 용어다. 고기를 파는 마트에 가면 신선이라는 스티커가 많이 붙어 있다. 다 신선하다고 이야기하는데 도축한 지 4일 이내 고기만 파는 우리의 신선과는 기준이 달랐다. 진짜 신선하다는 걸 표현해줄 단어를 찾아야 했다. 다행히 경영학과 출신 공동 창업자가 이 단어를 찾아냈다.

Q. '초신선'이라는 메시지가 처음부터 잘 먹혔나?

A. 우리의 메시지를 소비자에게 어떻게 전달할지 고민이 많았다. 초반에 여러 전단지를 돌려봤다. 신선함을 강조한 첫 번째 전단지와 카이스트 창업자라는 대표의 프로필을 강조한 두 번째 전단지를 나눠줬는데 후자가 훨씬 더 판매량이 높았다. 그것 때문에 마케팅팀이 초반에 고민을 많이 했다. 5년 차가 된 지금, 어느 정도 원하는 방향으로 자리를 잡아가는 중이다.

Q. 온라인에 '초신선 정육점'이라는 이름을 쓰고 있다.

A. 고객들이 '정육각'이라는 로고만 보고 들어오기 때문에 모호해지는 지점이 있었다. 뭘 파는 곳인가 탐색하러 왔다가 20~30초 보고 이탈하는 고객도 많았다. 그래서 정확한 표현 전달이 필요했다. 그래서 '초신

선 정육점'이라는 명확한 단어로 소구하고 있다.

Q. 사실 고기 유통기간, 잘 모르지 않나?

A. '정육각' 몰에 가면 도축 날짜가 큼지막하게 나와 있다. 그런데 소비자분들은 우리와 마트의 유통기한 차이가 난다는 걸 모르는 경우가 많다. 이를 인지시키는 게 지금도 어려운 과제다.

신선페이 특허, 그리고 공장 확장

Q. '신선페이'를 개발하게 된 이유는?

A. 사실 오프라인에는 이미 있는 개념이다. 고기를 1kg 주문했는데 자른 뒤 무게가 좀 더 나가면 그만큼 추가로 금액을 계산하지 않나. 하지만 온라인에서는 참 애매하다. 온라인으로 600g을 주문한 경우, 판매자가 이를 정확히 자르기란 불가능하다. 나도 3년을 고기 썰었지만 늘 오차 범위가 15% 정도는 있다.

Q. 온라인 구매에 그런 어려움이 있을 줄은 몰랐다.

A. 사실 판매자 입장에서 고민이 더 크다. 무게가 초과하면 상관없는데 적으면 계산이 복잡해진다. 한 기업에서 무게가 적은 경우 차액을 현금으로 보전해준 적이 있는데 그 역시 문제가 많았다. 그래서 알아서 더 줄 수밖에 없는 게 판매자의 현실이자 고민이다. 그래서 자른 무게에 맞춰 정확히 결제를 하는 시스템을 온라인에 도입했다. 그게 '신선페이'다.

Q. 어떤 지점에서 특허를 받았나?

A. 사실 무게의 문제는 축산업뿐 아니라 신선식품 전체에 해당하는 고민이었다. 이를 해결할 수 있는 시스템이 '신선페이'의 시작이다. 기본적으로 무게가 기준이지만 신선 등급, 크기, 당도 등 다양하게 적용해 과금할 수 있다. 여러 카테고리에 적용 가능한 시스템이라 특허를 받았다.

Q. '정육각'에서의 도입 후 소비자들의 반응은?
A. 무게만큼 정확하게 받으니까 정직한 기업이라는 평가가 많았다.

Q. 새벽배송 시스템은 어떻게 시작했나?
A. 초반에는 '마켓컬리'에서만 새벽배송이 가능했다. 이후 새벽배송을 대행하는 업체들이 생겼고, 그 시스템을 이용하다 보니 '정육각'도 새벽배송이 가능해졌다. 서울은 오전 중 주문하면 당일 배송도 가능하다.

Q. 회원 수는 몇 명이나 되는지?
A. 17만 명 정도까지 늘었다. 마켓컬리의 '100원딜'처럼 '정육각'도 첫 구매 시 초신선 돼지고기 300g을 무료로 증정하는 방식으로 빠르게 소비자를 확보하고 있다. 앞으로도 소비자들이 우리 제품을 더 많이 경험하길 바란다.

Q. 2차 투자 유치 후 성남으로 공장을 확장했다.
A. 대전 공장을 정리한 후 2018년도 초 성남으로 이사를 왔다. 2020년 여름 성남에서 같은 지역으로 한 번 더 확장 이전하고 다음 투자 유치를 준비 중인데 잘 마무리되면 누적으로 총 100억 규모를 받게 된다.

이번 투자가 잘 마무리되면 좀 더 공격적으로 마케팅을 해볼 예정이다.

Q. 2020년 예상 매출은?

A. 250억 원 매출이 목표인데 오히려 상향 조정해야 할 수도 있을 것 같다. 작년 대비 7, 8배 정도 성장 예상한다.

룰 브레이커가 되다

Q. 축산업에 대한 고정관념이 있다고 들었다.

A. 사람 뽑기가 정말 힘들다. 스타트업이 제조를 하는 경우가 드물기 때문에 더 어렵기도 하다. 우리가 성장하는 속도와는 별개로 축산업에 대한 고정관념이 아직은 존재한다. 업에 대한 시각차인데 어떻게 하면 해소할 수 있을지 늘 고민이다.

Q. 농산물 유통에 대한 고민도 많아졌다고?

A. 유통을 하면 판매자는 상품성을 볼 수밖에 없는데 농가의 입장은 다르다. 농가는 같은 시간을 공들여 상품을 만들지만 태풍 등 외부 요인으로 농작물이 상한 경우, 매출이 보장되지 않는다면 부당하다고 생각할 수밖에 없다. 그래서 최소한의 시급은 보장하면서 동시에 좋은 상품을 만드는 기준들을 찾고 싶어졌다.

Q. '정육각'에서 어떻게 할 수 있을까?

A. 예전에 쌀을 잠깐 판 적이 있는데 쌀은 우리나라의 전략 상품이다. 큰 쌀알을 만드는 게 기준이다 보니 비료를 많이 준다. 하지만 그런 방

식으로 키우면 맛이 없어진다. 시장에서는 가마니당 가격만 책정하니 품질에 대한 관심이 적을 수밖에 없다. 만약 우리가 원하는 종자로 맛있는 쌀을 만들고 싶다면, 우리의 시스템을 활용해 이 과정에 개입할 수 있다고 본다. 축산업은 규모가 큰 사업이라 어렵겠지만 일반 농작물은 시도해볼 수 있을 것이다.

Q. 축산의 경우 어느 정도까지 개입할 수 있나?

A. 돼지고기의 경우 꽤 체계화가 되어 있어 사료 회사랑 계약하면 원하는 사료로 양질의 제품을 얻을 수 있다. 하지만 소의 경우는 다르다. 소를 기르는 분들은 고령화와 동시에 파편화되어 있다. 이분들께 일일이 사료를 권하는 것 자체가 어렵다. 또 돼지는 180일을 기르지만 소는 3년을 길러야 하기에 쉽지 않은 지점들이 있다.

'정육각'과 김재연 대표의 비전과 미래

Q. 기술직과 제조직이 함께 한다. 내부 분위기는 어떤가?

A. 서울 사무실은 일반 스타트업 분위기와 비슷하다. 공장은 제조 기반이라 또 다른 분위기다. 예전에는 기술직과 제조직의 온도 차이를 잘 몰랐다. 그런데 너무나 다른 분위기의 분들이기에 지금은 아예 이원화했다. 현재 서울 사무소에 20여 명, 성남 공장에 30여 명 인력으로 운영 중이다.

Q. '정육각'만의 회사 분위기가 있는지?

A. 다른 스타트업에 비해 굉장히 조용한 편이다. 나 역시 이런 차분한 분위기를 선호한다. 조직 내 나름의 원칙은 업무는 팀 상관없이 공유

하되 개별 팀 문화를 인정하는 것이다. 더 큰 범위로 서울 사무소와 성남 공장의 문화도 각각 존중하고 있다.

Q. 고객 관리 및 응대, CS도 힘들 것 같다.

A. 참 어렵다. 그래도 다행히 대표가 고기도 열심히 썰어봤고 CS도 직접 해봤기 때문에 여력이 되는 대로 내가 많이 도와주려 한다. 고객 대응 퀄리티를 어떻게 하면 높일 수 있을지 CS팀과 함께 고민 중이다.

Q. 푸드테크 회사로서 비전이 있다면?

A. 지금은 단순 형태의 머신러닝 기술을 적용하고 있다. 하지만 장기적으로 '식재료 비서 서비스'를 지향한다. 고객의 구매 데이터를 분석해 장바구니에 알아서 담아지게끔 서비스를 제공하며, 밀키트 제품 등을 활용해 만족스러운 식문화까지 제안하고 싶다. 단기적으로는 생산자 소프트웨어를 더 단순화해 농가에 무상으로 제공하는 것이다. 지금은 농가의 특성상 퀄리티와 관계없이 박스당 판매를 해왔다면 이제는 퀄리티에 따른 가격을 책정해보고 싶다.

Q. 푸드 '플랫폼' 테크로 가는 것 같다.

A. 그렇게 볼 수 있다. 아직 '정육각'은 폐쇄적인 온라인몰이다. 하지만 향후에는 식자재를 직거래하는 온라인 카페처럼 생산자들이 IT 지식 없이도 플랫폼으로 사고팔 수 있는 시스템을 구축하고 싶다. 이게 가능해지면 생산자의 상품 퀄리티를 높일 수 있다. 소비자들에게 더 좋은 방향으로 갈 것이다.

Q. 오프라인 스토어를 열 계획은?

A. 최근 플래그십 스토어를 고민했지만 시기적으로 힘들 것 같고, 시간이 좀 지난 후 브랜드를 경험할 공간은 만들어보고 싶다.

Q. 유학을 갔다면 어땠을까?

A. 미래 계획을 잘 세우지 않는 편이다. 지금이 좋고 즐거우면 된다고 생각한다. 유학을 갔다면 그 나름대로 즐겁게 살았을 것이다. 가끔 유학생의 삶을 상상할 때도 있지만 아쉽지는 않다. 상황에 맞게 열심히 살면 된다고 생각한다.

Q. 김재연 대표의 개인적인 목표가 있다면?

A. 작년까지는 오늘 말고 내일이 있었으면 좋겠다고 생각했다. 올해는 내부 직원들을 위한 회사의 명확한 비전을 제시하는 게 목표다. 팀원들이 다 같이 뛰어갈 수 있는 '정육각'만의 비전 제시가 중요함을 깨달았다. 그걸 잘 찾고 싶다.

Z.
'초신선 푸드테크'라는 시스템을 만든 '정육각' 김재연 대표.
안양에서 손으로 고기를 썰던 시절.
'초신선' 제품을 위해 포장 하나까지도 직접 개발했다.
좋은 브랜드를 만들기 위해 함께 하는 팀원들 (출처: 공감).

PART 6.

여행에 대한 새로운 시선

15

진짜 여행을 만드는
여행 감독입니다

여행 감독 _ 고재열

"47세에 시작한 두 번째 직업, 여행 감독 고재열입니다."

<시사저널> 기자로 시작해 <시사인>을 창립한 고재열 기자. 그는 2020년 기자 생활을 정리하고 두 번째 직업을 시작한다. 새로운 직업 역시 타이틀만으로도 충분히 매력적인 '국내 최초 여행 감독'이다.

여행사와 비슷한 듯 다른 그의 새로운 직업은 놀랍게도 국내에서는 존재하지 않던 단어였다. 구체적으로 어떤 일을 하게 될지 궁금했다. 여행 감독이라는 새로운 직업으로 그만의 비즈니스를 어떻게 풀어갈 계획인지도 자세히 듣고 싶었다.

서울역 '여행자의 서재'에서 고재열 기자를 만났다. 약속 시간이 되어 도착한 그의 손에는 허름한 캐리어 가방 두 개가 들려 있었다. 곧 여행을 떠날 기세였다. 그런데 주섬주섬 열린 여행 가방에는 놀랍게도 책이 한가득 들어 있었다. 그의 야심작 '캐리어 도서관' 프로젝트였다.

세상에서 가장 큰 도서관을 꿈꾸는 여행 감독

Q. 세상에서 가장 큰 '캐리어 도서관', 어떤 프로젝트인가?

A. 서울역에 있는 '여행자의 서재' 공간 활성화로 낸 아이디어가 시작이었다. 캐리어 도서관의 가장 좋은 점은 쉽게 만들 수 있다는 것이다. 캐리어 100개 정도만 채워도 꽤 번듯한 도서관이 될 수 있다. 날이 풀리면 야외 벤치에 캐리어를 '툭' 두기만 해도 책이니까 몇 개 가져가도 괜찮지 않겠나. 모빌리티가 가능하기에 도서관을 원하는 지역이라면, 섬마을과 오지에도 갈 수 있다. 큰 책장도 예산도 필요 없다. 소수의 자원 봉사자만 있으면 된다.

Q. '여행자의 서재'와의 인연이 따로 있었나?

A. 서울로 7017 관련 매거진을 만들 때 편집위원으로 도와준 게 인연의 시작이었다. 이후 담당자분들과 꾸준히 소통했다가 이곳 활성화에 대해 고민을 주고받았고 캐리어 도서관 아이디어가 나오게 되었다. 오래된 캐리어와 책, 둘 다 버려지는 속성인데 그 조합도 신기했다. 맞은편 문화역서울 284에서 '호텔사회'라는 테마로 전시 중이다. 한 공간에 다양한 캐리어들이 전시되어 있는데 담당자분이 전시 후 캐리어 도서관을 위해 기증해주기로 했다.

여행 동아리인 '여행 동아리'를 만들다

Q. 여행에 관한 아이디어의 시작은 무엇이었나?

A. 패키지 여행은 여행에 관한 솔루션 중 하나다. 규모 경제를 통해 경제성을 갖는 것을 비롯, 혼자라면 엄두도 못 낼 여행을 가능하게 해준다. 하지만 여행의 묘미인 '사람과 사람의 관계 맺기'를 할 수 없는 구조다. '왜 내가 이렇게 좋은 곳에 와서 좋은 경험을 하며 모르는 사람들과 있는 걸까?' 라는 의문이 들었다. '아는 사람과 함께 여행할 수 없다면, 앞으로 알아갈 사람들과 여행한다면 어떨까?' 하는 생각이 들었다.

Q. 좋은 생각인 것 같다. 여행 상품 공유는 어떻게 하나?

A. 사람이 여행을 위해 모이는 방법들을 먼저 고민했다. 나이가 들수록 점점 여행 가기가 어려워진다. 마음은 바쁘고 함께 여행 갈 친구는 줄어든다. 그래서 여행을 가고 싶어도 가지 못하는 시기가 있다. 대체로 30대에서 50대까지가 그렇다. 사람들끼리 시간을 맞추기가 어려우니 시간에 사람을 맞춰보기로 관점을 바꿔보았다. 시간에 맞는 좋은

사람들을 모아 함께 간다면 자연스레 여행 동료들과 인맥 네트워킹이 생긴다. 그래서 회원제를 지향하고 있다.

Q. 좋은 사람을 모았다 해서 다 같이 선뜻 여행을 갈까?

A. 당연히 좋은 여행 상품이 있어야 한다. 일단 가을 코카서스 대자연 기행, 봄 이탈리아 돌로미테 여행을 구상해뒀다. 여행 기획을 하는 입장이니 헤드 라이너, 즉 여행 감독을 세운다. 이를 정하고 루트와 옵션을 구성한 뒤 여행사에게 맞춰줄 수 있는지 문의한다. 일반인을 대상으로 한 해외여행이라면 여행사를 통해야 하지만, 그룹이 자기들끼리 가는 거면 상관없다. 그래서 나는 여행 동아리를 만들었다. 외부 사람을 모객하는 게 아닌, 내부 그룹이 함께 가는 것이다. 우리의 여행 기획을 여행사에 의뢰, 군더더기를 모두 뺀 다이렉트 공동 구매라고 보면 된다.

Q. 여행 동아리 이름이 뭔가?

A. 그냥 여행 동아리다. 향후 '트래블러스 랩(Traveller's Lab)'으로 바꿀까 고려 중이다.

Q. 누구나 가입할 수 있는 시스템인가?

A. 동아리지만 온라으로만 알게 된 관계는 무효다. 오프라인에서 여행 등 직접 만난 사람들에게만 자격이 주어진다. 물론 10박이 넘는 길고 먼 여행을 반드시 참여해야 한다는 기준은 부담스러울 수 있다. 그래서 국내 여행을 사이사이 기획해 짧은 여행 경험을 제공한다. 거기에만 참석해도 멤버 자격이 주어진다. 이미 2020년 1월에만 4회의 국내 여행을 다녀왔다.

직업으로서의 여행 감독

Q. '국내 최초 여행 감독'이란 말은 어떻게 만들어졌나?

A. 여행 감독이란 말을 검색 사이트에서 아무리 찾아봐도 없었다. 그런데 잘 보면 여행 관련 직업에 대해 수많은 사람들이 쓰는 단어가 '여행 작가'다. 작가는 정말 많은데 왜 감독을 해볼 생각은 안 할까? 그래서 여러 프로그램을 취미로 기획하다 2019년에 들어서면서 스스로 여행 감독을 자처하게 되었다. 2020년으로 넘어갈 때 플랫폼화 해보자는 생각도 하게 되었고.

Q. 여행 감독과 여행 작가, 어떻게 다른가?

A. 여행 작가는 차려놓는 밥상에 초대받는 경우가 많다. 여행 감독은 그 밥상 자체를 차리는 역할을 한다. 나는 그 역할에 흥미를 느꼈다. 여행가라면 한번쯤 해봐도 좋을 도전이다.

Q. 왜 여행 작가만 유독 많을까?

A. 자기가 밥상 차리는 건 조심스러워 아닐까? 또 대체로 개인 여행에 중점을 두게 되니 그럴지도 모르고. 굳이 불편함과 나의 시간을 써가며 판을 만들려 하지 않는다. 나는 그냥 내가 판을 까는 걸 좋아하는 사람이라 자처했던 게 아닐까 싶다. 결국 그 부분이 차별점이 되었다.

Q. 판을 만든다는 것, 흥미롭다.

A. 여러 사람들과의 커뮤니티를 활용해 이런 저런 판을 만들어봤는데 여행 쪽 만족도가 제일 컸다. 사실 중년에 들어가면 인간관계가 의외로 황폐해진다. 나는 그런 시기 장기 여행이 '인생의 중간 급유'라고

생각했다. 여기에 다른 사람들과 중간 급유의 과정을 함께 경험하면, 어떤 특별한 관계가 형성된다. 인간관계란 끊임없는 노력으로 유지가 되는 법인데, 여행을 통해 서로에게 노력하는 새로운 마을이 만들어지는 느낌이다.

\<시사인\> 기자, 여행에서 소명 의식을 느끼다

Q. 아직 \<시사인\> 기자다. 언제 그만두나?

A. 사실은 2019년 10월부터 일을 슬슬 놓았다. 쿠바 여행이 회사와 함께 하는 마지막 프로젝트다.

Q. 문화전문 기자로 오래 일했다. 기자와 여행 감독, 어떤 공통점과 차이점이 있을까?

A. 기자의 르포 취재도 섭외력인데 여행 감독도 마찬가지다. 또한 사전 조사를 많이 할수록 보이는 게 많고 할 이야기도 많아진다. 차이점이라면, 기자는 자기 일만 잘하면 된다. 그러나 여행 감독은 찾아와준 사람들의 반응이 더 중요하다.

Q. 여행에 대한 관심이 원래 컸나? 직업으로 정할 만큼.

A. 처음에는 여행을 직업으로 하겠다는 생각이 전혀 없었다. 그런데 어떤 소명 의식을 느끼게 된 계기가 섬 여행이었다. 사람들과 섬 여행을 갈 기회가 있었는데 그들이 나에게 여기 오게 해줘서 고맙고 감동했다며 피드백을 주었다. 그러다 갑자기 자기 이야기들을 토로하고 개인사나 고민을 깊게 나누며(이후 여러 여행지를 포함) 뜻밖의 서사들을 만났다. 다들 사회생활도 잘 하고 잘 사는 사람인데 마음속 외로움

과 원초적 두려움이 있어서가 아니었을까. 나는 여행이라는 플랫폼만 제공했을 뿐인데 그들은 자연스레 치유를 받고 가는 듯했다.

Q. 이야기를 잘 들어주는 편인가?
A. 그렇지도 않다. 와서 사람들이 어느 순간 자기들끼리 알아서 이야기를 한다. 들어준 건 오히려 내가 아니라 거대한 자연이었다. 묵묵히 바다와 산이 그들의 목소리를 들어준 거다.

Q. 나름 여행의 미학을 가지게 되었을 것 같다.
A. 여행은 철저히 '오해의 미학'이라고 생각한다. 내가 이야기하면 자연이 들어준다고 생각하는 것이다. 그 안에서 갑자기 자기 고백적인 시간이 만들어진다.

비즈니스 모델에 대하여

Q. 어쨌든 사업화 예정이다. 어떻게 운영할 계획인가?
A. 회원제 여행 플랫폼을 구상 중이다. 회원들에게 기간 및 상품별 구독료를 받을 거다. 여행이니까 구독료가 일종의 계약금 형식일 수도 있다. 여행 감독 기획비나 준비비로 사용될 예정이다.

Q. 독서모임 플랫폼 '트레바리'에서 영감을 얻었다고 들었다.
A. 시즌제를 참고했다. 구상 중인 플랫폼도 시즌을 두며 맺고 끊는 게 중요하다고 본다. 관계의 지나친 친밀감이 때론 리스크가 될 수 있다. 우리 플랫폼은 1년 단위로 구상 중이다. 여행은 준비 과정도 길기 때문에 1년 단위가 적당할 거라 본다.

Q. 여행 플랫폼의 핵심은 무엇인가?

A. 검증된 여행 상품을 구독하는 시스템이다. 1년 구독료를 두고, 타 상품 대비 10% 비싼 여행을 베타 테스트로 세팅할 예정이다. 결국 상품의 내용이 중요한데, 사실 기존 여행 상품은 덤핑이 많다. 현지에 가서 쇼핑을 해야 한다거나 등. 이런 상품과는 분명한 차별점이 있을 것이다. 다소 비싼 만큼 '최고 여행 위원회' 등을 둬서 좋은 콘텐츠를 계속 채우려고 한다.

Q. 타깃팅을 어느 정도 한다고 들었다.

A. 1990년대 학번 중심의 여행 동아리를 지향하기로 했다. 사실 나이가 너무 많아지면 산악회 분위기로 흘러가고, 또 너무 어린 친구들이 오면 공감대 형성이 어렵다. 그래서 내 또래이기도 한, 1990년대 학번 정서를 경험한 분들을 메인으로 하고 있다. 대신 각자의 역할도 동아리처럼 민주적으로 운영하고 있다. 1990년대 학번 정서를 지향하고 싶어, 나름 분위기도 신경 쓰는 편이다.

Q. 대형 여행사는 하기 힘든 시스템이겠다.

A. 쉽지 않을 것이다. 모객 형태나 구조도 복잡하다. 우리가 지향하는 모델은 기동성이 중요하다. 여행사 상품은 비용이 저렴하면 일괄적이고, 유명인과 함께 하면 비싼 돈을 내는 양극화 시스템이다. 내가 기획한 여행은 현지 경험을 우리 스타일대로 큐레이션하는 재미가 있다. 여행사의 기성복을 수선해 쓰는 개념이다.

Q. 지역별 전문가가 중요할 거 같다.

A. 그래서 나뿐 아니라 새로운 여행 감독을 계속 발굴하려 한다. 누군

가를 발굴할 때 나의 역할은 감독이 아닌 프로듀서가 된다. 발굴한 그가 여행 감독이 된다.

시장 경쟁력을 찾아라

Q. 고재열 여행 감독이 준비한 여행 상품의 경쟁력은?

A. 결국 사람이다. 아무리 잘 아는 여행 전문가를 데려가봤자 현지에 수십 년 있던 분을 따라갈 수 없다. 그게 여행의 맛이라고 생각한다. 비용 절감 측면에서도 중요하다. 현지 전문가 네트워킹을 최대한 활용해 비용 거품을 뺀다면, 상품에 대한 만족감도 더 크지 않겠는가.

Q. 새로운 감독을 발굴하는 프로듀서도 할 거라 했다. 주로 어떤 분들이 참여할까?

A. 현재 8호까지 구상했고, 총 100명이 목표다. 일례로 세상의 소리를 찾는 분이 있다. 세계 민속 음악에 있어 우리나라 대가다. 그와 함께 3부작 여행을 짜볼 수 있다. 현악기 로드, 관악기 로드, 타악기 로드. 영국 극장 투어를 함께 하고 싶은 분도 있다. 다만 해외에서 직접 진행할 여력이 될 때에만 정식 여행 감독으로 임명할 수 있다.

Q. 2020년 상반기 계획은 뭔가?

A. 해외 장기 여행을 제대로 세팅하는 것이다. 가급적 더 어려운 숙제를 풀어가고 싶다. 사실 일본이나 동남아는 웬만하면 알아서 갈 수 있다. 그리고 가까운 여행지는 아무리 열심히 궁리해도 티가 잘 나지 않는다. 그래서 가기 힘든 여행지를 장기 여행으로 집중해보려고 한다. 또 여행에 대한 우리만의 규정을 만들려고 한다. 더 다양하고 밀도 있

는 관계를 위함이다.

Q. 상품이나 규칙이 경쟁력일까?
A. 결국 경쟁력 있는 아이템은 사람이다. 장기 여행은 상품일 뿐이다. 함께 멀리 가고, 멀리 보는 여행을 지향한다. 예로 해외 한 달 살기 프로젝트를 우리가 한다면 더 어려운 숙제로 풀 수 있다.

Q. 어떻게 어렵게 풀려고 하는가?
A. 개인이 하면 어려운 걸 같이 하면 쉬울 수 있다. 예를 들어 발리는 쉬워도 뉴질랜드 한 달 살기는 좀 부담스럽지 않나. 그래서 그림 같은 별장을 미리 장기간 통 임대 후 시기에 맞춰 초대하는 방식을 고민하고 있다. 혼자나 소규모로 하면 비싸고 쉽지 않지만 같이 하면 충분히 가능하다. 뉴질랜드, 캄차카, 돌로미테, 알프스, 코카서스 등 여러 후보가 있다.

여행의 인물학에 대하여

Q. 여행 동아리만의 모객 노하우가 있나?
A. 모객 시 삼분의 일 원칙을 고수한다. 전체를 1이라고 할 때, 삼분의 일은 함께 여행했던 사람, 삼분의 일은 안면만 있는 사람, 3분의 1은 모르는 사람으로 구성한다. 모르는 사람의 경우 장기 여행 전 가벼운 국내 여행으로 관계 맺기를 시작한다.

Q. 여행을 '인물학'이라 했다. 그 이유는?
A. 여행은 '설렘을 기획하는 것'이다. 그래서 내 여행은 때론 불친절하

다. 몇 가지만 정해주고 세부 계획은 없는 경우도 많다. 코스가 아예 없는 게 설렘을 줄 수도 있다. 그 설렘의 포인트는 사람이다. 함께 가는 사람과의 관계를 기반으로 한 인물학 기반의 설렘이다.

Q. 미래의 여행 감독을 발굴하고 상품화한다. 영업 기밀이 있나? 업계 질투는 없나?

A. 마인드가 중요하다. 어차피 모든 건 질투의 바다이지 않나. 나는 사고의 패턴을 조금 다르게 했다. 플랫폼으로서의 역할을 더 중요하게 생각한다. 좋은 여행 프로그램을 가진 사람이라면 누구든 초대할 수 있다. 플랫폼이 앱과 경쟁할 필요가 없는 이치다. 개별 앱의 성장이 더 중요하다. 그래야 전체 플랫폼이 커질 수 있다. 나는 성장할 수 있는 판을 더 키우고 싶다.

Q. 체계적인 시스템이다. 눈앞에 잘 그려지기도 하고.

A. 크게는 장기 여행 그림을 그리며 몇 가지 존을 만들었다. 북유럽 크루즈 신(Scene), 이탈리아 신, 코카서스와 그리스·터키 신, 뉴질랜드와 남태평양 신, 쿠바와 남미 신, 캄차카와 시바리아 신이 있다. 그렇게 월 단위의 신을 만들려고 한다. 국내나 번개 여행은 그때그때 절묘하게 병행하면 된다.

기자로서의 고재열

Q. 기자로서의 삶도 궁금하다. 어떻게 기자가 되었나?

A. 고등학교 때 '우리들의 천국'이라는 드라마가 있었는데 거기 배경

이 신문방송학과였다. 드라마를 보며 신방과를 가야겠다 생각했다. 대학교에 간 뒤로는 당연히 기자를 하겠다 결심했고.

Q. <시사인> 전에 어디에 있었나?

A. <시사저널>에 있었고 파업을 빡세게 한 후, 우리 스스로 <시사인>을 창간했다. 나름 드라마틱한 시절이었다. 재미있는 건 파업 중간 '퀴즈 대한민국'이라는 프로그램에 나가 퀴즈 영웅이 되었다. 2천만 원 상금을 받았고, 그 돈의 일부가 <시사인> 창간 자금이 되었다.

Q. 기자라는 직업을 추천하는지?

A. 인생 삼모작 시대라 생각한다. 삼모작 시대에 3개의 직업을 선택해야 한다면 첫 번째 직업으로 나는 기자를 추천하는 편이다. 다양한 사람과 다양한 고민을 나눌 수 있다는 게 기자의 가장 큰 장점이다. 기자는 하면 할수록 학교를 연장해 다니는 듯한 기분이 들 때가 많다. 그래서 지속적인 성장이 가능하다. 다음 직업으로 옮길 때도 시야가 넓어지니 선택권이 많아진다. 물론 내가 두 번째 직업을 이렇게 빨리 가지게 될 줄은 몰랐다.

Q. 평생 기자만 할 줄 알았나?

A. 완주하려고 했다. 그런데 마치 계획이 있던 사람처럼 두 번째 직업으로 자연스레 이어졌다. 더 좋은 게 생겼기에 이전 직업을 놓을 수 있었다. 한편 어느 정도 기자로서 할 만큼 했다는 지점도 있었다. '내가 나와도 문제없겠구나'라는 생각이 들었다.

Q. 재미있는 게 일이 됐을 때의 두려움은 없을까?

A. 여행도 본격적으로 플랫폼화 되어야 일이 제대로 시작될 것이다. 여기서부터는 재미의 영역과는 별개일 수 있다. 아직 베타 테스트 단계라 깊게 생각할 시점이 아닐 수도 있다. 한편으로 심리전의 문제일 수도 있고. '아님 말고'라는 정신이 기본적으로 있다.

여행 감독으로서 벌이와 미래

Q. 베타 테스트 운영 계획은 어떻게 되는가?

A. 여덟 명으로 지목한 여행 감독도 아직 해외 경험은 없다. 코카서스는 내가 감독이고 이탈리아 돌로미테는 여행 경력 많은 기자 선배를 감독화해보려 한다. 현지 여행사 분들이 조감독이 될 예정이다. 일단 올해는 내가 다 함께 참여하려 한다. 그 외 캄차카와 쿠바 프로그램도 테스트할 예정이다. 올해는 계간으로 진행될 것 같다. 몇 개나 할 수 있을지도 해봐야 안다.

Q. 베타 테스트 고객은 몇 명으로 진행되나?

A. 여행 동아리 기준, 300명으로 설정하고 있다. 100명은 여행 같이 한 사람, 100명은 안면만 있는 사람, 100명은 아직 모르는 사람이다. 모르는 100명도 무조건 오프라인을 통해 만날 예정이다. 내 타깃들은 아날로그함을 좋아하니 어려운 문제는 아니라고 본다. 사실 관심을 보이는 분만 이미 600명이 넘는다. 그들이 어떤 여행을 좋아하는지 데이터베이스도 꾸준히 확보하는 중이다.

Q. 벌이는 어떤가? 추후 목표는 얼마 정도인지?

A. 사실 기자 월급 외에도 강의나 외부 기고, 시사 프로그램 방송 출연

등 외부 활동으로 부수입을 병행했다. 그런데 올해는 여행 감독으로서의 일에 집중해야 할 것 같다. 여행과 관련해서는 올해가 베타 테스트 기간이라 큰 벌이는 없을 테고 내년부터 기자 월급의 두 배 정도 버는 게 목표다. 두 배라고 정한 이유도 내 여행 비용이 필요하니까 잡은 기준이다.

Q. 사업이 잘 안 될까 걱정되는 건 없나?
A. 버텨내느냐의 문제인 것 같다. 시스템이 예상대로 구축될지 더뎌질지는 모른다. 물론 지금까지 검증된 걸로 구축을 하는 거니 큰 걱정은 없다. 그저 시간문제라고 본다.

Q. 반드시 지키고 싶은 여행 감독의 원칙이 있다면?
A. 크게 세 가지가 있다. 우선 여행은 효율성도 고려해야 하지만 '간섭하지 않은 결속력'도 필요하다. '불편한 사치'라는 관점도 중요하게 생각한다. 새로운 경험은 불편함을 전제로 한다. 편안하게 뭔가를 얻을 수는 없다. 마지막으로 '선을 넘지 않은 배려'다. 친밀감의 기준은 저마다 다르고 선의가 오히려 문제를 일으키기도 한다. 하지만 이러니저러니 해도 결국 플랫폼이니 여기서 각자 얻어가면 된다. 나는 스케치만 해주고 색칠은 자기 스타일에 맞춰 하면 되는 것이다.

Q. 비즈니스 모델을 차근차근 들으니 경쟁자가 없을 거 같다.
A. 당연하다. 우리는 플랫폼이니까. 네가 잘났으면 오히려 와서 너의 프로그램을 활용해보라는 주의다. 여기는 검증된 데이터베이스를 가진 타깃들이 있으니 활용할 여지가 많다.

Q. 또 다른 블루오션 아닌가.

A. 그렇다고 당장 확장을 추구할 생각은 없다.

Q. 여행사와의 궁극적인 차이가 뭘까?

A. 결국 내가 도모할 프로젝트 유무의 차이다. 도전하고 싶은 4대 블록버스터가 있다. 첫 번째는 '세상에서 가장 큰 도서관' 프로젝트로 캐리어 도서관과 같다. 두 번째 '개마고원에서 캠핑카 500대와 함께 캠핑하기'는 고 정주영 회장의 소떼 방북에 대한 오마주 성격이다. 남북 교류시대를 우리는 캠핑카로 알리고 싶다. 세 번째로 '1948년 런던 올림픽 프로젝트의 재연'은 우리나라가 최초로 참가했던 올림픽에 대한 여러 의미들을 새겨볼 것이다. 마지막은 '섬 여행 크루즈 해보기'다. 언젠가 여의도에 항구가 생기면 대한민국 모든 섬에 갈 수 있지 않을까 한다. 이 4대 블록버스터는 언젠가 꼭 해보고 말 것이다.

인간 고재열의 취향과 잡담

Q. 인간 고재열은 어떤 사람인가?

A. 지금 하고 있는 일, 이런 게 재미있는 사람이다. 사실 여행도 여러 문제가 있지만 나에게는 크게 걸림돌이 되지 않는다. 상위에 큰 그림을 그려두면 그 방향으로 가게 되어 있다고 생각한다.

Q. 왜 일을 한다고 생각하나?

A. 일에 대해 걱정하는 사람이 많다. 나는 여행을 주먹구구식으로 하는 분들에게 자기만의 로드맵을 만들어주고 싶다. 큰 그림을 같이 고민하고 싶다. 나도 재미있는 이 일을 다들 재미있게 참여했으면 좋겠

다. 자신의 가능성도 찾고. 내가 일을 하는 이유다.

Q. 앞으로의 꿈은 뭔가?

A. 더 어려운 숙제를 푸는 것이다. 나의 죽음을 싣고 갈 크루즈 여행 또는 은하철도 999 같은 크루즈를 기획한다면 얼마나 멋질까? 죽음도 여행을 하다 맞이하고 싶다.

Q. 노후 걱정 있나?

A. 아내가 선생님인데 연금을 따로 쓰자고 해서 걱정이다. 사냥을 할 때 실패하면 위기가 찾아오듯 리스크는 언제나 상주해 있다. 오히려 큰 리스크를 감당하는 쪽을 선택했다.

Q. 인생 삼모작이라고 했는데, 세 번째 직업은 뭘 예상하나?

A. 세 번째 직업은 플랫폼이 안정화된 후 순수 여행 감독으로 다시 돌아오는 것이다. 내가 원하는 여행을 나랑 잘 맞는 사람하고만 하며 좀 더 개인의 영역에 집중하고 싶다.

Q. 직업 정체성을 찾지 못한 분들에게 한마디 한다면?

A. 지금 와서 역으로 생각하니, 나는 다 계획이 있었구나 싶었다. 그간 나는 재미있는 것들을 추구하며 살아왔다. 그런데 이제 와서 보니 그 것들이 다 밑바탕이 되었다. 1990년대 학번들을 위한 여행 동아리도 재미로 시작한 구상이었는데 어쩌다 보니 사업으로 발전하게 되었다. 경험의 조합이 그 시작이고, 그 경험치가 사업의 밑천이 되었다. 사람과 상황이 달라지면 차이점도 있겠지만, 예측할 여유가 생긴다. 그런 관점에서 자신의 인생을 돌아본다면 각자만의 답을 찾을 수 있지 않을

까 싶다.

* 본 인터뷰는 세계보건기구(WHO)가 코로나19 팬데믹을 선언하기 전에 진행했습니다.

Z↳

여행 이야기를 할 때면 눈빛이 반짝이는 여행 감독, 고재열.
고재열 여행 감독의 야심작, '캐리어 도서관' 프로젝트.
베타 테스트로 기획 중인 캄차카 여행.
죽음도 여행을 하다 맞이하고 싶다고 한다.

16

가장 섬세한 여행을 만들다

장애인 여행 컨설턴트 _ 오서연

"모두가 안전하고 편하게 여행하는 날을 꿈꿔요."

'어뮤즈 트래블' 오서연 대표는 늘 사회에 가치 있는 일을 하고 싶은 사람이었다. 회사를 다니며 하던 봉사 활동으로는 만족스럽지 못했다. 아내의 권유로 창업을 결심했고, 새로운 직업에 도전했다. 그렇게 장애인 여행 컨설턴트라는 직업을 시작한 지 4년 차가 되었다.

장애인을 위한 여행 상품을 기획하며 패밀리투어를 하던 시간은, 그에게 큰 행복을 주었다. 물론 창업의 길은 한순간도 쉽지 않았다. 외로워도 슬퍼도 혼자 감내해야 하는 창업가의 시간이었다. 하지만 그 과정을 통해 그는 더욱 단단해졌다.

시작은 장애인분들을 위해서지만, 모두에게 안전하고 편리한 여행을 제공하는 꿈을 꾼다. 'Travel for all, travel for good'이라는 미션이 보다 많은 분들에게 닿길 바라고 있다. 2020년 2월, 인천국제공항에서 오서연 대표를 만났다.

장애인들을 위한 팸투어를 시작하다

Q. 회사를 다니다 계획 없이 무작정 퇴사했다고 들었다.

A. 창업 전, 정보 통신 회사 기획실에서 총 9년 정도 회사 생활을 했다. 회사를 다니면서 신념을 가지고 봉사 활동도 꾸준히 해왔는데 시간이 지날수록 사회의 근본적인 문제를 해결해보고 싶다는 생각이 들었다. 내 삶을 지탱해준 이유 중 하나가 종교였다. 가치 있는 일에 집중하고 싶었다.

Q. 아내가 먼저 창업을 권했다고.

A. 아내와 함께 고민을 많이 했다. 삶의 방향을 다시 잡았으면 좋겠다는 이야기를 나눴다. 그러다 불쑥 아내가 창업을 권했다. 우스갯소리

지만 지금은 후회하고 있다.

Q. 지금의 창업 아이템을 결정한 이유는?

A. 고민이 많았다. 마침 같이 봉사활동을 하던 동생이 장애인분들을 위한 여행을 창업해보면 어떻겠냐고 제안했다. 나 역시도 관심을 가지고 있던 부분이었다.

Q. 장애인에게 여행의 의미는 무엇이었나?

A. 장애인에게 여행은 우리가 생각하는 것과 큰 차이가 없다. 타지에서 나를 온전히 느끼고 즐길 수 있는 수단이다. 다만 장애인분들은 그 경험을 자주 할 수 없어 더 특별할 뿐이었다. 그들의 수요나 니즈는 충분히 높았다. 하지만 이들을 위한 여행은 쉽게 접근할 수 없는 방식이었다. 삶의 가치를 추구하는 동시에 비즈니스를 해볼 수 있겠다는 생각이 들었다.

Q. 이후 어떤 준비를 시작했나?

A. 장애인분들을 대상으로 팸투어(여행사에서 본 상품을 팔기 전 테스트로 제공하는 것)를 2년 정도 다녔다. 여행을 통해 너무나 좋아하는 모습들을 보며 벅찬 기분이 들었다. 즐거운 삶을 지속하는 수단으로의 여행에 가치를 느꼈다. 비즈니스 가능성도 충분히 있다고 판단했다.

Q. 팸투어는 몇 회나 했나?

A. 80회 정도 다녔다. 장애인분들이 대상인 만큼 좋은 상품을 만들기 위한 정보들을 치밀하게 쌓아갔다. 근거리부터 도전하기 위해 롯데월

드부터 갔다. 그다음엔 남산이나 국립중앙박물관에도 갔다. 그러면서 문제점들을 파악하고 고객 만족도를 확인해갔다.

Q. 동업자와 비용을 같이 댄 것인가?
A. 자본금은 나만 냈고 그 비용으로 팸투어를 했다. 동업자는 여행사를 다녔던 친구라 실무 경험이 풍부했다. 내가 기획하고 그가 실행하면 그림이 될 거라 생각했다. 지분은 옵션 형태로 9 대 1 정도로 나눴다.

자본금 1억 원으로 과감하게 스타트업

Q. 자본금 1억 원에 80회 팸투어, 비용이 부족하지는 않나?
A. 부족하진 않았다. 다행히 조금 남았다. 최대한 아끼고 아껴서 여행을 다녔다.

Q. 자본금은 어떻게 마련했나?
A. 회사 다니며 꾸준히 모았고, 퇴직금도 더해 창업 자금이 되었다. 회사 다니며 모은 전 재산을 단순하고 과감하게 창업하는 데 썼다.

Q. 국내 여행이 주력이었나?
A. 당시 200명 정도 대상자들과 인터뷰를 했는데, 국내 여행조차 제대로 다니지 못한 분들이 대다수였다. 일단 잘 다닐 수 있는 여행지인지, 길과 동선은 안전한지 확인이 필요했다. 동네부터 시작해 범주를 넓혀나갔다. 해외여행은 비용 부담도 크고 엄두도 안 났다. 나중에 생각하기로 했다.

Q. 2년간 벌이가 없어 불안했겠다.

A. 성격이 단순한 편이고 창업이 뭔지도 모를 때라 그냥 즐겼다. 함께 했던 여행들도 하나같이 좋았던 덕분이다. 잘 몰라서 오히려 행복했던 것 같다.

장애인 여행 컨설턴트란?

Q. 장애인 여행 컨설턴트의 핵심 업무는 무엇인가?

A. 아무래도 여행 상품을 잘 기획하는 게 핵심이다. 창업 초반에는 여행 상품 기획에 심혈을 기울였다. 웹사이트로 표준화된 상품을 만들 수 있을지 고민했다. 나는 전략과 큰 그림에 집중했고, 동업자는 실행 및 현장 전반을 체크했다.

Q. 여행 상품의 지향점이 있다면?

A. 장애인분들을 위한 여행 상품이 잘 만들어진다면, 보다 많은 사회 구성원들에게 도움이 되지 않을까? 예를 들면 특정 감각에 예민하신 분들이나 노약자분들도 우리 상품을 이용할 수 있다. 그래서 우리는 여행의 불편함을 해소할 수 있는, 근본적인 문제들을 해결하고자 했다. 그러다 보니 안전하고 편리한 여행을 만들자는 목표가 생겼다.

Q. 안전하고 편리한 여행, 좋은 방향이다.

A. 그 생각이 지금까지의 가치관으로 남아 있다. 관광의 어려움이 있는 타깃들은 생각보다 다양하다. 외국에서는 '관광 약자'라는 표현을 쓰기도 하는데 장애인뿐 아니라 노인, 임산부, 영유아, 환자까지 포함한다. 정서적으로 예민한 분들도 해당될 수 있다.

Q. 여행 상품의 구성이 궁금하다.

A. 우리나라의 경우 장애인들을 크게 15종류로 구분한다. 15가지를 세분화하기에는 어려움이 있다. 그래서 몇 가지 대표 카테고리를 정했다. 지체, 시각, 발달, 청각 장애인들을 위한 여행 상품이 핵심이다. 이 문제를 먼저 해결하면 다른 것들도 자연스레 확장될 거라고 보았다.

Q. 확장은 어떤 방식으로 가능할까?

A. 예를 들어 지체 장애인분들을 위한 여행 상품이 안정화되면, 유모차를 끌고 다닐 수 있는 여행에도 적용할 수 있다. 시각 장애인분들을 위한 여행 상품이 있다면, 감각을 중요시하는 분들에게도 제안할 수 있다. 감각은 또 체험과도 연결되어 있으니까 어린아이들을 위한 여행 상품으로도 가능하다. 섬세한 여행을 즐기는 분들의 파이를 점점 늘려가고 싶다.

법인 회사 '어뮤즈 트래블'을 설립하다

Q. '어뮤즈 트래블', 어떤 뜻이 담겨 있나?

A. 장애인과 비장애인, 모두가 구분 없이 즐거운 여행을 누리자는 뜻이다.

Q. 업무 루틴은 어떻게 진행되는지?

A. 여행업은 주기가 있다. 우리는 반기로 움직이는데 여름, 겨울 성수기가 중심이다. 이를 기준으로 상품 인프라를 확보하고 세일즈를 진행한다. 고객 피드백을 수시로 체크하며 기록하는 과정도 병행한다. 예민한 분들을 위한 여행이라 동선 데이터도 최대한 확보한다.

Q. 여행 상품 준비 기간은?

A. 3개월 전에 준비를 완료하고, 2개월 전에 상품 홍보를 시작한다.

Q. 해외여행 상품은 어떻게 라인업을 짰나?

A. 해외 상품은 5, 6개 정도 된다. 처음에는 유럽 상품을 주력으로 기획했다. 그러나 앞서 언급했듯 장애인분들은 국내 여행 경험도 적기 때문에 근거리를 덜 부담스러워 한다. 다낭, 대만, 오사카 상품이 잘 나가는 편이다. 국내는 하던 상품들을 꾸준히 업데이트하고 있다.

Q. 재구매율이 높은가?

A. 사실 소비자에게 여행 상품을 본격적으로 팔기 시작한 게 이제 1년 남짓이다. 창업한 지 4년 차가 되었지만 최근 들어서야 제대로 적용이 되었다. 좀 더 지켜봐야 할 것 같다.

Q. 매출과 순익은 어느 정도인가?

A. 대만, 다낭 등 가족 단위 고객 상품만으로 최근 1억 원 정도 매출이 나왔다. 일반 소비자 대상 상품을 내본 적이 없었기에 의미 있는 결과라 생각한다. 참고로 2017년 회사 전체 매출이 1억 6천만 원이었다. 2018년 4억 원, 2019년 6억 원 정도 매출이었으니 1억 원은 큰 숫자다. 순익은 15% 정도다.

Q. 2017년 매출이 1억 6천만 원인데 창업 자금을 1억 원이나 잡았다.

A. 사실 돈의 개념을 잘 몰랐다. 사업도 잘 몰랐고. 당시 일반 여행업으로 등록하려면 1억 정도가 필요하던 시절이었다. 지금은 6천만 원 정도로 알고 있다. 자금이 꽤 필요하다고만 생각했다.

Q. 2020년 매출 목표는?

A. 코로나 팬데믹으로 목표를 대폭 낮췄다. 30억 원 매출을 목표로 했는데 20억 원 이내로 잡았다. 그마저도 성공할 수 있을지 걱정이 많다. 해봐야 알 것 같다.

힘들고 외로운 창업가의 삶

Q. 공동 창업자와는 지금도 함께 하는 중인가?

A. 1년 정도 하고 그만뒀다.

Q. 기분이 어땠나?

A. 충격이었다. 하지만 이해는 됐다. 벌이에 대한 불안도 있었고 사업이 잘 될지도 불투명했다.

Q. 비즈니스 모델과 방향성을 어떻게 잡아갔는지 궁금하다.

A. 처음에는 뭔가 가치 있는 일을 하고 싶다는 생각이 강했다. 그런데 사업 마인드가 제대로 장착된 계기가 있었다. 우연하게 벤처 단지를 사무실로 쓰면서부터다. 쟁쟁한 회사들을 보며 창업가 마인드를 가지기 시작했다. 이후에는 자연스럽게 사업에 대한 방향이 지금과 같이 흘러갔다.

Q. 창업가로서 가장 힘들었던 순간은?

A. 맨땅에 헤딩하는 게 참 힘들었는데 그만큼 많이 배웠다. 초창기 멤버들과 고생도 많이 했다. 그런데 지금 생각해 보니 오히려 잘 몰라서 견딜 수 있었던 것 같다. 여행업을 아는 것과 우리가 하는 분야는 생각

보다 다른 지점이 많았다.

Q. 대표로서 어려운 지점이 있다면?

A. 정치적인 관계에 대한 고려를 잘 하지 못한다. 대표니까 능력껏 해야 하는데, 스트레스를 지금도 많이 받는다. 가끔 외롭기도 하다.

Q. 그럼에도 이끌어가는 동력은?

A. 결국 비전 때문이다. 우리의 비전이 'Travel for all, travel for good'이다. 누구나 차별 없는 여행을 하고, 여행을 통해 좋은 가치를 추구하는 것이다. 모두에게 행복한 여행을 만들고 싶다.

장애인 여행 컨설턴트, 벌이에 대하여

Q. 현재 연봉은 어느 정도인가?

A. 회사 다닐 때 비해 절반 수준이다. 3천만 원 정도 받고 있다가 최근에 조금 올렸다.

Q. 월급을 못 받은 적도 있나?

A. 6개월간 못 받은 적도 있다. 직원들은 우선적으로 챙겨도 내 건 건너뛸 때가 많았다.

Q. 월급이 가끔 생각나겠다.

A. 돈이 있으면 좋긴 하겠지만, 월급 때문에 회사에 다시 들어가고 싶은 마음은 없다.

Q. 연봉을 많이 받는 스타트업 대표들을 보면 어떤가?

A. 얼마를 책정하든 상관없다고 생각한다. 다만 나만 많이 받고 직원들은 적게 받는다는 생각은 주고 싶지 않다.

Q. 직원들 연봉 수준은?

A. 신입의 경우 2천만 원 중반, 1년 이상 근무자의 경우 3천만 원 중후반이다. 개발자는 전문 직군이라 급여 차이가 크다. 전체적으로 부족한 부분이 많지만 최대한 높여주려고 노력중이다. 올해에는 20% 정도 인상을 했다. 지금은 11명의 직원과 함께 일하고 있다.

여행 상품에 대한 오서연의 철학

Q. 신경을 많이 써야 하는 여행 상품이다, 무엇을 중시하나?

A. 내부 컨설턴트와 현지 가이드 사이의 꼼꼼한 사전 점검이 우선이다. 경사로가 심한 길이 있는지, 어떤 휠체어가 좋은지, 시설의 불편함은 없는지를 확인해 고객과 공유한다. 항공에 대해서도 마찬가지다. 휠체어 배터리부터 탑승 무게까지 섬세하게 체크한다.

Q. 여행 상품 가격은 어느 정도인가?

A. 일반 패키지 여행 상품보다 20~50% 정도 높은 수준이다. 몇 배 이상 될 거라 생각하시는데 그 정도는 아니다. 대신 가족 단위의 소그룹으로 여행할 수 있고, 원하는 부분을 맞춤형으로 반영해 군더더기 없는 코스와 기호를 맞춘다는 강점이 있다.

Q. 상품 홍보는 어떻게 하나?

A. 관련 기관 담당자분들에게 인사를 드리며 자료를 전한다. 해당 기관 및 지자체에서 적극적으로 소개시켜주는 편이다. 타깃을 정해 비용을 들이는 마케팅보다 직접 소개해주는 것이 효과가 좋다.

Q. 고객 불만에 대한 대응 방법은?

A. 간혹 말씀을 무례하게 하는 분도 있지만 이해할 수 있는 정도다. 아직 스타트업이라 미숙한 부분이 있기 때문에 진심을 담아 죄송함을 전하려고 애쓴다. 지적받은 부분들에 대해서는 내부 회의를 통해 개선 방향을 빠르게 모색하고 반영하려 한다.

시장에서의 성장, 가능할까?

Q. 시장에 경쟁자가 있나?

A. 장애인 여행 상품은 조금씩 존재했다. 최근 들어 관광 약자 시장 중심으로 사업화하는 분들이 점차 늘어나는 추세다. 대기업에서도 움직임이 있다. 그런데 코로나19 사태 때문에 아무래도 여행 업계 전반이 움츠린 상태라 변화의 양상은 지켜봐야 할 것 같다.

Q. 경쟁자가 많아질수록 좋은 걸까?

A. 오히려 시장 규모가 커졌으면 좋겠다. 시장에 대한 인지도도 늘어났으면 한다. 다만 각자의 경쟁 우위는 필요할 것이다. 얼마나 컨시어지를 잘할 수 있는지가 관건이다.

Q. 아직은 블루오션인 것 같다.

A. 그런 생각이 있어야 사업에 대한 동력이 생긴다. 다행히 이 분야에

서 어느 정도 자신감이 생겼다. 먼저 경험을 쌓은 만큼, 퍼스트 리더로 자리 잡고 싶다.

Q. 투자를 받기도 했나?

A. 두 군데서 총 1억 원을 받았다. 그 이후에는 신보(신용보증기금)에서 8억 원 융자를 받았고. 다만 걱정되는 건 2018년 3월까지 총 2회 투자를 받았는데, 그 사이 타이밍이 너무 떴다.

Q. 향후 투자 유치 계획은?

A. 10억 원 정도 투자를 받았으면 하는 마음이다. 아직 신보 융자금이 많이 남아 있기 때문에 불안한 마음은 덜 하다. 하지만 현재 시장 반응 및 개발 고도화 이슈가 있는 시점이라 투자를 받아야 할 때가 왔다고 생각한다. 올해의 성적표가 중요하다.

Q. 투자에 대한 불안감은 없나?

A. 투자자들 설득하는 게 참 힘들다. 특히 장애인 여행이라는 비즈니스로 성사된 사례가 드물다. 그래서 좋은 일 하는 기업이라는 프레임보다 성장 지표를 통해 가능성을 인정받고 싶다.

인간 오서연에 대하여

Q. 오서연은 어떤 사람인가?

A. 어렸을 때는 소심하고 조용한 사람이었다. 그러다 대학교 때는 스스로가 초라하게 느껴졌다. 그때 인간관계 관련 책을 읽으며 노력했고 이후 많이 밝아졌다. 물론 사람 성격 어디 안 간다고 막힐 때도 있지만

조금씩 노력하며 개선해가고 있다. 덕분에 끝까지 해보자는 근성이 생겼다.

Q. 사업하기 어려운 성격일 것 같다.

A. 조용한 반면 관찰력이 깊었는데 그게 사업할 때 도움이 됐다. 사람들 구경하던 버릇이 고객 관리할 때 유리하게 작용했다. 가족별 여행 성향 파악도 의외로 잘한다.

Q. 노후 준비는 하나?

A. 노란우산공제밖에 없다. 그거 하나 믿고 있다.

Q. 그거로는 부족하지 않을까?

A. 사실 애가 셋이라 무섭고 두렵기도 하다. 그래서 잊으려고 하는지도 모르겠다. 그래도 아직은 시간이 있고 젊다고 생각하니 버틸 여력이 있다. 솔직히 사업하느라 노후 생각할 겨를도 없다. 두 가지 일을 잘 못하는 성격이다.

Q. 개인적으로 도전하고 싶은 영역이 있다면?

A. 지금의 나도 너무 부족한데, 일 외에 생각할 여력이 없다. 이거 먼저 끝을 본 다음 고민해봐야 할 것 같다. 다만 한 가지 믿음은 있다. 변화의 파도에 있다 보면 기회는 언젠가 생길 거라는 것이다. 그런 생각들을 다들 가졌으면 한다.

Q. 언제 그 기회가 올 거라 생각하나?

A. 스타트업 세계에서 열심히 하고 있으니 어떻게든 길이 열릴 거라

생각한다. 나뿐 아니라 누구든 마찬가지일 것이다. 하다 보면 길이 보일 것이다.

일과 미래에 대해 잡담

Q. 지금 일은 언제까지 하게 될까?

A. 힘들다고 계속 푸념하긴 했지만 결국 이 일을 제대로, 잘하고 싶다. 그래서 나중에 주식공개상장(IPO)도 하고 싶다. 시장 가능성이 있음을 보여주고 싶다. 그래야 후발 주자들도 많이 생길 것이다.

Q. 인천국제공항에 와 있다. 이곳을 좋아하는가?

A. 사람들과 비행기 뜨고 내리는 거 보는 게 좋다. 공항에서 사람들은 즐겁고 설렘이 가득한 표정이다. 줄 서서 기다리는데 짜증내지 않는 곳이 얼마나 될까 싶다.

Q. 인천국제공항에 어뮤즈 트래블 부스가 생겼다고 들었다.

A. 여행 스타트업들을 소개하는 부스에 초청을 받았다. 인천공항은 작은 부스 하나에도 엄청난 비용을 내야 한다. 그런 점에서 우리를 알릴 수 있는 감사한 계기가 됐다.

Q. 오서연만의 워라밸은?

A. 없다. 아이랑 놀아주는 시간이 그나마 워라밸인 것 같다. 사업하고 나서는 특별히 나를 위한 시간은 없다.

Q. 궁극적으로 어떤 사람이 되고 싶은가?

A. 모르겠다. 아이 셋의 좋은 아빠가 되는 게 최고인 거 같다. 일로서는 의미 있는 가치를 만들고 싶다. 부족한 사람이지만 의미 있는 일에 있어서는 주저하지 않았으면 한다. 돈을 벌든 임팩트를 남기든, 내 역할을 다 하고 싶다.

Q. 이 업계를 꿈꾸는 사람에게 한마디 부탁한다.
A. 이 영역에 대한 가치와 재미를 잘 추구했으면 좋겠다. 힘들지만 누구든 함께 했으면 하는 바람이 크다. 물론 진짜 힘드니까 각오도 단단히 해야 한다.

Z,

명확한 비전으로 매일의 성장을 위해 노력하는 오서연.

장애인분과 2년간 함께 한 80회의 팸투어.

모두가 안전하고 편리한 여행을 제공한다.

늘 섬세하게 동선을 체크하는 직원들.

PART 7.

사람들이 원하는 공간을 만들다

17

세상에 없던 갤러리

가상 전시 큐레이터 _ 팀 디프트

"모든 예술이 교류할 비즈니스 플랫폼, 기대하세요."

미술을 하는 사람들에게 전시 프로필의 중요성은 어마어마하다. 작품을 갤러리의 큐레이션으로 소비자들에게 소개할 수 있는 창구이기 때문이다. 하지만 세상에는 너무나 많은 예술가들이 있고, 전시를 할 수 있는 사람들은 소수일 수밖에 없다.

내 작품을 소개할 기회가 없던 예술가들을 위해 '디프트'라는 팀이 만들어졌다. 이들은 'D Emptyspace'라는 앱을 만들어 전 세계 누구든 나만의 작품을 소개할 플랫폼을 만들었다. 보여주고 싶은 나만의 작품을 앱으로 구현할 수 있는 세상에 없던 갤러리가 탄생한 것이다.

물론 각자의 SNS만으로도 소통할 수 있다. 그렇지만 작품의 깊이와 플로우를 표현하기엔 아쉬운 점들이 많았다. 팀 디프트는 다양한 전시 공간을 제공, 아티스트에게 최적화된 전시 플랫폼을 선보인다. 'Access to Art Everywhere'를 꿈꾸는 사람들을 헤이리에서 만났다.

영국에서 얻은 창업 아이디어

Q. 지금의 아이디어를 떠올리게 된 계기는?

A. 박치형 대표가 어렸을 때부터 예술에 관심이 많았다. 예술적 재능이 없다는 건 일찍 깨달아 전공으로는 포기했지만, 동경하는 마음은 늘 있었다. 영국 유학을 갔을 때 예술과들과 교류하며 그들의 작품을 많은 사람들에게 알리고 싶다고 생각한 것이 시작점이었다.

Q. 영국에서의 유학, 어떤 자극을 받았나?

A. 늘 관심은 있었지만 예술은 나와는 다른 세계라는 생각이 있었다. 그러다 영국 유학에 가서 인식이 완전히 바뀌었다. 작품과 사람, 환경

이 나를 변화시켰다. '예술을 왜 어렵게 생각했나?'라는 근본적인 의문도 들었다. 나의 느낌을 이야기하며 예술가들을 만나고 작품들을 접하다 보니 사고방식이 달라졌다.

Q. 사업화하게 된 결정적인 이유는?
A. 아티스트들의 작품을 특정 플랫폼에서 소개하고 싶었다. 위치 기반으로 소개해보자는 생각을 했다.

Q. 위치 기반 소개는 어떻게 구현하는 방식인가?
A. 예를 들어 작가들이 소개하고 싶은 작품이 완성되면 본인들이 원하는 위치를 기반으로 작품들이 공유되는 AR적 아이템이었다. 하지만 진행해보며 시장과는 맞지 않다는 걸 깨달았다.

Q. 시장과 맞지 않았던 이유는?
A. 작가들의 니즈를 파악해 도출한 아이템이 아닌, 그저 작가들에게 이런 아이템이 필요하지 않을까 하는 제작자의 입장이 컸다. 초기 스타트업이 종종 범하는 실수였다.

Q. 이후 방향은 어떻게 잡아갔는지?
A. 작가들이 원하는 것에 대한 고민부터 다시 했다. 그러다 전시에 대한 니즈를 알게 되었고, 앱으로 적용해보면 어떨까 하는 생각으로 발전했다. 기본적으로 전시란 다양한 공간에 내 작품을 펼쳐놓는 것이기에 일단 전시할 수 있는 온라인 공간을 만드는 것으로 방향을 잡았다. 그런데 구현하는 과정에서 여러 문제들이 생겼다.

Q. 어떤 문제들이 찾아왔나?

A. 아티스트와 아이디어를 나눌 때만 해도 기대치가 높았다. 하지만 이를 공간으로 구현해낸다는 게 쉽지 않았다. 쓰는 사람 입장에서 사용에 불편한 지점들도 많았다. 이미지를 업로드하는 데 시간이 오래 걸리고, 변경도 어려웠다. 무엇보다 편리성이 떨어졌다.

Q. 사용 편리성이 떨어진, 근본적인 원인은?

A. 타깃인 아티스트들이 플랫폼 사용을 어려워한다는 게 가장 큰 문제였다. 초기의 방법들이 맞지 않다고 생각해 다시 새로운 방식으로 구현해보기로 했다. 이때 'D Emptyspace'의 기술적 토대가 만들어졌다.

'D Emptyspace'만의 기술력이 장착되다

Q. 'D Emptyspace' 기술의 핵심은?

A. 빠르고 쉽게, 직관적인 서비스로 만들자는 것이다. 사실 초창기에는 기술 개발을 염두에 두지 않았다. 그저 순수하게 유저들이 어떻게 하면 쉽게 이용할 수 있을지에 대해서만 고민했다. 하지만 시간이 지나고 노하우가 쌓이며 다양한 방법들을 시도했더니 결국 우리만의 기술로 장착되었다.

Q. 빠르고, 쉽고, 직관적이다. 사실 누구나 지향하는 모델 아닌가?

A. 누구나 목표로 잡는 것이지만 이를 구현한다는 건 결코 쉽지 않았다. 이렇게까지 어려운 일이라는 걸 알았다면 시도를 안 했을지도 모르겠다. 하지만 할수록 욕심이 생기더라. 나중엔 우리만의 기술이라는

걸 만들게 되었다.

Q. 어떤 과정으로 방법들을 찾았는지?
A. 유저들이 쓰는 플랫폼 중 좋은 모델들을 기준으로 움직였다. 이 레퍼런스보다는 직관적이어야 하고 다른 레퍼런스보다는 빨라야 했다. 이를 표로 비교하며 수치를 도출해 최적화된 모델을 찾을 수 있었다. 이를 기반으로 기술창업지원 프로그램 TIPS에서 연구 자금을 받았다.

Q. 왜 세상에 없던 갤러리가 되었나?
A. 가상공간 갤러리는 이미 여러 형태로 존재해왔다. 하지만 우리와 같은 방식은 그 어디에서도 본 적이 없을 것이다. 'D Emptyspace'의 경우 다양한 콘셉트의 전시 공간들을 아티스트들이 직접 선택해 작품을 올릴 수 있다. 장르, 플로우, 시퀀스에 맞춰 자유자재로 선택이 가능하다.

Q. 작품과 공간, 둘 다 집중하는 게 가능할까?
A. 작품이 잘 드러나야 하는데 이 부분에 대한 고민이 많았다. 작품이 잘 드러나며 동시에 공간에서 차별성도 부각해야 한다. 아직 초기 단계이기 때문에 그 선을 정교하게 맞춰가는 중이다. 궁극적으로는 작품과 공간, 둘 다 포기하지 않는 방향으로 갈 것이다.

Q. 'D Emptyspace'에서 전시를 해야 하는 당위성은?
A. 사실 '굳이 공간을 구현해야 할까'라는 의문도 있었다. 인스타그램에 작품을 보여주는 것도 충분히 가능하지만 공간이 주는 특수성이라는 게 있다. 단순히 보여주는 걸 떠나 작품이 전시된 느낌, 공간에 걸

린 형태 등이 결국 작품의 세계를 만들어준다.

Q. 차별화 포인트는 결국 공간의 다양성인가?

A. 그렇다. 공간을 깊이 있게 보여주면서 동시에 작품에도 집중할 수 있는 공간이 차별점이다. 이 선을 맞추는 작업이 실로 어마어마했다. 결국 이런 지향점하에 공간의 다양성(밝은 갤러리, 어두운 갤러리, 야외 갤러리, 가상 갤러리 등)이 핵심이 되었다. 작가들이 기호에 맞게 선택할 수 있다.

Q. 전시 플로우, 시퀀스를 짜는 데 의미 있겠다.

A. 공간에서 작품이 어떻게 구현되면 좋을지 구상이 가능하다. 단편적인 이미지보다는 풍성한 느낌을 줄 수 있고. 보다 다채로운 방식으로 작품을 보여줄 수 있다.

예술가의 시선으로 바라본다는 것

Q. 예술가가 타깃이다. 예술가의 정의란 무엇일까?

A. 무언가를 창조하고 만들려는 사람들 전부가 예술가라고 생각한다. 예술 작품이기 때문에 전시의 속성이 중요한 것도 있다. 결국 '전시를 할 수 있는 예술가'가 우리의 타깃이다.

Q. 그 타깃들의 활용도는 활발한가?

A. 유명한 작가부터 신인까지 다양하다. 포트폴리오를 탄탄히 쌓아온 분들도 있고, 70~80대까지 취미로만 그림을 그리던 분들이 사용하기도 한다. 양쪽 다 의미 있는 고객이다.

Q. 그래도 활용하는 목적은 다르겠다.

A. 전시 경험이 많은 분들은 실습 차원에서 우리 플랫폼을 많이 활용한다. 또 다른 전시를 위한 테스트 개념이다. 전시 경험이 없던 분들에게는 이 플랫폼 자체가 하나의 큰 의미가 되었다.

Q. 유저는 몇 명 정도 되는가?

A. 2만 명 정도 되는데 대체로 해외 아티스트 유저들이 많다. 사실 확장의 개념으로 본다면 아직은 부족한 수치다. 그러나 지금은 확장의 단계라기보다 플랫폼의 완성을 우선해야 할 때다. 당장 유저 숫자를 일부러 늘릴 계획은 없다. 그래도 의미 있는 건 제대로 된 마케팅을 하지 않았음에도 입소문만으로 유저가 2만 명이 되었다는 것이다.

Q. 어떤 지점들이 유저에게 매력적이었을까?

A. 자기 전시다 보니 지인들에게 적극 소개하는 역할이 유효했다. 결국 실제 2만 유저가 된 동력이 되었다.

Q. 역으로 오프라인 전시로 이어진 적도 있나?

A. 실제 사례가 있다. 'Barriopop'이라는 아티스트가 우리 플랫폼을 활용해 만든 포트폴리오를 갤러리에 소개하며 실제 전시로까지 이어졌다. 이런 것들을 보며 향후 포트폴리오 모델이 가능하다는 생각도 하게 되었다.

예술 스타트업의 가능성

Q. 포트폴리오 모델, 어떤 것인가?

A. 아티스트가 전시를 위해 갤러리에 들어가는 건 굉장히 어렵다. 지금의 갤러리 전시 시장은 네트워킹이 절대적이다. 하지만 우리 플랫폼은 포트폴리오로 활용할 수 있기에 시장의 통로가 될 수 있다. 아티스트 입장에서는 전시를 실제로 구현해보며 역량을 더 쌓을 수도 있다.

Q. 또 어떤 방법으로 활용할 수 있을까?

A. 수업 과제로도 활용할 수 있을 것이다. 점차 이 부분도 확장 가능성이 있지 않을까 싶다. 현재는 앱으로만 가능하지만 곧 웹으로도 론칭 계획이라 범위도 넓어질 것이다.

Q. 오프라인 미술관과의 컬래버도 가능하겠다.

A. 너무나 좋은 아이디어다. 사실 유명 작가들 전시는 붐비고 작품 보기도 어렵다. 이런 지점들을 해결할 수 있는 방안이 분명 있다고 생각한다.

Q. 지금의 플랫폼은 베타 테스트 단계라고 들었다.

A. 그렇다. 추후 우리만의 완성된 플랫폼으로 가기 위한 초기 단계다. 아직은 철저하게 아티스트 중심으로 세팅되어 있다. 하지만 그다음 단계의 활동 및 영역 확장을 도모할 시스템을 점차 완성해야 한다. 이제 전체 그림에서 10% 정도 왔다.

Q. 향후 시장은 어디까지 확장할 생각인가?

A. 아티스트 외 예술계에는 예술을 향유하는 다양한 시장 참여자들이 있다. 아티스트, 관객, 갤러리 관계자, 투자자 등 예술을 사랑하는 모든 아트 애호가들이 유기적으로 연결되는 그림을 꿈꾼다.

Q. 비즈니스 모델의 핵심은 무엇이 될까?

A. '예술 인프라 비즈니스 플랫폼'으로 만들고 싶다. 예술 업계의 가장 대표적인 인프라 플랫폼이 되는 것이 최종 목표다.

Q. 온라인 갤러리의 장점은?

A. 언제 어디서나 볼 수 있다는 가장 큰 편리성이 있다. 무엇보다 온라인이 줄 수 있는 다양한 경험과 시도가 큰 장점이고, 다음으로는 데이터가 쌓인다는 것이다. 유저가 어떤 작품을 보며 좋아하는지, 작가 스스로 데이터 분석이 가능하다. 이는 아티스트와 플랫폼 모두에게 유용한 지점이다.

Q. 비즈니스를 하는 입장에서 유리하겠다.

A. 사실 요즘은 위기에서 기회를 잘 찾는 게 관건이다. 온라인에 대한 니즈는 점점 커질 것이고, 스타트업 입장으로서 이런 상황들을 잘 활용해야 한다. 지금 우리의 플랫폼이 대안으로 작용된다면 더없이 좋은 기회가 될 것이다.

글로벌 프로젝트를 시작하다

Q. 글로벌 공략을 시작한 이유는?

A. 시장의 형태, 상황, 전략적 방향을 고려했을 때 글로벌 포지셔닝이 맞다고 판단했다. 국내 시장 자체가 예술 비즈니스에 오픈된 부분이 적고 시장 확장성도 해외가 더 크다고 생각했다. 미국, 영국을 우선적으로 잡은 것도 세계 3대 예술 시장이기 때문이다.

Q. 국내 아티스트 비중은 어느 정도인가?

A. 거의 없다. 아직은 해외 아티스트들의 참여가 높다. 최근 들어 문의는 조금씩 들어오는 편이다. 사실 국내 아티스트의 니즈에 맞추려면 지금보다는 서비스가 더 업그레이드되어야 한다. 해외 진출 기회 제공 등 여러 고민이 필요하다.

Q. 아티스트들의 피드백이 많겠다.

A. 해외 유저들의 피드백이 굉장히 적극적이다. 마음에 드는 부분, 아쉬운 부분, 심지어 비즈니스 모델까지 제안해준다. 그런 의견들이 너무 고맙고 또 좋은 아이디어가 된다. 이들의 피드백이 우리에게는 늘 새로운 회의 주제다. 정말 많은 영감을 받는다.

Q. 사용법에 대한 문의도 많지 않나?

A. 나이가 있으신 분들의 문의가 많다. 그래서 팀원들이 영상으로 사용법을 만들어 보내드리기도 한다. 그래도 꼭 쓰고 싶다는 의지가 강하기에 즐거운 마음으로 피드백을 드린다. 덕분에 개발자, 디자이너 할 것 없이 CS를 전사적으로 하게 됐다.

Q. 시장에 대한 스터디가 다각도로 필요하겠다.

A. 그렇다. 끝이 없는 작업이다. 계속 해나가야 하는 과정이다. 외부 전문가들의 의견도 다각도로 들어야 한다. 이를 어떻게 플랫폼에 접목시킬 수 있을지 고민이다.

'D Emptyspace' 플랫폼만의 세계

Q. 처음엔 디지털 이미지를 생각했다고 들었다.

A. 맞다. 현실적이기도 했고 더 많은 니즈가 있을 거라 생각했다. 그런데 하다 보니 순수예술을 하는 분들의 유입이 굉장히 많았다. 생각지도 않게 영역이 늘며 예술 시장 전체에 대한 욕심과 목표도 커졌다. 처음엔 꿈이라고만 생각했는데 가능성이 보이는 중이다.

Q. 이미지 중심이다. 조형작품 등 입체 전시 계획도 있나?

A. 나중에는 해야 할 과정이지만 아직은 이미지에 집중하고 있다. 실제 미술 시장의 80% 정도가 페인팅 중심이기도 하다. 조각이나 입체 작품을 하는 분들도 이미지 작업을 많이 한다.

Q. 한편으로 해낼 수 있을지 걱정이 많았겠다.

A. 이걸 다 해낼 수 있을까? 예술의 다양한 장르에서 우리 플랫폼에 니즈를 느낄까? 이런 걱정이 많았지만 하다 보니 해소가 되었다. 오히려 작가들이 경계 없이 자유롭게 참여하는 편이다.

Q. 영감을 받은 이상적인 공간이 있나?

A. 특정 미술관, 박물관보다는 다양한 콘셉트의 공간을 최대한 많이 들여오는 게 우리의 역할이다. 온라인의 장점이 비현실적 장치들을 활용할 수 있다는 점이니까. 가상 갤러리나 야외 갤러리 등 다양하게 접목해보려 한다. 작가들에게 최대한 많은 선택권을 주고 싶다.

Q. 경계가 없는 공간 구현, 가장 큰 장점이 될 것 같다.

A. 이 플랫폼을 스케치북으로 생각했으면 좋겠다. 자유롭고 경계 없이 쓰였으면 한다. 우리가 세팅한 공간에 작가들이 어떻게 표현할지 기대되는 측면이 많다. 지금도 우리 생각 이상으로 훌륭하게 활용하는 모습들을 보며 감탄하고 있다.

비즈니스 모델과 방향성에 대하여

Q. 아직은 무료 서비스다. 앞으로 어떻게 돈을 벌 계획인가?

A. 예술 시장 전체로 봤을 때, 지금까지는 작품 판매를 통한 수수료나 작품 투자가 대부분이었다. 하지만 우리는 예술 시장 전체 참여자들의 니즈를 목적에 맞게 활용할 수 있는 서비스를 다각화하고자 한다. 편하게 이용할 수 있되 조금씩 서비스를 유료화하는 쪽으로 생각 중이다.

Q. 어떤 상품이 유료화될 수 있을까?

A. 아티스트 포트폴리오가 하나의 예가 될 수 있다. 보다 전문적인 포트폴리오 서비스를 이용하고 싶거나 커스터마이즈(Customize)를 해야 할 경우, 납득할 수 있는 퀄리티로 유료 서비스를 제안할 수 있다. 그 외 서비스 퀄리티에 따라 부과할 유료 서비스도 고민 중이다. 작품 판매 등 거래 비즈니스도 기본적으로 해야 할 것이다. 오프라인 공간의 온라인화도 아이템 중 하나다.

Q. 가능성이 무궁무진하겠다.

A. 사실 정말 모든 가능성들을 열어두고 있다. 빠르게 변화하는 시장 속도에도 맞춰야 하지만 분명한 건 시장의 니즈와 작가 등 소비자의

만족도가 선순환되는 방향이라면 가능성은 무궁무진하다.

Q. 'D Emptyspace'만의 비즈니스 단계는?

A. 일단 베타 테스트 플랫폼의 완성도를 높이는 것이다. 그다음에는 예술에 관심 있는 참여자들, 예를 들어 아티스트와 그들의 팬, 그리고 새로운 아티스트를 만나고 그들의 작품을 구입하려는 콜렉터 등 다양한 니즈를 가진 유저들의 모수를 확보해 유기적으로 돌아가게 하는 것이다. 이후 유저의 유입을 늘리며 필요에 맞는 유료화 서비스를 도입하는 단계로 가고자 한다.

Q. 현재까지 받은 투자금과 향후 계획은?

A. TIPS 포함 8억 원 정도 투자를 받았다. 하지만 유한 자원이기에 다음 투자 유치를 준비 중이다. 글로벌 시장을 목표로 아티스트 등 좋은 모수를 늘려가는 걸 어필하고자 한다. 본질적인 부분들을 잘 쌓아간다면 매출 등 수치적 목표는 충분히 달성 가능하다.

Q. 매출이 시작되는 시점은 언제부터일까?

A. 사실 이미 내부적인 목표치는 우리 기대 수준을 넘어선 상태다. 다만 본격적으로 의미 있는 매출을 올리기 위한 시점은 2020년 말부터라고 본다.

팀 디프트에 대하여

Q. 팀 디프트가 결성된 계기는?

A. 박치형 대표와 개발자가 오랜 지인이자 학교 선후배 사이였다. 사

실 학연과 지연으로 이어진 인연들이다. 그래서 직원이라는 표현보다 한 팀이라고 생각한다.

Q. 팀 디프트의 지향점은?

A. 시장을 최적화하며 동반 성장하는 것이다. 'DIFT'라는 회사 이름이 'Discover the Gift'라는 뜻이기도 하다. 우리의 재능이 우리에게도 세상에게도 선물이 되었으면 하는 바람이다.

Q. 팀 디프트의 워라밸은 무엇일까?

A. 스타트업 특성상 일이 좋으니까 일과 취미가 동일시되는 경향이 있다. 일에서 즐거움을 찾으면 워라밸이 아닐까. 그래서 일에 의미와 재미를 더 부여하는 것 같기도 하다. 과몰입되는 것만 피하면 괜찮다고 생각한다.

Q. 예술 스타트업의 어려운 점은?

A. 영역이 예술이다 보니 돈보다는 미션이 상위 개념이 된다. 하지만 분명한 건 우리의 미션과 정확한 숫자들이 있기에 하던 대로만 하면 문제없다고 본다. 성장 기준 중 하나가 숫자라 생각한다.

Q. 기술력에 대한 방향, 도전 과제는?

A. 모듈화를 꿈꾼다. 핵심 기술을 부품으로 만들어 어디든 적용 가능하게 하고 싶다. 스마트 TV, 전광판 등 다양하게 쓰임이 가능하다면 플랫폼 가치도 자연스레 높아질 거라 생각한다.

Q. 예술 스타트업을 꿈꾸는 분들에게 한마디.

A. 예술 스타트업이 '핫'해졌으면 좋겠다. 그중에서 우리가 가장 '핫'
했으면 좋겠다.

⊿

세상에 없던 갤러리 'D Emptyspace'(출처 @daniel).

포트폴리오를 갤러리에 소개하며 실제 전시로 이어진 작가도 있다(출처 @barriopop).

작가가 기호에 맞게 다양한 공간을 선택할 수 있다(출처 @charlieparkerart).

팀 디프트. 왼쪽부터 박진희, 김송이, 김규리, 김동리, 박치형.

#18
'위메프'부터
'제이앤 제이슨'까지

국내 최초 워칭 뮤직 라운지를 오픈한 _ 서광운

"사업이란 나에게 온전히 집중할 때 성공하는 것 아닐까요?"

그는 꽤나 파란만장한 길을 걸어왔다. 시작은 영화 잡지사였다. 영화를 좋아해 대학교 졸업 전 웹사이트 관리자로 〈씨네 버스〉에서 일할 기회를 얻었다. 졸업 시점 인터넷 붐과 함께 게임 회사 개발자로 경력을 시작하며 글로벌 히트작 '던전앤파이터' 총괄 디렉터가 되었다.

'던전앤파이터'를 만든 '네오플'이 '넥슨'으로 인수되면서 또 한 차례 변화가 찾아왔다. 그때 스스로 무언가를 만들어야겠다는 막연한 생각을 시작했다. 당시 해외에서 소셜 커머스가 유행이었고 이를 국내에 접목해보자는 아이디어가 마침내 '위메프'라는 브랜드가 되었다.

위메프의 성장에만 집중하며 앞만 보고 달렸다. 1,000억 원 투자 유치 등 회사는 커졌지만 그는 또 다른 일에 도전하고 싶었다. 문득 좋아하는 음악을 새로운 형태로 '보여줄' 공간을 만들면 어떨까 생각했고 국내 최초 워칭 뮤직 라운지 '제이앤 제이슨'이 탄생했다.

졸업 전, 영화 잡지사에 취직하다

Q. 초등학교 때 배드민턴 선수였다고?

A. 어렸을 때 운동신경이 좋았는데 그걸 보고 선생님이 권했다. 초등학교 때 선수로 활동하다 중학교 입시를 준비하며 포기했다. 체육 중학교 지원이 어렵기도 했고, 무릎도 안 좋았다.

Q. 대학교 때 전공은 무엇이었나?

A. 산업공학과를 전공했다. 운동을 그만두고 공부에 집중하게 되었다. 공대에 가고 싶었을 뿐 딱히 어떤 구체적인 직업을 생각했던 건 아니다.

Q. 영화 잡지사를 졸업 전 입사했다.

A. <씨네 버스>라는 영화 잡지사에 웹사이트 관리자로 입사했다. 대학 공부에 의미를 못 느껴 그만 다닐까 하던 중이었다. 기술직으로 입사했지만 작은 회사다 보니 이일 저일 도울 일이 많았다. 촬영 보조도 하고 기사도 한 꼭지 담당했다. '내 인생의 영화'라는 코너였다.

Q. <씨네 버스>는 어떤 회사였나?

A. 조용원이라는 배우 출신이 대표였다. 일본에서 유학하다 귀국 후 '원앤원피쳐스'라는 회사를 차렸는데 그중 한 부서였다.

Q. 원래 영화를 좋아했는지?

A. 어렸을 때부터 영화를 너무 좋아했다. 아직도 기억나는 게 중학교 때 한 달 용돈이 5천 원이었는데 당시 용돈을 '로드쇼'와 '스크린' 잡지를 사는 데 썼다. 그때 잡지가 4,500원 정도였으니 거의 전 재산을 영화에 쏟아부은 거다. 그렇게 3년간 잡지를 모았다.

Q. 연봉은 어느 정도 받았나?

A. 당시 기자분들 월급이 80만 원 정도였다. 그나마 나는 기술직이라 월 120만 원 정도 받았다. 우리나라 영화 전성기였던 상황이라 연봉이 적어도 들어오고 싶어 하는 사람이 많았다.

Q. 1년 만에 잘렸고, 덕분에 무사히 졸업했다고?

A. 1년 정도 다니다 그만뒀다. 회사가 어려워졌거나 비전이 없어서는 아니었고, 사내 연애한다는 이유로 잘렸다. 사실 여자 친구가 잘린 거였는데 괜히 울컥해서 나도 그만뒀다. 학교 가기 싫어 취직했는데, 1

년 만에 그만두는 바람에 학업에 집중할 수 있었다. 덕분에 졸업도 무사히 했다.

Q. <씨네 버스> 멤버들과는 지금도 만난다고?
A. 지금까지도 멤버들과 종종 만난다. 함께 영화에 빠져 있던 사람들이라 더 소중한 기억으로 남아 있다. 지금 '제이앤 제이슨'을 함께 운영하는 제이도 당시 <씨네 버스> 디자이너였다.

새로운 커리어, 게임 회사 디렉터

Q. 새로운 커리어, 어떻게 방향을 잡았는지?
A. 인터넷 분야에 관심이 있었는데, 가만 보니 관련 회사들의 매출이 대체로 높지 않았다. IT 업계 중 자체 수익 모델을 제대로 갖춘 회사도 별로 없었다.

Q. 그래서 게임 회사를 선택했나?
A. 게임 분야를 보니 매출과 수익 모델이 분명했다. 그래서 게임 회사에 가기로 결심했다. 개인적으로 게임을 좋아하기도 했고. 영화랑 게임은 비슷한 속성이 많았다.

Q. 처음 입사한 회사는?
A. '조이온'이라는 회사였다. '거상'이라는 게임으로 유명했고. 당시 프로그램 담당(개발자)을 1년 반 정도 하다 디렉터가 되었다. 전체 게임 기획 및 프로젝트 관리자 역할을 맡았다.

Q. 그다음 회사가 '네오플'이었나?

A. 그렇다. 당시 '쿵쿵따' 게임으로 뜬 회사였다. 창립 멤버들의 실력으로 좋은 회사 분위기와 시스템을 갖춘 상태였다. 그런데 아쉽게도 '쿵쿵따'가 채 1년을 버티지 못한 채 하강했다. 200명 직원이 40명까지 줄었다.

Q. 분위기 안 좋을 때 이직을 생각했다.

A. 내가 가서 살려보고 싶다는 생각이 들었다. 위기는 곧 기회라는 마음이었다. 사실 좋은 사람들과 시스템, 인프라가 갖춰진 회사니 금방 터닝 포인트를 찾겠다 싶었다. 그렇게 비전을 믿고 전략적으로 지원하게 됐다. 어차피 인생은 도전이지 않나.

Q. 경력직 지원은 어떻게 했나?

A. 신기하게도 <씨네 버스> 때 알던 친한 형이 마케팅 담당으로 재직 중이었다. 그 형을 통해 입사하고 싶다는 의지를 밝혀두었고 자연스레 연결되었다. 웹서비스 담당 디렉터 직책으로 '캔디바'라는 게임 포털을 총괄 담당했다.

'던전앤파이터' 총괄 책임자가 되다

Q. '던파'팀으로 가고 싶었던 이유는?

A. '던전앤파이터'팀 팀워크가 너무 좋았다. 사내에서는 '신야구'가 더 흥행했지만 왠지 이쪽 팀에 더 끌렸다. 당시 김윤종 게임 디렉터가 총괄이었고 나는 라이브 서비스를 담당하기로 했다.

Q. 라이브 서비스라는 건 뭔가?

A. 게임은 완성 없이 계속 진행되는 형태다. 그래서 상황에 맞춰 고객 관리를 해야 한다. 게임의 기술 버전을 만드는 총괄이 김윤종 디렉터라면 소비자가 이탈하지 않도록 여러 서비스를 제공하는 게 내 역할이었다. 이후 김윤종 디렉터가 개발팀으로 가면서 '던파' 총괄을 맡게 되었다.

Q. 게임 회사에서 일한다는 것, 힘들었던 점은?

A. 워낙 열악했고 힘들었다. 그런데 영화처럼 게임도 정말 이 분야를 좋아하는 사람들이 일하는 곳이다. 밤새 일하고 회사에서 자도 즐거웠다. 스트레스도 게임을 하며 풀었다.

Q. 인센티브도 많이 받았다고?

A. 예전에는 성공에 따른 인센티브가 정말 많았다. 위험한 만큼 포상도 많은 분위기였다. 사실 게임이라는 게 100개 만들어야 하나 성공할까 말까다. 그래서 요즘 게임 회사들은 게임 하나가 터져도 다른 리스크를 감내해야 하니 인센티브가 적을 수밖에 없다.

Q. 그러다 2008년 회사에 큰 변화가 생겼다.

A. '던파'가 국내 매출로 절정일 때 '넥슨'에 매각되었다. 인수됐지만 '던파'가 메인 게임이었기에 실력도 인정받고 대우도 좋았다. 그런데 '던파'는 내가 2010년 퇴사한 후 더 잘됐다.

Q. 왜 3년 만에 다시 퇴사했는지?

A. '넥슨'에서의 3년은 즐거운 회사 생활로 남아 있다. 정말 좋은 자리

도 제안받았지만 새로운 도전과 모험을 하고 싶어 그만두기로 결심했다.

소셜 커머스 '위메프'의 탄생

Q. 새로운 도전, 무엇이었나?

A. 게임 업계 몇 멤버들과 뭔가를 만들어보자며 의기투합했다. 당시 쇼핑팀과 게임팀을 계획 중이었고 새로운 도전을 해보고 싶어 쇼핑팀을 선택했다. 김윤종 디렉터는 게임팀으로 갔다.

Q. 소셜 커머스 아이디어를 낸 계기는?

A. 초창기에는 쇼핑이라는 카테고리만 정해진 상태였다. 당시 '그루폰' 사이트를 보며 소셜 커머스를 해보면 어떻겠나 제안했는데 처음에는 다들 시큰둥했다. 그러다 2010년 5월 '티몬'이 오픈하고 사람들의 생각이 달라졌다. 바로 준비에 들어갔고 '위메프'를 론칭했다. 초창기 나는 위메프 쇼핑 부서의 전체 총괄 이사를 맡았다

Q. 첫 시작, 성공했는지?

A. 에버랜드 자유이용권을 반값에 팔았는데 바로 터졌다. 사실 이걸 다 팔 수 있을지 확신은 없었다. 수량은 10만 장이나 됐고 하루 만에 팔아야 했으니까. 10만 장을 통 선급으로 사면서 하루가 지나면 못 팔게 계약된 위험한 형태였다. 다행히 오픈 후 10시간 만에 완판되었다.

Q. 이후부터 두려움과 걱정이 생겼다고?

A. 초창기 성공의 기쁨은 잠시였다. 너무 터지니까 오히려 어안이 벙

병했다. 이후 나 스스로에게 어떤 두려움이 생겼다. 과연 내가 이 사업을 감당할 수 있을지 막막했다. 마치 모르는 세상에 갇힌 기분도 들었다.

Q. 당시 회사 분위기는 어땠나?

A. 그야말로 좌충우돌이었다. 사실 소셜 커머스는 완판을 해도 남는 게 거의 없다. 이런 상황에서 여러 의견들이 치열하게 오갔다. 티몬, 쿠팡과의 경쟁도 극심했다. 하루에 2천 개 이상 상품이 쏟아져 나오니 정신을 차릴 수가 없었다.

Q. 결국 외부에서 전문 CEO를 모셔왔다.

A. 큰 기회였던 만큼 힘든 지점도 많았다. 내 능력 밖의 것들이 갈수록 늘어났고. 결국 쇼핑 분야에 정통한 외부 CEO를 모셔왔다.

Q. 어떤 지점이 특히 힘들었나?

A. 게임 업계는 사람을 중요하게 생각하는 문화가 있다. 하지만 쇼핑은 유통이고, 유통은 실적이 우선이다. 그러다 보니 나를 포함해 초창기 멤버들이 힘들 수밖에 없었다. 초기 아이디어와 그림은 잘 그려도 정작 달려야 할 때 뒷심과 노하우가 부족했다. 덕분에 인생에서 가장 힘든 시기를 보냈다. '위메프' 쇼핑팀에서 3년을 일하는 동안 머리가 백발이 됐다.

Q. '위메프'를 하며 가장 기억에 남는 사건은?

A. 강북 쪽 사무실을 알아본 후 직원들이 계약했는데 놀랍게도 <씨네버스>와 같은 사무실이었다. 이 사실을 알고 가보니 정말 감회가 새롭

더라. 영화 '인턴'에서 로버트 드니로가 부사장까지 역임한 회사를 인턴으로 다시 갔을 때 느꼈던 기분과 비슷하지 않을까.

다시 게임으로, 다시 '서광운'으로

Q. 다시 게임으로 돌아갔다.

A. 당시 '던파' 디렉터였던 김윤종이 '최강의 군단'을 만들 때 게임팀 사업 총괄 이사로 합류했다. 그런데 게임이 생각보다 잘 안됐다.

Q. '최강의 군단'이 잘 안됐을 때의 기분은?

A. 현타가 강하게 왔다. 원래 잘 하던 게임으로 돌아왔는데 시작부터 맞지 않았다. 내가 알고 있는 게임의 공식과 문법을 과연 요즘 소비자에게 맞출 수 있을지 의구심도 들었다.

Q. 개인적으로 깨달은 바가 있다면?

A. 시대를 넘나드는 스테디셀러까지는 못 만드는 사람이구나 생각했다. 하나의 히트송만 가진 반짝 가수 같은 기분이 들었다. 한때 잘 한다고 느꼈던 마음, 잠시의 성공도 결국 운 때문이었나 싶었다. 그동안 굉장한 착각을 하고 살아온 기분이었다.

Q. 삶에 대한 고민을 시작하게 되었나?

A. 2014년 즈음 앞으로 뭐 하고 살아야 할지 의문이 들었다. 그 시기에는 게임도 왠지 하기 싫었다. 칭찬만 받다 보니 잘 한다고 착각한 건 아닐까 의심도 됐다. 그래서 나에 대한 깊은 고민을 시작하게 되었다. 실적에 상관없이 내가 꾸준히 좋아할 수 있는 건 무엇일지 고민했다.

Q. 좋은 단서를 찾았는지?

A. 어린 시절부터의 나를 돌아보았다. 그랬더니 어렸을 때부터 영화만큼 음악을 좋아했다는 걸 깨닫게 되었다. 자연스레 디제잉을 해봐야겠다는 생각을 했다.

Q. 갑자기 음악에 빠진 이유는?

A. 사실 음악을 영화만큼이나 좋아했는데 사업하며 머리가 하얘질 때까지 음악은 듣지 않고 살았다. 일단 좋아하는 음악을 디제이로 표현해보고 싶었다. 시간 날 때마다 집에서 디제잉 연습을 하며 다양한 음악을 들었다. 2년 정도 독학하며 잘 할 수 있을지 테스트해봤다. 신기하게도 질리지 않고 음악이 오히려 더 좋아졌다.

Q. 그러다 회사를 쉬기로 했다고?

A. 2017년에 1년 정도 회사를 쉬고 싶다고 이야기했다. 쉬는 동안 디제잉하며 돈도 좀 벌어야지 하는 마음에 가게 오픈을 고민하기 시작했다.

'제이앤 제이슨', 국내 최초 워칭 뮤직 라운지

Q. '워칭 뮤직 라운지' 콘셉트를 생각한 계기는?

A. 음악을 공부하는 동안 주로 유튜브를 활용했다. 그런데 듣기만 할 땐 다소 아쉬운 곡도 뮤직비디오로 보니 꽤 괜찮은 느낌이었다. 보는 음악의 시대, 음악도 보는 재미가 있다면 더 잘 들을 수 있지 않을까 싶었다.

Q. 새로운 형태의 믹스다.

A. 듣는 음악, 보는 음악, 이를 어떻게 하면 나만의 스타일로 만들까 고민했다. 그러다 보니 아티스트의 노래만 나오는 게 아니라 영상으로도 나오되, 그 공간 전체가 아티스트의 이미지로 채워지는 형태를 고민했다. 그래서 한쪽 벽면 전체를 이미지로 채울 수 있게 디자인했다.

Q. 어떤 식으로 음악을 보여주려 했는가?

A. 기존의 곡을 그냥 틀 생각은 없었다. 우선 틀고 싶은 곡을 편곡했다. 장르를 정하고 그 장르에서 유명한 곡들을 수집하고, 대표 아티스트들은 별도로 이미지 작업을 했다. 이미지 관련 작업은 디자이너 제이가 담당하고, 디제잉 및 편곡은 내가 맡았다.

Q. <씨네 버스> 인연이 여기까지 왔다.

A. 오랜 친구였고 틈틈이 나눈 이야기들이 지금의 '제이앤 제이슨'이 됐다. 제이는 디자이너로 본인 사업을 하고 있었는데 나중에는 '제이앤 제이슨'이 본업이 되었다.

Q. '제이'와 '제이슨', 둘의 이름이 곧 브랜드가 되었다.

A. 나와 제이의 영어 이름을 합한 게 정말 우리만의 브랜드가 됐다. 가게에서는 서광운이라는 이름보다 제이슨으로 더 많이 불린다.

Q. 오픈 자금은 얼마가 들었나?

A. '제이앤 제이슨' 1호점을 8천만 원 예산으로 시작했다. 보증금 3천만 원에 인테리어 비용 5천만 원으로 30평대 공간을 꾸미고 음악 장비까지 감당해야 했기에 셀프 인테리어를 감행했다.

Q. 처음엔 엉망 그 자체였다고?

A. 2017년 3월에 오픈했다. 가게를 해본 적이 없으니 엉망일 수밖에 없었다. 오직 워칭 뮤직 라운지라는 형태 하나만 신선한 정도였다. 매장에 나와 음악을 틀었는데 영업 후 닥치는 대로 부족한 것들을 업그레이드했다. 그러자 조금씩 매출이 올라갔다.

Q. 결정적으로 매출이 터진 사건은?

A. 2017년 가을부터 매출이 급격히 올랐다. 그 시점에는 매장도 준수한 상태였고 음악도 색깔이 잡힌 단계였다. 당시 주제를 정해 파티를 했는데, 시작이 '마이클 잭슨'이었다. 보는 음악을 알린 상징적인 아티스트니까. 그런데 이게 입소문이 났다.

Q. 매출은 어디까지 올라갔나?

A. 사실 1호점 최대 월 매출은 6천만 원 정도라 생각했다. 그런데 2017년 12월에 7천만 원, 2018년 3월 매출 1억 원을 달성했다. VIP 공간을 만들면서 매출이 1억 3천만 원까지 올랐다. 점점 무섭게 상승하다 2018년 12월에 3억 원을 넘겼다. 당시에는 어디까지 매출이 올라갈지 예측할 수 없었다.

월 매출 7억 원, 신화를 만들다

Q. 그러다 2호점을 준비하게 되었다.

A. 처음에는 1호점과 비슷한 크기로 매장을 열까 했었다. 사실 2호점을 낼 때까지 나도 제이도 월급을 전혀 받지 않았다. 더 좋은 디제이를 불러오고 파티를 하는데 투자했다.

Q. 왜 2호점은 크게 해보기로 결심했나?

A. 이왕 할 거 더 제대로, 크게 해보기로 했다. 그래서 2호점을 100여 평 규모로 계약했다. 다행히 2호점도 시작부터 잘됐다. 2018년 12월 오픈했다.

Q. 전체 월 매출은 어느 정도인가?

A. 월 평균 1호점과 2호점, 가맹 형태로 계약된 부산점까지 합 7억 원 정도 나온다. 순익은 20% 수준이다. 사실 더 남길 수 있는데 파티, 이벤트, 경품 등 쓰는 비용이 워낙 크다.

Q. '르챔버' 등 브랜드 컬래버도 다양하게 하고 있다.

A. '르챔버' 바와 컬래버로 강남에 '하이퍼'라는 가게를 열었다. 서비스의 완성도를 제대로 올려보고 싶었다. 아무리 내가 노력해도 '르챔버'급 서비스는 할 수 없었다. '겟올라잇' 바와도 이런 저런 주제로 이야기 중이다. 앞으로도 새로운 시도를 많이 하고자 한다.

Q. '제이'와 의견 충돌은 없는지?

A. 당연히 성향이 다르니 싸우는 일도 많고 충돌도 종종 있다. 하지만 서로 도움이 되는 영역이 분명 존재한다. 혼자 했으면 당연히 잘 못했을 거다. 같이 했으니 여기까지 온 거라 생각한다.

Q. 2020년, 목표는?

A. 회사에서 올해 오픈 준비 중인 게임이 많다. 여기에 가장 집중할 예정이다. '제이앤 제이슨' 차원에서는 압구정 오렌지 페스티벌과 청담 미식회라는 큰 행사를 준비 중이다. 나중에는 음악 페스티벌을 직접

해보는 게 꿈이다. 'LA 코첼라 페스티벌' 같은 걸 국내에서 해보고 싶다.

미래의 일과 비전에 대하여

Q. 위메프와 함께한 시간, 가장 크게 느낀 지점은?

A. 제대로 사업을 해본 첫 경험이었다. 그전까지는 게임 만드는 직장인이었고. 정말 힘들었지만 '이게 진정한 사업이구나'라는 생각이 들었다. 한편 실력, 운, 경험, 재미에 대한 고민을 진지하게 시작할 수 있었다. 덕분에 내가 진짜 좋아하는 건 뭘까에 대한 답을 찾았다.

Q. 사업은 운일까? 경험일까?

A. 사업은 운이 더 중요한 것 같다. 노력과 경험도 물론 필요하지만 잘되는 일에는 결국 운이 따라야 한다. 나도 분명 꽤 큰 시련이 있었고 또 어떤 지점에서는 성공할 수 있었다.

Q. '서광운'에게 가장 큰 시련은 무엇이었나?

A. 위메프에서 쇼핑을 담당했던 3년, 그리고 최근 결과가 안 좋았던 '최강의 군단'이 가장 힘들었던 시간이었다. 덕분에 내가 어떤 사람인지 알아가는 계기가 되기도 했다.

Q. 어떤 소중함을 깨달았는지?

A. 내가 그렇게 좋은 사람이 아니라는 것이다. 나를 돌아보니 꽤 이기적인 사람이란 생각이 들었다. 그간 옳은 거라 생각했던 것들도 결국 나를 위한 것이었다. 이를 인정한 후 스스로 많이 편해졌다.

Q. 이후 달라진 점이 있다면?

A. 예전에는 두려움과 무서움이 많았는데 지금은 전부 사라졌다. 남의 시선도 신경 안 쓰게 되었다. 뭔가 나를 제대로 찾은 거 같다.

Q. 앞으로 뭐 하며 살고 싶나?

A. 관찰력이 꽤 좋은 편이다. 내 또래 사람들이 어떤 감성을 가지고 있는지도 잘 알고 있다. 어떻게 즐기면 좋을지 연구하며 새로운 경험을 제공하는 사람이 되고 싶다. 게임도 공간도 그 감성이 잘 통했다고 본다. 앞으로도 분야 불문 쭉 이 길로 가게 되지 않을까 싶다.

乙

국내 최초 워칭 뮤직 라운지 '제이앤 제이슨'의 서광운(오른쪽).

가장 힘들었던 '위메프' 시절. 덕분에 스스로에 대한 고민을 할 수 있었다.

국내 최초 워칭 뮤직 라운지를 구현한 '제이앤 제이슨.

2년간 독학으로 배운 디제잉. 언젠가 대형 뮤직 페스티벌 기획을 꿈꾼다.

PART 8.

새로운 방식으로 제품을 팔다

19

환경을 위해
마지막에 주문해주세요

마감 할인 플랫폼 '라스트오더'를 만든 _ 오경석

"우리만의 방식으로 가치 있는
푸드 쉐어링 문화를 만들어요."

방송국 PD로 커리어를 시작한 오경석 대표는 늘 사회에 보탬이 되는 일을 하고 싶었다. 그러던 중 덴마크 한 스타트업의 음식점 마감 할인 플랫폼 서비스를 알게 됐다. 유럽 출장을 간 김에 사업에 대해 면밀히 검토했고, 국내에서도 적용이 가능하겠다는 확신이 들었다.

하지만 9시면 마감하는 유럽의 레스토랑들과 국내 환경은 전혀 달랐다. 이를 위해 1인 가구가 밀집한 관악구에서 테스트를 시작했다. 초기엔 다소 복잡한 주문 시스템이었지만 어느 정도 시간이 지나고 점점 사람들의 반응이 오기 시작했다. 점주분들의 호응도 폭발적이었다.

그렇게 서울 전 지역으로 사업을 확장하며 '남는 음식, 마감 할인으로 낭비 없이 즐기자'는 취지를 확장시켰다. 그리고 이런 취지에 편의점도 동참하기 시작했고 얼마 전에는 환경부 장관 상까지 받았다. 창업 후 그간의 이야기를 라스트오더 오경석 대표에게 들어보았다.

방송국 PD 시절 유럽에서 만난 창업 아이템

Q. 방송국 PD로 커리어를 시작한 이유는?

A. YTN에서 일하다 MBC 스포츠 PD 경력직으로 입사했다. PD가 되고 싶었던 이유는 내가 노력해서 얻은 의미 있는 정보를 보다 많은 시청자들에게 전하고 싶어서였다. 방송을 통해 양질의 내용을 전하며 좋은 영향력을 주고자 했다.

Q. 출장 때 음식점 마감 할인 서비스를 접했다고?

A. MBC에서 일할 당시 컬링 때문에 유럽 출장을 갈 일이 있었다. 거기서 말로만 듣던 '투굿투고(Too Good To Go)' 서비스를 접하게 됐

다. 마감 후 레스토랑에서 남는 음식을 할인해주는 서비스로 덴마크에서 시작한 브랜드다. 창업 2년 만에 전 유럽으로 확장했고, 유럽 외에서도 사용되고 있었다. 이 서비스를 경험해본 후 우리나라에도 있으면 좋겠다고 생각했다.

Q. 당시 국내에는 비슷한 서비스가 없었나?

A. 국내에 비슷한 서비스들을 찾아봤는데 하고 있는 곳이 없었다. 우리나라에 돌아오자마자 바로 시장조사를 하면서 이게 먹힐지 테스트를 해보기로 했다. 일단 관악구를 시작으로 했다. 대체로 9시면 마감하는 유럽과 달리 우리의 마감은 업장별로 제각각이었다. 그래서 20~35세 사이의 1인 가구를 타깃으로 해보기로 했다. 이들이 가장 많이 사는 곳이 관악구였다.

Q. 처음엔 회사를 다니면서 했다고?

A. 처음에는 회사를 다니며 테스트를 해봤다. 시장에서 가능한 서비스일지 알아봐야 했다. 일단 네이버 스마트 스토어를 활용해 판매를 시작했다. '마감 음식 할인'이라는 게 특정 시간에 돌발적으로 발생할 수밖에 없는 아이템이다. 업주분들과 상품을 약속한 뒤 시간에 맞춰 수동으로 하나하나 올려야 했다.

Q. 구매 고객이 있었는지?

A. 신기하게도 구매를 하는 고객들이 있었다. 그런데 안타깝게도 실시간 주문 확인이 되지 않았다. 당시 네이버 스마트 스토어는 쇼핑몰 베이스였기에 실시간 알림 서비스가 없었다. 그래서 나 혼자 수동으로 새로 고침을 수천 번 눌러가며 확인해야 했다. 그렇게 주문이 들어오

면 고객에게 전화해 매장에서 먹을지 포장인지, 옵션은 없는지 일일이
확인했다.

Q. 어려운 지점도 많았다고?
A. 고객 확인 후 사장님에게 전화를 걸어 주문을 하는데 마침 재고가
없을 때가 있다. 그러면 또 다시 고객에게 전화해 물어봐야 했다. 게다
가 한 번에 한 주문만 들어오면 다행인데 동시에 4, 5개가 겹치면 혼자
다 보니 정신을 차릴 수가 없었다. 그래도 시장의 반응을 확인할 수 있
는 시간이었다. 나름의 확신을 가지고 회사를 그만뒀다.

국내 최초 마감 할인 플랫폼을 만들다

Q. 창립 멤버들은 어떻게 만났나?
A. 지금의 마케팅 팀장, 경영지원 팀장, 그리고 나까지 세 명이 창업을
시작했다. 원래도 지인이었던 사이다. 마케팅 팀장과는 마감 할인 아
이템으로 정부 지원 사업을 준비하던 때, 발표 자료를 부탁하다 함께
사업을 하자고 제안했다. 광고 회사를 다니던 친구였는데 회사에 대한
고민이 많던 때였다.

Q. 또 다른 멤버는 어떻게 합류했는지?
A. 경영지원 팀장은 국가 정책을 만드는 연구원 출신이다. 기술보증기
금 등 정부 지원 사업용 문서를 작성할 일이 많았는데 그때 도움을 받
았다. 원래는 단기로 도와주기로 했는데 어쩌다 보니 지금까지 함께
하고 있다.

A. IT쪽 전공자가 없어 앱 개발을 외주에 맡겼다. 그런데 외주 회사에서 여러 이유를 대며 일정을 미뤘다. 관련 지식이 부족하다 보니 대응을 제대로 할 수 없었다. 그사이 네이버 스마트 스토어에서의 마감 음식 할인 판매 일을 했다. 영업점과 시장 테스트를 계속 해봐야 했다. 그렇게 세 명이 새로 고침을 누르며 전화를 붙들고 저녁 시간을 보냈다. 그러다 2018년 11월에 앱을 정식 론칭했다.

Q. 결국 외주 개발 앱을 쓰진 못했다고?

A. 결국 자체 개발자를 뽑아 제작을 다시 해야 했다. 그래서 시간 손실이 발생했다. 셋이서 전화를 돌리며 하던 테스트를 앱 개발이 곧 완료된다는 말에 7월에 올 스톱했는데 현실은 그렇지 못했다. 내부 개발자를 통해 4개월의 시간 차를 둔 후 11월에 론칭할 수밖에 없었다.

Q. 공백기 동안 괴롭거나 걱정되진 않았나?

A. 이미 7월에도 직원만 7명이었다. 그나마 당시 '소풍'과 '다날'에서 초기 투자를 받은 상태였기에 직원들 월급 등은 일정 부분 해소할 수 있었다. 기술보증보험 투자금과 내가 준비해둔 자본금도 있던 상태였다. 다만 같이 시작한 초기 멤버에게는 초창기에 밥값 정도 지급한 게 전부였다. 물론 1년 정도 후 정산은 한꺼번에 해줬다.

관악구에서 이제는 전국구로

Q. 어떤 기준으로 지역을 넓혀갔는지?

A. 처음 관악구에서 시작, 강서구, 마포구, 영등포구 순으로 론칭했다.

1인 가구가 많은 순이다. 1년도 채 안된 시점인 2019년 5월 즈음 서울 전 지역 및 경기 일대 지역으로 확장했다.

Q. 수익은 어느 정도 발생하는가?

A. 사실 수익은 지금도 미미한 상황이다. 아직은 소상공인 점주분들께 이용료나 판매 수수료 비용을 받지 않고 있다. B2B로 계약된 곳에서만 판매 수수료를 받기 시작한 단계다.

Q. 2020년 초 편의점 서비스를 론칭했다.

A. 2020년 2월에 두 개 편의점 브랜드 입점을 론칭하면서 전국구로 확장됐다. 그러다 보니 5대 광역시 중심으로 일반 사업 영역도 조금씩 넓혀갈 수 있었다. GS 25 편의점도 추가 론칭 예정이다. 기업과 계약을 하다 보니 B2B 판매 수수료 책정이 안정적으로 가능해졌다.

Q. 편의점 마감 할인, '라스트오더'를 선택한 이유는?

A. 편의점 자사 앱의 경우 정가 상품을 판매하기 위한 게 주 목적이다. 그러다 보니 할인 상품을 올리는 거에 대한 우려가 있었다. 그래서 마감 할인의 경우 전문 플랫폼을 활용하는 게 낫다고 판단한 것 같다.

Q. 편의점의 남는 음식은 오랜 문제였다.

A. 편의점의 경우 매장 자체 할인 제도가 없다. 편의점 할인 문화는 전 세계적으로도 없다. 보통 하루에 네 번의 폐기가 발생하며, 남으면 그대로 버려진다. 본사나 경영주에게도, 환경적으로도 문제가 되는 사항이었다. 이 오래된 문제를 우리 플랫폼을 통해 해결할 수 있게 된 것이다. 그래서인지 해외 편의점에서도 문의가 종종 온다.

Q. 해외 진출 계획도 있나?

A. 아직은 국내 볼륨을 키우는 게 먼저라고 생각한다. 부족한 부분도 많고. 아주 나중에 기회가 되면 그때 고민할 생각이다.

Q. B2B 영역이 늘어나면서 내부 고충도 많아졌다고?

A. 사용자들은 대표 앱 하나만 쓰면 되는데 점주분들의 경우 분야별로 앱이 다 나뉘어져 있다. 이를 관리하는 게 보통 일이 아니다. 전 직원 40명 중 15명이 개발자인데도 늘 시간이 부족하다. 백화점, 마트, 편의점의 요구 조건이 서로 다르다 보니 쫓길 때도 많다. 그래서 통합 및 표준화 과정을 만드는 중이다.

Q. 일반 소상공인 분들과의 계약도 쉽진 않았겠다.

A. 소상공인 분들과는 직접 설명을 하며 계약을 진행해야 한다. 다행히 지금은 인바운드(Inbound)로도 많이 들어오지만 초기에는 영업이 힘들었다. 점주분들에게 문전박대도 많이 당했다. 우리 브랜드를 모르기도 했고, 마감 할인이라는 말에 또 허들이 생겼다. 다행히 지금은 많이 나아졌다.

또 다른 비즈니스 영역을 준비하며

Q. 배송과 배달로의 확장도 고려 중인가?

A. 사실 배송과 배달은 다른 영역이다. 배송은 택배 중심인데 이 서비스는 지금도 하는 중이다. 배달은 바로 가는 시스템이라 서비스는 아직 없지만 준비는 하고 있다. 그런데 오픈 시점을 조심스럽게 지켜보는 중이다. 배달에 대한 필요성은 우리나 사용자 모두에게 있지만 시

장에 언제 내놓을지 시기가 중요하다고 본다.

Q. 어떤 부분이 염려스러운지?

A. 배달이 들어가는 순간 다른 플레이어들과 겹치는 부분들이 있다. 그래서 급하게 시장에 선보이려 하지 않는다. 아직은 마감 할인에 대한 니즈가 많은 분들이 우리 플랫폼을 활용한다는 이유도 있다. 그분들에게 보다 선명하게 우리 서비스를 전달하는 게 우선이라고 생각한다.

Q. 점주 대상 이용료에 대한 고민도 있겠다.

A. 유료화에 대해서도 생각이 많다. 사실 올해 이용료를 일정 부분 부과하려 했는데 코로나19 사태로 시작을 미뤘다. 우리도 지속 가능한 성장을 해야 하니 언젠가는 이용료를 받아야 한다고 생각한다.

Q. 어느 정도 수준으로 생각 중인가?

A. 소상공인 분들에게 받는 이용료는 월 3만 원 수준이다. 대신 판매에 대한 수수료는 가져가지 않는다. B2B의 경우 약속된 판매 수수료를 받으며 확장성을 고민하는 중이다.

Q. 올해의 주력 사업은?

A. 마감 할인 상품 구매 시 추가로 정가 상품을 구매할 수 있는 서비스를 고려 중이다. 예를 들어 카페의 디저트 마감 할인 시 정가인 커피를 구매하고 싶은 고객들이 많다는 걸 데이터로 알게 됐다. 마감 할인 상품을 통해 정가 상품도 추가 매출이 가능한 것이다.

PART 8. 새로운 방식으로 제품을 팔다

Q. 음식 외 제안도 많이 들어온다고?

A. 다른 카테고리 문의도 굉장히 많다. 물티슈 같은 생활용품이나 화장품 등도 유통기한 문제가 있었다. 편의점의 경우 매대에 오래 올라간 제품이 재고로 전환돼 처리가 필요하기도 했다. 그래서 음식이 아닌 카테고리로의 확장도 고려 중이다.

오경석 대표의 비전과 미래

Q. 현재 업장과 고객 수는 어느 정도인가?

A. 업장이 1만 6천 개, 소비자들은 35만 명 정도다.

Q. '라스트오더'만의 강점은 무엇일까?

A. 마감 음식 할인이라는 아이템이다. 하지만 사업적으로의 강점은 편의점 마감 할인 단독 입점이다. 앞으로 이 두 가지 핵심 장점들을 최대한 잘 활용하고자 한다.

Q. 누적 투자금도 꽤 많다고?

A. 현재 누적 투자금은 70억 원 정도다. 최근 투자 라운드를 마치면 누적 100억 원 전후로 예상했지만 코로나19로 다소 줄었다.

Q. 오경석 대표 개인적인 목표가 있다면?

A. 향후 엑시트를 하게 된다면, 그래서 여유가 된다면, 비영리 환경 단체를 만들고 싶다. 사실 환경이 아니더라도 비영리로 도움이 될 만한 거라면 뭐든 해보고 싶다. 지금은 지속 가능한 기업을 만들다 보니 수익 등 여러 가지 숫자들을 고려해야 한다. 언젠가는 가능한 일이 되길

바라본다.

Q. 창업 후 이상과 현실의 차이가 있다면?

A. 창업을 쉽게 봤고 '라스트오더'라는 아이템을 쉽게 봤다. 무지해서 여기까지 온 것도 있고, 그래서 더 힘든 순간도 많았던 것 같다. 우리의 플랫폼 서비스라는 게 업주와 고객 모두를 모아야 하는데 이를 계산하며 성장까지 한다는 게 진짜 어려운 일임을 깨달았다.

Q. 플랫폼 사업에 대해 조언한다면?

A. 플랫폼 서비스는 돈과 사람이 필요한 서비스다. 초창기에 그걸 몰라 고생을 많이 했다. 그래도 창업을 했던 순간으로 돌아간다면 다시 창업을 할 것 같다. 어렵고 힘든 것 투성이지만 재미있고 설레는 일이다. 그런데 돌아간다면 플랫폼 서비스는 안 하지 않을까 싶다.

Q. 다시 창업을 한다면 어떤 기분일까?

A. 내가 감당할 수 있는 선인지 잘 할 수 있는 아이템인지 판단을 제대로 할 수 있을 것 같다. 물론 지금은 알 것 같은 것들도 시간이 지나면 어떨지 확신할 수는 없다. 나만의 기준들이 하나하나 생길 거라 믿는다.

Z,
푸드 쉐어링 문화를 새롭게 만들어가는 오경석.
오 씨에게 영감을 준 브랜드 투굿투고(출처: 투굿투고 홈페이지).
소상공인, 소비자, 기업 등 다각도로 앱과 CS 관리하느라 늘 바쁜 사무실..
환경을 생각하는 착한 소비로 새로운 음식 문화를 만들고자 한다.

20

융합형 유통 비즈니스로
가구를 팔다

온오프 유통 모델을 선보인 _ 최정석

"온오프라인의 장점을 살려 보다 좋은 제품을 전달합니다."

온라인과 오프라인의 가구 시장은 장단점이 명확하다. 오프라인의 경우 직접 보고 살 수 있지만 대리점 등을 통해야 하기에 판매 가격이 높다. 반면 온라인은 가격이 저렴하지만 품질에 확신을 가지기 어렵다. 같은 브랜드라도 온라인과 오프라인 제품 자재가 다른 경우도 많다.

최정석 대표는 '이랜드' 유통사업부에서 가구의 모든 과정을 몸으로 부딪쳐가며 배웠다. 이후 영국 가정용품 브랜드 'B&Q' 선임 팀장을 거쳐 '까사미아' 등 온라인 유통 사업을 도맡았다. 그러다 보니 자연스레 가구 유통 시스템의 문제를 고민할 수밖에 없었다.

오랜 시간 끝에 그는 온오프의 장점을 살린 융합형 유통 비즈니스 모델로 '스튜디오 삼익'을 창업했다. 2017년 설립된 신생 회사지만 2020년 연 매출 550억 원을 바라보고 있다. 놀랍게도 직원 수는 30명 안팎이다. 가구 유통업의 새로운 길을 만들어가는 최정석 대표를 만났다.

'이랜드' 유통사업부에서 시작한 커리어

Q. '이랜드'를 첫 회사로 지원했다.

A. 대학교 4학년 방학 때 인턴 모집 공고가 떠 지원했다. 1990년대 중반이었는데 당시만 해도 이랜드 하면 젊은 기업이었고 취업률 선호도도 1, 2위를 다투곤 했다. 인턴 3개월 후 신입사원에 지원하게 됐는데 다행히 최종 합격을 했고 유통사업 부서로 가게 됐다.

Q. 유통사업 부서를 선택하게 된 계기는?

A. 전공과의 연관성은 딱히 없었다. 신입사원 면접을 보러 가던 중 이랜드 기사가 난 주간지를 읽었는데 회사가 유통사업을 대대적으로 시

작할 거라는 내용이었다. 그래서 면접관에게 오히려 이 사업이 무엇인지 설명해달라고 부탁했다. 들어보니 아직 유통 전문가가 없는 상황이었고, 그 분야로 가면 좋겠다는 생각이 들었다.

Q. 가구 부서 중에서도 배달 업무를 시작한 이유가 있는지?

A. 굉장히 단순한 이유였다. 3개월 간 신입사원 교육 후 첫 임무는 현장 경험이었다. 군포의 복합 화물 센터에서 동기들 130여 명이 모였는데 절반 정도가 패션 분야, 나머지가 생활용품을 지원했다. 가위바위보로 원하는 세부 분야를 정하는 과정에서 가구를 선택했다. 두 번째 가위바위보를 통해 세부 업무를 정했는데 난이도가 가장 높다는 배달 업무를 맡게 되었다.

Q. 가구 배달 업무, 구체적으로 어떤 일인가?

A. 손님들 집에 가구를 배달하고, 조립하는 역할부터 시작했다. 당연히 처음부터 잘할 리 없었다. 조립도 가끔 엉성했고, 부품을 잃어버리기도 했으며, 실수도 많았다. 그런데 그렇게 2년여의 시간을 보내니 회사에서 파는 모든 가구를 조립할 수 있는 유일한 사람이 되어 있었다. 거기에 배송·물류·품질·재고 관리 등을 두루 하다 보니 나름 가구 분야 전체를 볼 시각이 생겼다.

Q. 입사 3년 반 만에 가구 MD가 됐다.

A. 현업 경험 후 마케팅 부서로 갔다. 당시 유통 쪽 사람들은 대체로 MD를 희망했다. 지금은 분업화되었지만 당시 MD의 역할은 제품을 상품으로 판매하기 위한 모든 과정을 책임지는 사람이었다. 패션 유통사 안에서는 가구 유통의 실전 경험을 제대로 해본 사람이 없었다. 그

렇게 10년 차에 할 일을 3년 반 만에 하게 되었다.

Q. 처음엔 언어 문제로 쉽지 않았다고?

A. MD 업무는 대체로 해외 일이 많았는데 영어나 의사소통이 쉽지 않았다. 겁도 났지만 선배들은 일단 오면 다 할 수 있다며 격려를 해줬다. 해외에서 전화가 오면 무슨 말을 해야 할지 당황했다. 그래서 내가 해야 할 말들을 미리미리 정리해두기 시작했다. 사전 들고 다니면서 열심히 의사소통했다. 그래도 가구라는 공통의 관심사가 있으니 어떻게든 소통이 가능했다.

Q. '이랜드'의 '모던하우스', 어떻게 성장시켰나?

A. 당시(현재는 매각되어 독립 사업체로 활동) 유통사업부의 생활용품 카테고리 '모던하우스'라는 브랜드 내 가구를 담당했다. IMF 이후 저렴한 부동산이 많이 나오면서 유통사업부 전체의 사업 확장 등 다양한 경쟁력을 갖추며 빠른 성장을 할 수 있었다.

Q. 가구 MD를 담당하며 중점을 뒀던 부분은?

A. 가구에 사용되는 모든 부품을 다 알고 있다 보니 공장과의 의사소통이 굉장히 수월했다. 그래서 제품 리스크 관리 및 로스(Loss)를 줄이는 데 효과적일 수밖에 없었다. 초반 물류에서 일했던 게 나중에는 정말 큰 자산이 됐다.

Q. 1990년대 가구 시장은 어땠나?

A. 1990년대 이전에는 전통적인 가구 브랜드가 많았다. 그러다 IMF를 기점으로 대부분의 회사가 사라졌다. 수입 명품 가구를 비롯해 높

은 마진을 남기는 게 가구 시장이었다.

Q. 가구 회사에 대한 오해가 있다고?

A. 가구는 전부 가구 회사가 만들 거라 생각한다. 그런데 가구는 아이템이 달라지면 전혀 다른 산업군이 된다. 침대를 만드는 회사에서 매트리스를 제작할 수 없다. 철제 침대를 만드는 곳에서 목재 침대를 만들 수도 없다. 그래서 종합 가구 브랜드의 개념으로 품목별 좋은 제품들을 기획, 외주 생산 또는 매입을 통해 가져와 판매한다.

Q. IMF이후 변화된 점들이 있다면?

A. IMF 이후 유통사가 급속히 활성화되었다. 부도로 인한 재고가 엄청났고 부피가 크다 보니 유통 채널로 흘러갈 수밖에 없었다. 전통 브랜드들이 좋은 자리에서 판매하던 기존 흐름이 깨진 것이다. 이후 가구 판매점들이 다양한 유통사를 통해 물건을 받는 경우가 많아졌다. 여기에 온라인, 홈쇼핑 등 새로운 유통 채널들도 생겼다.

영국 'B&Q', 글로벌 브랜드 구매 팀장을 맡다

Q. '이랜드'를 퇴사한 이유는?

A. '이랜드'에서 10년 정도 일했다. 이랜드는 좋은 회사고 기회도 많이 주는 곳이었다. 그런데 매출 규모가 커지니 가구 전공자나 디자이너를 외부에서 영입하기 시작했다. 그런 변화의 시점에 중국 생산 쪽을 담당해달라는 제안을 받았는데 그 업무가 와닿지 않았다. 그즈음 헤드헌터에게 전화가 왔다. 영국 'B&Q'라는 회사에서 사람을 뽑는데 면접을 보라는 제안이었다.

Q. 어떤 업무를 맡아달라는 제안이었나?

A. 영국 'B&Q'는 주택 개보수 관련 제품을 판매하는 브랜드로 전 세계 3위, 유럽 아시아권 1위를 차지하는 글로벌 기업이었다. 중국에만 매장이 20개가 넘었다. 한국 진출을 고려 중이었고, 그중 가구 파트를 맡아달라는 제안을 받았다. 글로벌 기업의 업무 방식을 배울 수 있겠다는 생각에 설레는 마음이 들었다. 그렇게 이직 후 한국 지점 론칭을 준비했다.

Q. 그런데 론칭이 잘되지 않았다고?

A. 그렇다. 가구와 몇 개 카테고리를 제외하면 실적이 좋지 않았다. 사실 해외 브랜드의 경우 현지화가 어려운 게 현실이다. 역으로 우리가 해외 진출하는 것도 마찬가지다. 주거 환경이 다르니 가구도 나라마다 다를 수밖에 없어서다.

Q. 어떤 점들을 배웠나?

A. 일단 너무 많은 카테고리에 놀랐다. 당시 모던하우스의 경우 5개 정도였는데 이곳은 20개가 넘었다. 그런 다양성에도 불구하고 국내에서는 쉽지 않았다. DIY(Do-It-Yourself)에 대한 인식이 없던 영향이 가장 컸다. 결국 롯데마트와 조인해 2호점까지 냈지만 가구와 소수의 카테고리만 살아남았다. 당시 가구는 아시아 전체 중 한국이 1등을 할 정도였다.

Q. 글로벌 회사의 차이점이 있다면?

A. 론칭을 준비하면서 MD와 구매 담당(Buyer)의 차이를 처음으로 알게 됐다. 사실 '이랜드'에서는 구분 없이 일했기 때문에 모든 게 MD의

역할인 줄만 알았다. MD란 상품화할 수 있는 제품을 골라내는 게 주 업무였다. 얼마에 몇 개를 살 건지의 결정은 구매 담당의 역할이었다. MD와 구매 담당은 서로의 업무를 절대 공유하지 않는다. 철저하게 분업화된 시스템인 것이다.

Q. '이랜드'에서의 경험이 엄청난 자산이었겠다.
A. 한국이 아직 시스템 체계가 정리되지 않은 상태에서 MD로서 매장 과 구매 의사결정, 생산 현장을 모두 경험한 건 큰 행운이었다.

Q. 승진도 했지만 바로 퇴사를 감행했다고?
A. 가구 분야 실적 1위를 하면서 선임 팀장을 담당했다. 그때가 2005 년도였다. 하지만 곧 퇴사를 결심했다. 가장 큰 건 글로벌 브랜드의 현 지화 문제였다. 임원들은 결국 영국 현지 사람들이었고, 그들은 한중 일 삼국의 문화 차이를 잘 몰랐다. 그래서 엉뚱한 프로모션 아이디어 를 제시하곤 했다. 행사용 상품 제안이 대만이나 중국의 사례를 적용 해 가정용 금고, 다다미인 경우도 있었다.

Q. 또 다른 문제들은 무엇이었나?
A. 제품 라인업 선정도 답답한 부분이 있었다. 우리는 도배 문화인데 그들은 페인트 판매를 감행했다. 우리가 영국 문화를 따라갈 거라 확 신하는 느낌이었다. 내부 사정도 있었다. 당시 중국 시장이 너무 커 거 기에 집중하자는 의견이 많았다. 결국 한국 매장 철수를 빠르게 결정 했다.

쉽지만은 않았던 첫 번째 창업

Q. 이후 창업에 도전했다.

A. 인터파크에 다니는 후배가 나에게 온라인으로 사업을 해보라고 제안했다. '가구를 온라인으로 판다고? 가구는 만져보고 직접 봐야 하는 거 아닌가?'라는 생각이 강하던 때다. 그런데 비싼 가격에도 가구가 꽤 잘 팔린다는 거다. 분석 자료들을 보니 해볼 만하다 싶었다. 하자가 적고 관리가 쉬운 소파를 판매 아이템으로 선택했다.

Q. 자본금은 어느 정도 들었나?

A. 퇴직금과 모아둔 돈 합해 4,500만 원을 가지고 거래하던 중국 공장들에 전화를 했다. 중국의 경우 창업과 개인 사업이 활성화되어 있기에 바로 오케이를 했다. 소파로 모델 2종, 컨테이너 3개 운영할 분량으로 세팅했다.

Q. 판매 실적은 어땠는지?

A. 첫 기획전을 2006년도에 시작했다. 당시에는 쇼핑몰 체계가 안 잡혔던 때라 가구 브랜드가 많지도 않았다. 소식이 없다가 일주일 후에야 구매 건이 등록됐다. 너무 기뻐서 자전거 타고 마포에서 여의도까지 달리며 소리를 질렀다. 그렇게 주문량이 늘더니 한 달 만에 완판이 됐다.

Q. 모델 수가 점점 많아졌다. 재고 관리는 어떻게 했나?

A. 보통 브랜드 소유의 창고를 가져야 한다고 생각하는데 나는 그렇게 하진 않았다. 공장에 부지가 남는 경우, 별도 계약하거나 그쪽에서

직배송할 수 있는 방향으로 라인업을 짰다. 그러면 공장 관리에 대한 부담도 없고 이점이 많아진다.

Q. 3년 만에 사업을 접은 이유는?

A. 의도적으로 접었다. 나만의 작은 브랜드를 만들겠다는 게 목표였는데 시장은 정글이었다. 내가 잘 팔았을 때는 인터파크 가구 랭킹 1~3위가 모두 내 물건이었다. 그렇게 되면 타사 쇼핑몰들이 가만있질 않았다. 잘 팔리는 제품을 따라 해 생산하며 가격으로 밀어내려고 했다. 경쟁이 심해지니 점점 마진이 남질 않았다.

Q. 여기에 또 다른 사건도 있었다고?

A. 당시 구매하는 바이어 역할도 직접 했기에 납품가에 대한 경쟁력이 있었다. 당시 어떤 브랜드에 몇 개 제품을 별도로 납품한 적이 있다. 그때 쇼핑몰에서 팔던 쇼파를 더 비싸게 팔아줄 테니 납품해달라는 요청을 받았다. 그런데 결과적으로 고가로 내놓은 제품이 더 잘 팔리는 모습을 보게 됐다. 그때 브랜드와 나 자신에 대한 고민이 깊어졌다.

Q. 어떤 고민들이었나?

A. 지금까지 내가 했던 것들은 과연 시장에서 의미가 있었을까 싶은 생각이었다. 브랜드 신뢰도에 대한 것들도 고민하기 시작했다. 단순히 브랜드라는 이유 하나로 가격이 달라지는 모습을 보며 일단은 정리해야겠다는 생각이 들었다.

Q. 다시 조직으로 들어갈 결심을 했다.

A. 사업 정리를 하던 중 기존에 거래하던 온라인 벤더 회사에서 해외 가구 라이센스를 구해달라는 부탁을 받게 되었다. 밀라노에서 매트리스 회사 하나와 계약을 추진하던 중 같은 회사에서 '까사미아' 브랜드의 온라인 론칭 일도 해보자는 제안을 받아 온라인 벤더 일을 하게 되었다.

Q. 당시 어떤 직책을 맡았는지?
A. 전무이사 직함으로 해외 라이센스 및 마케팅, 개발 업무 전반을 맡았다. 당시 까사미아, 동서, 삼익, 잉글랜더, 스칸디아 브랜드 등을 담당했다. 지금의 사업을 하기 전까지 8년 정도 다녔다.

두 번째 창업, '스튜디오 삼익'

Q. 창업을 하기까지 과정은?
A. 다니던 벤더 회사에서 담당하던 브랜드 중, 삼익가구의 온라인 채널을 별도 법인화해보기로 했다. 그렇게 삼익가구의 온라인 사업을 직접 운영할 '스튜디오 삼익'을 창업했다. 사업 영역은 온라인을 중심으로 홈쇼핑, 직영 매장 등이었다. 기존 삼익가구의 대리점 방식이던 오프라인 사업 외 제한을 두지 않는 독립 법인 형태였다.

Q. 창업 자본금은 어떻게 준비했나?
A. 살고 있는 아파트를 담보로 자본금을 마련했고, 삼익가구 본사의 일부 지분 투자와 가능성에 뜻을 둔 개인 투자자 몇 명이 함께 했다. 그렇게 총 5억 원으로 회사를 차렸다.

Q. 회사 세팅 과정이 궁금하다.

A. 2017년 6월부터 총 넉 달을 준비했다. 전 직장에서 일했던 직원들 몇 명과 함께 일하고 싶다는 친구들이 모이니 총 여섯 명의 직원이 갖춰졌다. 디자이너, 영업, 고객관리 등의 업무 담당자였다. 현 사무실 한편에 책상과 랜선만 설치하고 허름하게 시작했다.

Q. 첫 달부터 순항이었나?

A. 2017년도 추석 연휴가 열흘 정도 됐는데, 연휴 전 제품을 올려놓고 추이를 보기로 했다. 그런데 끝나고 보니 매출이 2,400만 원 찍혀 있었다. 그렇게 10월 한 달만 매출이 총 3억 원이었다. 이후 11월에는 한 오픈마켓과 큰 기획전을 잡았다. 그쪽에서만 매출이 3억 원이 나왔고, 11월 전체 매출은 6억 원이 잡혔다. 12월 전체 매출은 10억 원을 기록해 점점 상승세를 타기 시작했다.

Q. 매출은 순항이지만 자금이 없어 괴로웠다고?

A. 자금 문제가 정말 힘들고 어려웠다. 쇼핑몰은 구매를 하면 구매 결정을 하기까지 오랜 시간이 걸린다. 길면 두 달 후에야 지급받을 수 있다. 하지만 협력 업체에게는 월별로 지급을 해줘야 한다. 은행에 사정하면서 대출도 받고 개인 돈도 부어가며 그렇게 첫 해를 버텼다. 이후 벤처기업 인증 등을 받으며 조금 수월해졌다. 그래도 한 번도 업체에 지급이 밀린 적은 없었다.

융합형 가구 유통 모델을 지향하다

Q. 그렇게 2020년, 550억 원 매출을 바라보게 됐다.

A. 첫 해 매출이 23억 원 정도였고, 2019년 매출이 350억 원 정도였다. 2020년에는 550억 원 매출을 바라보고 있다. 아직까지 회사 주주들에게 한 번도 배당을 하지 않았다. 전체 이익 100%를 회사에 재투자하고 있어서다. 조직이 안정되기까지 좀 더 투자를 해야 한다는 입장이다.

Q. 빠른 성장에 힘들 때도 있다고?

A. 매출이 늘면 만드는 사람들이 굉장히 힘들다. 덩치를 잘 키운다는 게 결코 쉽지 않는 과제다. 업체와의 밸런스도 중요하다. 자재를 미리 구입해드리는 등 일을 수월하게 해주려고 한다.

Q. 삼익가구의 오프라인 제품도 판매하나?

A. 오프라인 제품과 겹치지 않는다. 제품 라인업은 전부 새롭게 짠 것이다. 다행히 이쪽 일을 오래 하다 보니 그 세팅이 4개월 만에 가능했다.

Q. 업체들은 어떻게 관리하는지?

A. 신뢰 관계를 잘 쌓아야 한다. 요즘 시장은 누구나 다 힘들다. 결제도 배려를 해준다면 좋은 거래처들이 많이 생긴다. 우리도 일곱 군데에서 시작해 지금은 40개 업체와 거래 중이다.

Q. 융합형 비즈니스 모델을 지향한다.

A. 'Off-line to On-line'이나 'Off-line for On-line'은 이미 세계적인 트렌드다. 우리가 판매하는 온라인 제품은 가구계의 SPA 브랜드라고 보면 쉽다. 하지만 살면서 우리가 가구 살 일은 몇 번 없다. 그래서 종

합 가구 판매점 역할, 우리의 브랜드를 보여줄 쇼룸을 만들었다. 아직 검증된 숫자나 효과는 미지수고 실험 단계다. 그래도 보완 및 발전하는 형태로 가고 있다고 본다.

Q. 현재의 가구 시장은 어떤 흐름인가?

A. 아직까지 대리점 사업이 활성화된 브랜드의 경우 온라인 관리가 쉽지는 않을 것이다. 그래서 모델을 구분하거나 주력 상품군은 온라인에서 아예 팔지 않는 경우가 많다. 아직까지는 여러 형식이 섞여 있고 테스트 과정이다. 앞으로 오프라인을 온라인으로 끌어주는 회사, 플래그십 스토어의 역할이 점점 커질 거라 생각한다.

Q. 예전의 창업과 '스튜디오 삼익', 차이는 뭘까?

A. 그때는 혼자였지만 지금은 함께 하는 선수들도 많아졌고 매출 규모도 어마어마하게 성장했다. 규모의 경제가 가능해진 것이다. 예전에는 마치 시냇물에 떠 있는 종이배 같은 기분이었다. 그런데 지금은 해야 할 일도 보이고 하고 싶은 일도 점점 많아지고 있다.

Q. 스피드와 멀티태스킹을 강조한다고?

A. 정말 중요하게 보는 부분이다. 외국계 기업을 경험한 결과 개인은 부품과 다름없었다. 그 영역에서 빠져나오면 대체 가능하지만 개인의 입장에서는 전체 일을 하지 못한다. 그래서 직원들이 그 과정을 최대한 많이 알 수 있게 하는 업무 과정을 추구한다. 우리 영업팀장은 디자이너 출신이고 영업이사는 개발자 출신이다. 멀티를 통한 내부 역량 강화에 힘을 쏟고 있다.

Q. 의사결정 과정도 간소한가?

A. 누구한테 컨펌받을 필요도 없고 그런 절차도 없다. 의사결정 내리는 사람이 현장에 같이 가서 한 번에 정하면 되는 것이다. 그러니 속도가 빠를 수밖에 없다. 고객에게 가는 재화와 서비스는 서류 작업과도 큰 상관이 없다. 그래서 우리 회사는 페이퍼 워크가 거의 없다.

Q. 누구에게나 결정 권한이 주어지나?

A. 제품의 구조적 부분이나 리스크가 있는 상황이 아니라면 현장에 가는 사람이 최종 결정자가 된다. 그렇게 권한을 위임한다. 물론 몇 번 실수는 있을 수 있다. 그런데 그렇게 경험하고 테스트해야 리스크도 줄어든다. 그런 상황을 통해 학습 효과가 엄청나게 올라간다.

Q. '스튜디오 삼익'이 추구하는 경영 방식은?

A. 우리는 대중 소비자들에게 가성비와 퀄리티 좋은 제품을 제공하는 회사다. 기본기가 핵심이다. 하지만 큰 틀에서 전체적인 방향과 목표가 정해지면 디테일한 부분에서는 각자가 해보고 싶은 시도를 다양하게 해보고 있다. 나는 이런 방식이 말초신경 같은 감각이 살아 있는 운영 방식이라고 생각한다. 인원 대비 생산성이 높은 것도 이런 이유 때문이지 않을까 싶다.

Q. 그럼에도 조직의 문제는 있을 텐데?

A. 아직까지는 성장통이 문제다. 너무 갑자기 성장하다 보니 병목현상이 생긴다. 그래서 서로의 업무를 이해하는 동시에 멀티태스킹이 필요한 것이다.

최정석 대표의 비전과 미래

Q. 가구 사업에서 가장 중요한 건 무엇일까?

A. Value Chain(가치사슬) 간의 균형이라고 생각한다. 소재, 가공별 역량, 시공, 배송, 물류까지 직접 할 것과 외부의 힘을 빌릴 것, 할 수 있는 것과 할 수 없는 것, 집중할 것과 버려야 할 것 등 전체 프로세스를 파악해야 한다. 이를 최대한 잘 활용할 전략을 짜야 한다.

Q. '스튜디오 삼익'만의 노하우가 있다면?

A. 예를 들어 공장에 창고가 있다면 주문량을 맞춰주는 대신 창고에 대한 사용료를 지불해 직배송을 하게 한다. 가구의 가장 큰 문제나 하자는 배송 중 벌어진다. 우리가 모아서 보내면 그 과정은 곧 비용으로 이어진다. 또 다른 예로 침대와 매트리스를 만드는 두 개의 회사가 있다. 그런 경우 매트리스를 침대 창고로 보내 함께 배송을 요청한다. 대신 배송비를 좀 더 드린다. 물량이 확보되면 배송이 직접 가지러 가는 경우도 있다. 결국 물량에 따라 배송과 보관 방식을 그때그때 해결하는 것이다. 가장 현실적인 것들을 디자인해주는 게 우리의 차별점이다.

Q. 그렇게 월 4만 건의 배송을 컨트롤하고 있다.

A. 그렇다. 우리 소유의 회사 창고는 없지만 한 달에 4만 건 배송을 하고 있다. 그중 2만 건 정도가 택배 배송이다. 서로의 필요를 잘 알기 때문에 그렇게 꾸릴 수 있는 것이다. 신규 업체가 생기면 무조건 배송 라인부터 함께 고민한다. 그래야 사업을 시작할 수 있다. 가구의 핵심이자 모든 유통의 핵심은 결국 물류다.

Q. '스튜디오 삼익'의 목표는?

A. 내가 최고의 가구 전문가도 아니고 우리 회사가 최고의 가구 회사도 아니다. 다만 정확한 가치를 잘 전달하는 유통 회사라는 지향점을 가지고자 한다.

Q. 어떤 비전을 꿈꾸는가?

A. 결국 라이프스타일 브랜드로의 확장을 지향한다. 지금도 판매 물품의 20%는 가구가 아니다. 아직은 쉽지 않지만 인테리어 시공 쪽도 고민 중이다. 가구와 시공을 둘 다 잘 하는 기업은 거의 없는데 하다 보면 방법이 생길 수도 있지 않을까 싶다.

Q. 해외 진출 계획은?

A. 베트남 쪽에서 시장 테스트를 여러 방식으로 해보는 중이다. 베트남은 독특한 게 모든 걸 페이스북으로 진행한다. 전자상거래도 그렇고 대행으로 참여하는 업체들도 많다. 그렇게 다방면으로 시도하며 조심스레 기회들을 보고 있다.

Q. 최정석 대표 개인은 어떤 지향점을 가지고 있나?

A. 이미 나는 외형이나 실력에 비해 현 상황이 분에 넘친다고 생각한다. 여러 가지 해보고 싶은 것도 많고 욕심도 있지만, 선순환하는 기업으로 꾸려가고 싶다. 건강한 나무처럼 함께 하는 사람으로서 직원들, 협력사들과 같이 열매를 맺으며 나아가길 바란다. 변화가 빠른 온라인 시장인 만큼 시대를 잘 공유하는 회사로 성장하고 싶다.

↰
온오프의 장점을 살려 새로운 가구 유통 시스템을 만든 최정석.
최씨가 1인으로 창업했던 브랜드 인하임. 아직도 소중하게 디자인을 간직하고 있다.
가성비와 퀄리티를 추구하는 스튜디오 삼익의 가구들.
오프라인과의 시너지를 내고자 론칭한 쇼룸.

#하고싶은거다해
#원하는대로